Joyce Sweeney · Gefangen in der Tiefe

D1726737

Für meine Lehrer: Daniel Keyes, den verstorbenen Walter Tevis, Jack Matthews, Bill Baker und Gary Pacernick. Von ihnen allen habe ich nicht nur zu schreiben gelernt, sondern auch zu lehren.

Joyce Sweeney

Gefangen in der Tiefe

Aus dem Amerikanischen übersetzt
von Angelika Eisold-Viebig

Loewe

Die Deutsche Bibliothek – CIP-Einheitsaufnahme

Sweeney, Joyce:
Gefangen in der Tiefe / Joyce Sweeney.
Aus dem Amerikan. übers. von Angelika Eisold-Viebig.
– 1. Aufl. – Bindlach : Loewe, 1998
Einheitssacht.: Free fall <dt.>
ISBN 3-7855-3120-6

Die zitierten Strophen von Charles Baudelaire entstammen dem
Gedichtband: Die Blumen des Bösen. Übersetzt von Monika
Fahrenbach-Wachendorf. Philipp Reclam Verlag Stuttgart, 1992.

Dieses Buch ist auf chlorfrei gebleichtem Papier gedruckt.

ISBN 3-7855-3120-6 – 1. Auflage 1998
Titel der Originalausgabe: Free Fall
© 1996 by Joyce Sweeney.
Die Originalausgabe ist erschienen bei Bantam Doubleday Dell
Books For Young Readers, einer Tochtergesellschaft von Bantam
Doubleday Dell Publishing Group, Inc., New York, USA.
Alle Rechte vorbehalten.
© für die deutsche Ausgabe 1998 Loewe Verlag GmbH, Bindlach
Umschlagillustration: Marek Zawadzki
Umschlagtypografie: Tobias Fahrenkamp, München
Satz: DTP im Verlag
Gesamtherstellung: Wiener Verlag, Himberg
Printed in Austria

1

Neil merkte, dass David im Türrahmen ihres gemeinsamen Zimmers lehnte, aber er wollte einfach nicht hochsehen. Er zog extra fest an den Schnürsenkeln seiner Nikes um zu zeigen, dass man ihm heute besser nicht in die Quere kam.

„Gehst du weg?", fragte David. Betont beiläufig.

„Ja." Neil hob schließlich doch den Kopf. Der fünfzehnjährige David lehnte mit der Hüfte am Türpfosten, den Kopf fragend zur Seite gelegt, sodass sein Körper ein S bildete. Er war sportlich, wie aus Gummi gemacht. Sein blondes Haar glänzte in der Morgensonne.

„Mit einem Mädchen?"

„Nein."

„Mit Randy?"

Neil beschloss lieber aufzustehen. Er fühlte sich unterlegen, wenn er auf dem Boden saß. Manchmal war es wichtig, David zu überragen, ihn daran zu erinnern, wer der Ältere und Größere war.

„Ja, mit Randy. Und?"

„Und nichts. Ich habe nur so gefragt." David ließ sich aufs Bett fallen, stützte das Kinn auf die Fäuste und starrte auf die Ligusterhecke vor dem Fenster, als sei sie voll interessanter Sehenswürdigkeiten.

„Du hast heute anscheinend nichts zu tun?" Neil war wütend und hatte gleichzeitig ein schlechtes Gewissen. Wie immer. Er öffnete den Schrank und holte einen Rucksack aus Segeltuch heraus.

„*Anscheinend* spielt es keine Rolle, ob ich etwas zu tun

habe oder nicht", antwortete David. „Und außerdem, wer sagt denn, dass ich überhaupt mit euch beiden Gehirnamputierten mitkommen möchte?"

„Was weiß ich." Neil öffnete den Rucksack und wühlte darin herum. Er fand eine uralte Flasche Sonnenmilch und ein Päckchen verknitterter Taschentücher und warf beides in den Papierkorb. „Ich dachte nur, du würdest auch heute versuchen dich bei uns dranzuhängen, wie fast jeden Samstag."

David wand sich wie eine Schlange und wurde rot. „Von welchem Planeten kommst du eigentlich? Eher würde ich sterben. Denkst du vielleicht, ich mag deine ordinären, beschränkten Freunde? Was habt ihr denn heute vor, du und Randy, dass ich vor Neid erblassen sollte? Einen Besuch im Naturkundemuseum?"

Neil entdeckte in den Tiefen des Rucksacks eine alte Wasserpistole, zielte damit auf seinen Bruder und drückte ab. Leider war sie leer. Er überlegte, was er für einen solchen Ausflug wohl mitnehmen sollte. Jedenfalls keine Sonnenbrille ... „Randy kennt eine Höhle. Westlich von hier im Ocala-Nationalpark. Die werden wir mal ein bisschen erforschen."

Der Blick aus Davids blauen Augen wurde weicher. „Eine Höhle? Ich wusste nicht, dass es in Florida Höhlen gibt."

„Tja, Gehirnamputierte wie Randy wissen über solche Dinge Bescheid. Seine Cousins haben sie entdeckt und erzählt, sie sei unglaublich – breite Gänge und dieses Kristallzeug und ein Teich irgendwo in der Mitte ..."

David setzte sich auf und beugte sich vor. „Ist so etwas nicht ziemlich gefährlich? Wissen Mom und Dad, was du vorhast?"

Neil fand eine alte Feldflasche und schnüffelte daran. Sie roch wie eine ganze Chemiefabrik. Musste er überhaupt

Wasser mitnehmen? War eine Radlerflasche zu klein? Eine Thermoskanne zu groß? Er und Randy waren nicht gerade erfahrene Höhlenforscher.

„He, hast du mich gehört?", rief David. „Haben Mom und Dad es erlaubt?"

Neil wusste, dass er keine Bedenken zeigen durfte. Er täuschte ein Gähnen vor. „Was ist denn an einer Höhle schon gefährlich? Vielleicht, dass dir eine Fledermaus ins Haar scheißt?"

David lachte. Für einen kurzen Augenblick sah er aus wie der kleine Junge, der Neil früher überall hinterhergelaufen war.

Neil hatte ein schlechtes Gewissen, weil er ihn ausschloss. „Also gut, willst du mitkommen? Anscheinend hast du vor mich zu verpfeifen, wenn ich dich nicht mitnehme ..."

Jetzt, da seine Träume in Erfüllung gingen, wurde David ganz verlegen. „Kann ich auch einen Freund mitbringen? Ich will nicht nur das Anhängsel sein, das hinter den Großen hertrottet."

Obwohl du genau das bist. „Nicht diesen bescheuerten Winzling Terry Quinn!"

„Er ist nicht bescheuert. Und er ist mein bester Freund."

„Jeder, der dein bester Freund ist, ist automatisch bescheuert."

„Ja, ja! Hör mal, ich muss es mit Randy Isaacson und seinen Sticheleien aushalten. Dann kannst du es doch mit Terry Quinn aushalten, der ziemlich cool ist und außerdem genug Kohle hat um einen Killer für dich anzuheuern."

„Kann schon sein, aber die eigentliche Frage ist: Wie soll ich es mit dir aushalten?"

„Zu viert ist es sowieso besser." David rutschte unters Bett um seine Turnschuhe zu suchen. „Es ist sicherer."

„Oh, klar. Gerade mit dir fühle ich mich unwahrscheinlich sicher." Es sollte bloß eine Fortsetzung ihres Geplänkels sein, aber plötzlich wurde Neil klar, was er gesagt hatte. „Oh. He ..."

David schoss unter dem Bett hervor und fuhr hoch wie eine angriffsbereite Kobra. „So etwas brauchst du mir nicht zu sagen!" Seine blauen Augen funkelten vor Zorn.

„Ich wollte nicht ..."

„Wann wirst du endlich damit aufhören? Es ist jetzt zwei Jahre her! Kann denn niemand in dieser Familie irgendwann mal aufhören, damit ich endlich darüber hinwegkommen kann?"

Neil hielt zitternd eine Hand hoch. „Nein. Du ..."

„Ich rufe jetzt Terry an." David drehte sich zur Tür und ging hinaus. „Obwohl ich inzwischen nicht einmal weiß, ob ich überhaupt noch mitkommen will."

„Warte!", rief Neil. Dann ärgerte er sich über sich selbst. Jetzt bat er den Kleinen schon darum, mitzukommen. Und er würde den größten Teil der Fahrt Späße machen müssen um ihn wieder in gute Laune zu versetzen.

Doch selbst das wäre nicht so schlimm gewesen, wenn Neil nur einmal all das hätte aussprechen können, was David nicht hören wollte. Das war das Problem. Neil wollte nicht um Verzeihung bitten. Er wollte David wissen lassen, dass das, was sich vor zwei Jahren ereignet hatte, niemals zu verzeihen war. Oder zu vergessen.

An Terrys Haus kamen sie zuerst vorbei. Es lag am Flussufer, gleich gegenüber der Granada Bridge, und es war leicht zu finden, denn zwei Segelboote lagen dort im Wasser. Einen Vorteil hatte Davids Freundschaft mit Terry, fand Neil, nämlich dass man ab und zu auf einem der Boote mitfahren durfte. Und wenn man am vierten Juli bei den Quinns am Anleger saß und zusah, wie Mr. Quinn in seiner Schürze grillte, hatte man auch immer den besten Platz um sich das Feuerwerk zur Feier des Unabhängigkeitstages anzusehen. Die Quinns veranstalteten öfters eine Party für den kleinen Terry, weil er selbst schlecht Freunde finden konnte.

Mit Ausnahme von David. David und Terry waren seit der zweiten Klasse die besten Freunde, obwohl man sich kein unterschiedlicheres Paar vorstellen konnte: David, ein regelrechter Goldjunge, Rettungsschwimmer und Mannschaftskapitän bei den Tauchern, obwohl er erst in der zehnten Klasse war. David, der neun Zehntel seiner Zeit am Telefon verbrachte, um Mädchen abblitzen zu lassen, die alle mit ihm gehen wollten. Und dann war da Terry. Er rannte jetzt zum Auto mit seinem teuren Lederrucksack, seinem gelben Polohemd, die Shorts zu weit für seine schmalen Hüften. Sein brauner Pony fiel ihm in die Augen. Wie David war er fünfzehn, sah aber keinen Tag älter aus als zwölf mit seinen niedlichen Gesichtszügen und seiner braven Kleidung, die überall die Schlägertypen auf den Plan riefen. *Bitte steck meinen Kopf in die Kloschüssel. Bitte schlag mit dem Handtuch nach mir.*

Randy Isaacson, der nie ein Blatt vor den Mund nahm, hatte gleich, als er Terry das erste Mal sah, einen Spitznamen für ihn parat gehabt: Smarty, das Pfefferkuchenmännchen. Und der Name passte. Als Terry jetzt in das Auto stieg, aufgeregt wegen des bevorstehenden Abenteuers, waren seine Augen groß und rund wie braune Smarties. Trotzdem durfte man Terence Quinn II. nicht für einen Dummkopf halten. Hatte er sich doch als besten Freund den beliebtesten Jungen der ganzen Schule ausgesucht, der für seine Loyalität und für sein überschäumendes Temperament bekannt war. Bisher hatte niemand auf Smarty herumgehackt ohne dafür von David verprügelt worden zu sein. David war bereits dreimal vom Schulunterricht ausgeschlossen worden, nur wegen Terry.

Die beiden begrüßten sich begeistert mit einem Schlag auf die offene Hand. Nicht schlecht, bei einem Abenteuer der älteren Jungs dabei sein zu können. „Hi!", grüßte Terry Neil. „Das ist wirklich cool. Wahnsinnig nett von euch mich mitzunehmen."

„Bedank dich nicht bei mir", sagte Neil und wendete den Wagen in der kreisförmig angelegten, gepflasterten Zufahrt zum Haus der Quinns. „Der Typ hier hat sich für dich stark gemacht. Randy wird wahrscheinlich abdrehen, wenn er sieht, dass ich die Expedition in einen Kindergartenausflug verwandelt habe."

„Expedition!", erwiderte David hitzig. „Nun halt mal die Luft an! Du und Randy, ihr könntet ja allein nicht mal den Weg aus einem Supermarkt finden!"

„Na ja, es ist jedenfalls nett, dass ihr mich mitnehmt", sagte Terry schnell. So war er. Es hieß, dass seine Eltern sich Tag und Nacht stritten. Terry hatte sich in einen kleinen Diplomaten verwandelt um den Frieden aufrechtzuerhalten.

Schließlich kamen sie zu Randys Wohnung. Neil merkte, dass er sich auf Randy freute – jemand seines Alters, mit dem er reden konnte. Dennoch wappnete er sich. Sein Freund würde nicht begeistert sein, wenn er David und Terry im Auto sitzen sah.

Randy wohnte mit seiner Mutter und zwei Schwestern in einer lausigen kleinen Dreizimmerwohnung. Sein „Zimmer" war ein Schlafsack auf dem Boden des Esszimmers. Randys Familiensituation war nicht besonders glücklich. Sein Vater war Anwalt. Er hatte eine süße neue Frau und ein großes Haus, in dem ihn Randy und seine Schwestern ungefähr dreimal pro Jahr besuchen durften. Randy vermutete, dass außerdem ein neues Baby unterwegs war, was nach seinem Gefühl die „alte Familie" ziemlich überflüssig machen würde. Trotzdem waren Randy, seine Mutter und seine Schwestern eine liebende Familie, wunderbar vereint in ihrer Verachtung für Mr. Isaacson. Neil besuchte Randy gern, denn außer seiner eigenen Familie war es die einzige, die er kannte, in der alle zusammenhielten. Außerdem war Neil bis über beide Ohren in Randys Schwester Chloe verliebt. Aber er hatte beschlossen das für sich zu behalten. Er war nicht sicher, ob Randy es gut finden würde, wenn er sich an seine Schwester ranmachte, und er wollte ihre Freundschaft nicht gefährden.

Randy kam mit leichten Schritten auf das Auto zu und schwang dabei seinen Rucksack wie eine Waffe. Wie immer war er ziemlich scharf angezogen, mit schwarzen Jeans und einem schwarzen Sweatshirt, aus dem er die Ärmel herausgeschnitten hatte. Er hatte sich ein schwarzes Tuch um das Handgelenk gebunden, wahrscheinlich in der Hoffnung, dass ihn irgendjemand dadurch für ein Mitglied irgendeiner Bande hielt. Randy war fast so groß wie Neil, aber eher ein hagerer Typ, während Neil ein Muskelpaket war. Randy war vor zwei Jahren von Miami nach Ormond Beach gezogen und hatte feststellen müssen, dass er an der Seabreeze High School der einzige Jude war. Daraufhin sonderte er sich erst einmal ziemlich erschrocken ab. Neil interessierte sich sofort für Randy. Es war sein Hobby, Irrtümer zu beseitigen und alles in Ordnung zu bringen. Er lud Randy ein mit ihm zum Basketballtraining zu kommen. Nachdem Randy aufgehört hatte zu lachen, hatte er Neil einen kurzen Überblick über die historische Beziehung zwischen Juden und Basketball gegeben. „Dann bist du eben die Ausnahme", hatte Neil gesagt. „Du bist groß, du bist schnell und jetzt weiß ich auch, dass du extrem defensiv bist. Für mich bist du der geborene Basketballspieler."

Nur um Neil zu beweisen, dass er Unrecht hatte, kam Randy zum Training. Sie landeten beide in der ersten Liga.

„Ich schätze, das bedeutet, wir müssen Freunde werden", hatte Randy gesagt. Inzwischen waren sie die Stars der Schulauswahlmannschaft und ihre Freundschaft wurde immer enger.

Randy schwang sich auf den Beifahrersitz, als ob er David und Terry gar nicht gesehen hätte, und warf seinen Rucksack über die Schulter nach hinten. Er traf Terry Quinn genau auf die Nase.

„Autsch!", rief Terry.

Randy drehte sich um, als wäre er vollkommen überrascht. Dann wandte er sich an Neil und sah ihn mit zusammengekniffenen Augen an. „He, Mann! Was soll das denn? Ich dachte, wir wollen eine Höhle erforschen, nicht nach Disney-Land fahren!"

Neil ließ den Motor wieder an und legte den Rückwärtsgang ein. „Ist doch halb so wild", sagte er. Neil war immer vorsichtig, wenn Randy wütend wurde. Besonders seit letztem Jahr, als sie die Meisterschaft verloren hatten. Danach war Randy in die Duschräume gegangen und hatte fünf Waschbecken aus der Wand gerissen.

„Ist doch halb so wild? Das ist jetzt ein vollkommen anderes Ding! Wir müssen auf jede verdammte Kleinigkeit aufpassen, damit denen nichts passiert!" Randy fuhr mit der Hand durch sein lockiges Haar.

Neil hatte vom Umgang mit David, der ebenfalls ein Hitzkopf war, gelernt, dass man durch leiseres Sprechen einen Wutanfall abschwächen konnte. Normalerweise. „Ich hatte sowieso geplant vorsichtig zu sein", sagte er verhalten.

Randy rutschte unruhig auf seinem Sitz herum. „O Mann!"

David beugte sich vor. „Wir sind auch nicht so viel jünger als ihr und wir können selbst auf uns aufpassen."

Randy blickte jetzt aus dem Fenster. „Ja, ihr passt wahrscheinlich aufeinander auf, wenn niemand hinsieht", stieß er hervor.

„Was?", rief David und zog sich an Neils Kopfstütze hoch, sodass er halb aufrecht stand. „Was hast du gesagt?" Er rüttelte an Neils Kopfstütze. „Was hat er gesagt?"

Neil hatte kein gutes Gefühl mehr, was den Verlauf dieses Tages betraf. Er ließ eine Hand am Steuer und langte mit der anderen nach hinten um die Finger seines Bruders sanft von seiner Kopfstütze zu lösen. „Nichts. Er hat gar nichts gesagt. Bleib auf deinem Platz sitzen oder ich muss anhalten. Wenn ihr alle nicht besser miteinander klarkommt, dann sagt es mir sofort und wir drehen einfach um und fahren nach Hause. Ich habe keine Lust den ganzen Tag Schiedsrichter zu spielen."

„Wer hat dich denn darum gebeten?", fragte Randy.

„Ja!", stimmte David ein. „Wer ist denn gestorben und hat dich zum lieben Gott gemacht?"

Terry Quinn öffnete seinen Rucksack. „Möchte vielleicht irgendjemand ein Vollkornplätzchen? Meine Mutter hat sie gemacht."

Darüber mussten alle lachen. Jeder nahm ein Plätzchen, und während sie kauten, herrschte eine angenehme Stille.

„Du musst mir erklären, wie ich fahren soll", sagte Neil zu Randy. „Ich bin schließlich nicht Gott, weißt du."

Randy lächelte. „Okay. Es gibt zwei Straßen, die wir nehmen können, aber so wie ich es mir überlegt habe ..."

Neil lehnte sich in seinem Sitz zurück. Die Harmonie war wiederhergestellt, zumindest vorläufig.

Der Ocala-Nationalpark befand sich nach Randys Berechnungen ungefähr eine Stunde Fahrzeit von Ormond Beach entfernt. Sie nahmen die *Route 40 West*, eine Straße, die fast durchgehend geradeaus verlief. Irgendwo würde die *Old King's Road* abzweigen, die zu der Höhle führen sollte.

Als sie die Vororte von Ormond hinter sich gelassen hatten, wurde die Landschaft einförmig: Korridore von Krüppelkiefern säumten die Straße auf beiden Seiten, es gab nichts zu sehen, nur gelegentlich ein überfahrenes Waldtier oder einen alten Reifen.

Es war Ende Oktober, endlich kühl genug um die Klimaanlage abzustellen und die Fenster herunterzukurbeln. Neil empfand die Freude, die ihn stets überkam, wenn ihm der Wind ins Gesicht blies. Er liebte alles, wobei er den Wind im Gesicht spürte: Wasserskifahren, Fahrradfahren, Achterbahnfahren. Es vermittelte ihm ein Gefühl der Freiheit. Als Neil noch klein gewesen war, mussten ihn seine Eltern bei Gewitter immer regelrecht ins Haus zerren. Obwohl er Angst vor den tödlichen Blitzen Floridas hatte, blieb er am liebsten draußen um diesen besonderen Sturmwind im Gesicht zu spüren, der in seiner Vorstellung eine metallisch grüne Farbe hatte. Für Neil war jeder Wind anders und besaß auch eine andere Farbe. Im freien Fall, zum Beispiel von einem Sprungbrett, war der Luftzug gleichmäßig, warm und blau. Fahrtwind auf dem Fahrrad war silbrig weiß. Nachtwind war violett, sehr sanft und Angst einflößend. Der Wind jetzt im Auto war kräftig, eine hellgelbe Brise, die vielversprechend nach Wurzeln und Baumstämmen roch. Natürlich behielt Neil solche Gedanken für sich. Genau wie das Geheimnis über Baudelaire.

„Kann ich euch mal was fragen?", sagte Terry. „Hat eigentlich irgendjemand von euch seinen Eltern erzählt, was wir heute vorhaben?"

Eine kurze Stille trat ein. „Wir nicht", antwortete Neil.

„Ich auch nicht", erklärte Randy. „Meine Mutter macht sich immer gleich Sorgen. Normalerweise erzähle ich nur, was ich schon gemacht habe, und nicht, was ich vorhabe."

„Ja", sagte Terry. „Das dachte ich auch."

Wieder folgte Schweigen. „Genau", sagte Neil.

Hinter Barberville begann sich die Landschaft zu verändern. Neil gefiel der Wandel nicht. Er war ein Kind der Meeresküste, gewohnt an eine flache Landschaft mit unbegrenztem Blick und dem weiten blauen Himmel über sich. Hier war die Landschaft hügelig geworden, Wälder breiteten sich über den Bergen aus und ließen nur den Blick auf einen kleinen Streifen Himmel frei. Die Bäume waren alt und knorrig. Moos bedeckte ihre Äste und Kletterpflanzen schlangen sich um ihre Stämme. Man hatte das Gefühl, der Wald würde den Menschen überwuchern, sobald er ihm auch nur den Rücken zukehrte. *Bald tauchen wir in kalte Dunkelheit,* zitierte er für sich.

Der Wind, der jetzt ins Auto wehte, roch anders als zuvor. Fäulnis und Verfall schwangen darin mit und der Geruch von Reptilien. Ein grüner Wind, ein warnender Wind. Statt Raben sah man nun Silberreiher, die aus den Wäldern aufflogen und in Schwärmen über den zweispurigen Highway flogen.

Einige Kilometer weiter entdeckten sie ein Schild, das die Grenze des Ocala-Nationalparks kennzeichnete. Sie befanden sich jetzt in der Wildnis, einem Laubwaldgebiet, das *die Hammocks* genannt wurde. Neil fiel auf, dass er seit mindestens vierzig Minuten keines der großen Werbeschilder, keine Tankstelle und kein anderes Zeichen von Zivilisation mehr gesehen hatte. Er war froh, dass er den Wagen in Ormond vor ihrer Abfahrt noch voll getankt hatte. Im Abstand von einem Kilometer säumten Notrufsäulen die Straße, was eher Furcht einflößend als beruhigend war. Es bedeutete, dass man erst telefonieren musste um Hilfe zu erhalten, weil es hier in der Gegend keine Hilfe gab.

„Wir haben Ormond vor genau einer Stunde verlassen",

15

stellte David mit einem Blick auf seine Uhr fest. „Wo ist denn nun diese sagenumwobene Straße?"

„Nur die Ruhe", sagte Randy ohne sich umzudrehen. „Wahrscheinlich kommen wir jede Minute dorthin."

„Vielleicht sind wir bereits daran vorbeigefahren", meinte Terry. „Die Wälder hier sind ziemlich dicht, oder?"

Genau in diesem Moment fuhren sie in einen Korridor von Bäumen, deren Äste über die Straße reichten wie Finger, die nach dem Auto griffen. Der Wald war jetzt so dicht, dass man die Hügel dahinter nicht mehr erkennen konnte. Neil bemühte sich ruhig zu bleiben, denn die anderen schienen schon nervös genug zu sein.

„Ich wette, wir haben uns verfahren", sagte David.

„Wir können uns gar nicht verfahren haben", fuhr Randy ihn an. „Wir haben eine Route genommen, die von Ormond Beach genau zu der Straße führt, die wir suchen. Wie hätten wir uns hier verfahren sollen?"

„Wir könnten aus Versehen von der *Route 40* abgebogen sein", sagte David. „Vielleicht gab es irgendwo eine Gabelung, die wir nicht bemerkt haben. Ich habe schon länger kein einziges Schild mehr gesehen."

„Ich habe jetzt mal eine ganz andere Frage", meldete sich Terry verlegen zu Wort. „Was ist denn, wenn jemand mal austreten muss?"

Neil lachte, froh über die Ablenkung. „Muss jemand mal austreten?", fragte er und sah sich um.

Terry war rot geworden. „Haben deine Cousins vielleicht eine Raststätte irgendwo in der Nähe der Höhle erwähnt, Randy?"

„Schlag deine Beine übereinander!", befahl David. „Diese Fahrt dauert so schon lange genug! Ich will an dieser verdammten Höhle ankommen, solange ich noch jung genug bin um Spaß daran zu haben!"

„Tut mir Leid", sagte Terry und rutschte unruhig auf

seinem Sitz hin und her. „Aber ich glaube nicht, dass es eine gute Idee wäre zu warten."

„Halt an und lass ihn raus!", schrie Randy. „Es ist schlimm genug, Babys dabeizuhaben, auch ohne dass sich eines von ihnen in die Hosen macht!"

„Ich kann wirklich nichts dafür!", jammerte Terry. Seine Stimme klang fast hysterisch. Neil hielt das Auto an.

Terry öffnete seine Tür, stieg langsam aus und sah furchtsam in den Wald mit seinen knorrigen Ästen und dem vielen Gestrüpp. „Kommt noch jemand mit?", fragte er.

„Das ist kein Ausflug zur Damentoilette, Süße!", sagte Randy sarkastisch. „Beeil dich einfach!"

Terry blieb jedoch, wo er war, und klammerte sich an der Autotür fest. „Ich glaube, ich habe noch ein Problem", gestand er.

Randy glitt tiefer in seinen Sitz und schnaufte laut. Neil wusste, was Randy beschäftigte. Er wollte herausfinden, ob er sie tatsächlich falsch gelotst hatte und sie sich in dieser Wildnis verfahren hatten.

„Was ist das für ein Problem, Terry?", fragte Neil.

Terry sah aus, als sei er den Tränen nahe. „Ich möchte nicht allein in diesen Wald gehen", erklärte er. „Aber ich kann es auch nicht hier vor euch machen."

Randy explodierte. „Oh, verdammt noch mal!"

„Niemand wird dir zusehen, Terry", versicherte Neil. „So neugierig sind wir auch wieder nicht."

„Selbst wenn ihr nicht zuseht, ich glaube, ich kann einfach nicht ... Meint ihr, es gibt wilde Tiere in diesem Wald?"

„Nur Luchse", sagte Randy. „Sie werden übrigens vom Geruch menschlichen Urins angezogen."

„Du bist nicht gerade eine große Hilfe!", rügte ihn Neil freundschaftlich. „Los jetzt, Terry. Entweder gehst du in den Wald zum Pinkeln oder du steigst wieder ins Auto und bist ruhig. Wir können doch nicht wegen dir ein solches Affentheater veranstalten."

Terry sah furchtsam in den Wald. Dann, mit der gleichen Furcht, sah er auf das Auto mit den ungeduldigen Jungen.

David stieg aus. „Okay. Ich komme mit dir. Ich dreh dir den Rücken zu und höre nicht hin."

„Wir hätten das kommen sehen sollen", sagte Randy zu Neil. „Wahrscheinlich haben sie genau das schon von langer Hand geplant."

David fuhr herum und beugte sich zu Randys Beifahrerfenster. Er packte ihn mit beiden Händen vorne an seinem Sweatshirt und sah ihm in die Augen. „Jetzt hör mir mal gut zu: Es reicht! Okay? Ich will ihm im Gegensatz zu euch nur helfen!"

„Ich gehe ja schon!", rief Terry. „Ich komme schon klar!" Er rannte los und verschwand zwischen den Bäumen.

Randy hatte Mühe sich zu beherrschen. „Sag deinem Bruder, er soll, verdammt noch mal, mein Sweatshirt loslassen", befahl er Neil mit zusammengebissenen Zähnen.

„Lass ihn los", sagte Neil zu David. „Randy hat es nicht so gemeint. Er hat nur Spaß gemacht."

David ließ Randys Shirt los. „Manche deiner Scherze sind nicht besonders komisch!" Er ging um das Heck des Wagens herum zu seinem Platz.

Randy sah ihm mit zusammengekniffenen Augen verärgert nach. Neil wollte lieber nicht darüber nachdenken, was geschehen könnte, wenn die beiden wirklich anfingen miteinander zu streiten. Keiner von ihnen war mehr zu bremsen, wenn er erst mal die Geduld verlor.

„Hör mal, Randy", sagte Neil. „Es ist ja in Ordnung, die Kids ein wenig aufzuziehen, aber lass die Homo-Witze, ja? Wir haben noch einen langen Tag vor uns."

Randy lehnte sich im Sitz zurück. „Wir werden sehen."

Neil seufzte.

Einige Sekunden später kam Terry aus dem Wald gejoggt, er sah glücklich und erleichtert aus. „Kein Problem", berichtete er. „Da war zwar ein Nachtfalter, aber der hat mich nicht gestört. Und seht mal, was ich gefunden habe!" Er hielt eine kleine Wildblume hoch, die er gepflückt hatte, eine zarte, glockenförmige, violette Blume. „Ist die nicht schön?"

Neil sah schnell zu Randy. Randy lächelte zurück und drehte sich zu Terry. „Lass mal sehen", sagte er. „Vielleicht können wir herausfinden, was es für eine ist."

Neil ließ den Motor an. Fünf Minuten später erreichten sie die *Old King's Road*, verließen den Highway und machten sich auf die Suche nach der Höhle.

2

Obwohl sie nun auf der richtigen Straße waren, hatten sie die Höhle noch längst nicht gefunden. Randys Cousins hatten eine sehr vage Wegbeschreibung gegeben. Anhaltspunkte in der Landschaft wie „Tanne" oder „Straßenbiegung" erwiesen sich als ziemlich nutzlos. Bis halb elf hatte Neil das Auto schon an drei verschiedenen Stellen angehalten und sie hatten drei verschiedene Felsformationen abgesucht, von denen jedoch keine einen Eingang hatte. Die Herbstsonne hatte ein Loch in die Wolken gebrannt und schien jetzt wie ein Scheinwerferlicht vom fast weißen Himmel. Die Jungen kamen unter ihren Rucksäcken langsam ins Schwitzen.

David hatte gemerkt, wie angespannt Randy war, und begann zu sticheln: „Es könnte schneller gehen, wenn wir unsere eigene Höhle graben." Das verschlimmerte noch die Lage. Bis jetzt war Randy nicht ausgeflippt, aber Neil war klar, dass dies sicher bald passieren würde. *Lass uns doch endlich diese verdammte Höhle finden,* dachte er, während sie sich weiter dahinschleppten, schwitzten und grummelten.

Nur Terry Quinn schien seinen Spaß zu haben. Er drehte den Kopf um an Bäumen hochzusehen, blieb stehen um Vögeln zuzuhören, jagte manchmal den anderen voran wie ein junger Hund und wartete dann wieder, nach vorn gebeugt und schwer atmend, dass sie ihn einholten. Neil beneidete ihn.

„Ich bin mir sicher, hier muss es sein", sagte Randy nun schon zum vierten Mal, als sie sich einem kleinen Berg von rotgoldenen Steinen im dichten Unterholz näherten.

Neil gestand sich auch etwas Hoffnung zu. Dies war eine größere Gesteinsformation als die anderen, vielleicht von der Größe eines Hauses. Die Felsbrocken erhoben sich wie Türme aus einem niedrigen, grasbewachsenen Berghang.

„Wenn nicht, würde ich vorschlagen, wir essen was, suchen uns ein paar Mädchen und kommen zur Sache", sagte David.

Terry kicherte.

Randy hatte schon vor zwanzig Minuten aufgehört mit David zu reden, also richtete er all seine Bemerkungen an Neil. „Sie sagten, wir müssen nach rechts ..." Er stieg schwungvoll den Berg hinauf.

Neil folgte ihm. Es war ein schöner Anblick, Randys große, drahtige Gestalt in Bewegung zu sehen, besonders in Situationen wie diesen, wenn er vor Spannung fast zu platzen schien. Neil merkte plötzlich, dass die ganze Expedition fast wie eines ihrer Basketballspiele ablief. Solange der Punktestand unklar war, blieb Randy immer äußerst angespannt, er wirkte, als wäre er wütend, oder vielleicht, als hätte er Angst, aber in den letzten fünf Minuten, wenn es klar war, dass sie gewannen, schoss Randy plötzlich los wie ein Springteufel, seine Bewegungen und Sprünge wurden geradezu artistisch.

David und Terry schienen die Stimmungsänderung ebenfalls zu spüren und kletterten den beiden Älteren hinterher.

Randy bewegte sich schneller voran, so als ahne er etwas. Er ließ seine Hand über die zerklüfteten Felsbrocken gleiten, während er immer rascher aufstieg und in deutlichem Triumph zu den anderen zurückblickte. Sie bogen um eine weitere Kurve und blieben stehen.

Da war die Öffnung. Ein Tor aus Dunkelheit in den Felsen! Aladins Schatzhöhle, fiel Neil ein. Im nächsten Augenblick dachte er an eine andere Geschichte von einer

Höhle, die sich verschließen und einen für immer gefangen halten konnte.

Randys Brust hob und senkte sich rasch. Ein Schweißtropfen lief ihm über die Wange. „Wir haben es geschafft!", rief er.

„*Du* hast es geschafft", sagte Neil, der wusste, dass Randy jetzt ein Erfolgserlebnis brauchte. Er bot ihm seine Hand, in die Randy heftig einschlug. Dann drehte Neil sich zu den beiden anderen um, denn die hatten sich noch gar nicht geäußert.

Terry und David standen nebeneinander, Schulter an Schulter, und starrten mit fast identischem Gesichtsausdruck auf die Höhlenöffnung. Neil hatte diesen Ausdruck schon mal bei David gesehen – als er das erste Mal wie gelähmt auf dem Sprungturm gestanden hatte und nicht springen wollte.

„Da könnte man schon ein wenig Angst bekommen", sagte Neil um es gleich anzusprechen.

„Ja", sagte Terry sofort.

„Warum?", rief Randy. „Tausende von Menschen sind wahrscheinlich schon in diese Höhle hineingegangen – und wieder hinaus, ohne dass ihnen etwas passiert wäre!"

„Das weißt du nicht", sagte David.

„Also, nun kommt schon", sagte Neil. „Nachdem wir so eine Aktion veranstaltet haben um überhaupt hierher zu kommen, müssen wir auch hineingehen. Falls wir die verrotteten Knochen anderer tollkühner Männer entdecken, werden wir sofort umdrehen."

Randy grinste, ging in die Hocke und öffnete seinen Rucksack, aus dem er eine große Taschenlampe holte. Er richtete sie auf die Felsöffnung, schaltete sie ein und gleich wieder aus.

Neil tat es ihm nach. Langsam tat David das Gleiche. Terry bewegte sich nicht.

„Was ist denn los?", fragte Neil. „Hast du immer noch Angst?"

„Ja", sagte Terry und lachte nervös. „Aber das ist eigentlich nicht das Problem. Ich habe nicht daran gedacht, dass ich eine Taschenlampe brauche. Ich habe keine."

Randy sog scharf die Luft ein und wollte schon etwas sagen, da warf David bereits ein: „Kein Problem. Ich habe zwei dabei. Und außerdem noch Ersatzbatterien, falls wir welche brauchen."

„Na, wenn du nicht ein kleiner Superpfadfinder bist!", sagte Randy. Er blickte auf Davids Rucksack, der ziemlich schwer aussah. „Was hast du denn alles da drin, Junge? Sieht mir nach einer ganzen Campingausrüstung aus."

David sah ihn kühl und stolz an. „Proviant, Wasser, Taschenlampen, Batterien, Streichhölzer, Sportjacke und Kappe von meiner Tauchmannschaft, Handschuhe, ein Erste-Hilfe-Kästchen, ein Schweizer Taschenmesser, ein Nylonseil und eine ausklappbare Schaufel." Er holte seine Kappe heraus und setzte sie auf. „Okay?"

„Meine Güte!", rief Randy aus. „Ich habe nur was zu essen, meine Taschenlampe und ein Seil. Vielleicht sollten wir eine kleine Inventur machen. Was habt ihr denn dabei?"

„Nur was zu essen", gestand Terry. „Ich bin wahrscheinlich wirklich ein bisschen dämlich."

„Ich habe nur etwas zu essen und zu trinken", log Neil. Ganz bestimmt würde er nicht sagen, dass er einen Gedichtband mit in eine Höhle nehmen wollte. „Also mach dir darüber keine Gedanken."

Randy stand auf und schulterte seinen Rucksack. „Ja, David ist hier der Überlebenskünstler. Was ist dir denn in deinem früheren Leben mal passiert, dass du so übervorsichtig bist? Du musst ja schon die totale Katastrophe hinter dir haben!"

Neil sog scharf die Luft ein und begann zu husten. Terry, der die Geschichte kannte, fuhr herum und sah David an.

Nur Davids Augen hatten sich verändert. Die Pupillen waren bloß stecknadelgroß. „Soll das vielleicht lustig sein, Isaacson?"

Neil versuchte trotz des Hustenanfalls zu sprechen. „Er weiß es nicht", stieß er hervor.

„Ich weiß was nicht?" Randy öffnete Neils Feldflasche und hielt sie ihm an den Mund.

Neil trank und würgte, strengte sich an wieder reden zu können um diese ungute Wendung in den Griff zu bekommen.

„David hat tatsächlich eine Katastrophe hinter sich", sagte Terry zu Randy. „Ihr Haus ist vor zwei Jahren niedergebrannt."

Neil spürte einen heftigen Druck in seiner Brust. *Fahren wir doch einfach nach Hause*, dachte er. *Was soll das Ganze überhaupt noch?*

„Vor zwei Jahren?", fragte Randy nach. „Da bin ich hierher gezogen."

Soweit Neil es mit seinen tränenden Augen erkennen konnte, saß David wie versteinert da und starrte reglos in den Wald. Neil nahm einen letzten Schluck, dann fing er an zu erklären: „Es war in dem Sommer, bevor du hierher gezogen bist. Unser Haus ist ...", er räusperte sich, „... bis auf die Grundmauern abgebrannt. Wir haben alles verloren. David kam gerade noch mit dem Leben davon. Meine Eltern und ich waren fort, als es geschah." Neil merkte, wie seine Stimme zitterte, als er sich um den Hauptpunkt der Tragödie herumlavierte.

Terry hatte sich zu David gedreht und betrachtete ihn besorgt. Er streckte die Hand aus und fuhr mit den Fingerspitzen über Davids Schulter.

„Nimm deine Hände weg, du Schwuchtel!", schrie David. Seine Stimme hallte im Wald. Er stand auf und rannte um eine Wegbiegung, sodass sie ihn nicht mehr sehen konnten.

Neil ließ einige Sekunden verstreichen, dann wandte er sich an Terry. „Er hat es nicht so gemeint", sagte Neil.

„Ich weiß."

„Ich wollte ihn nicht provozieren", sagte Randy leise. „Ich meine, ich wusste nichts davon. Und warum wusste ich es nicht? Wir leben in einer kleinen Stadt! Und das ist eine ziemlich große Sache! Weiß außer mir jeder an der Schule davon?"

„Keine Ahnung. Wahrscheinlich. Meine Eltern sprachen mit unseren Lehrern und ich glaube, alle waren sich einig, dass es uns helfen würde, wenn wir das Ganze einfach vergessen und hinter uns lassen könnten. Eine Menge Leute wollten etwas tun ... Geld oder Sachen spenden, es in die Lokalnachrichten bringen ... meine Mutter ... wir konnten diese Vorstellung nicht ertragen. Wir wollten einfach wieder von vorne anfangen."

Randy runzelte die Stirn. „Mir kommt das ziemlich komisch vor. Du bist im Herbst einfach an die Schule zurückgekommen und niemand hat auch nur ein Wort zu irgendeinem von euch gesagt?"

„So ungefähr." Es hörte sich jetzt wirklich ein wenig seltsam an. Aber Neil konnte sich an die leisen Familiendiskussionen erinnern, bei denen sich alle absolut einig gewesen waren. *Wir müssen weitermachen.* Es war die einzige Möglichkeit, außer verrückt zu werden.

Randy fragte leise: „War David an dem Feuer schuld?"

„Ja." Neil blickte zu Boden.

Randy setzte sich auf einen Felsen, nach vorne gebeugt, die Ellbogen auf die Knie gestützt. „Es tut mir wirklich sehr Leid. Wir sollten vielleicht einfach wieder nach Hause fahren, wenn David so aufgebracht ist."

Neil setzte sich ebenfalls. „Gib ihm einen Moment Zeit. Warten wir ab, wie er sich verhält."

Terry begann an seinem Rucksack herumzufummeln.

Einige Sekunden vergingen. Neil nahm die Wälder um ihn herum wahr: den Duft von trockenen Tannennadeln, die sandige Erde unter seinen Händen, die Art, wie der Wind sanft an seinem Haar zupfte, das Zirpen der Zikaden. Langsam malte er seine Initialen in die Erde.

„Ich verstehe nicht, weshalb du nie darüber geredet hast, nicht einmal mit mir", hakte Randy nach. „Ich dachte, wir sind Freunde."

Neil verstand. Er dachte an all die Geheimnisse, die er Randy entlockt hatte. „Ich weiß nicht. Vielleicht war ich froh, dass du es nicht wusstest. So musste ich nicht daran denken, wenn du in der Nähe warst, verstehst du? Es ist komisch, was ich alles tat um es vor dir zu verbergen. Als du in die Stadt kamst, wohnten wir immer noch in einem Hotel am Strand und warteten darauf, dass die Versicherung zahlte, damit wir ein neues Haus kaufen konnten. Du hast mich immer zu dir nach Hause eingeladen und Andeutungen gemacht, dass du auch mich gern zu Hause besuchen würdest. Aber ich habe dich immer vertröstet."

„Ich erinnere mich."

„Ich wollte einfach nicht, dass du etwas davon erfuhrst. Es hat ein halbes Jahr gedauert, bis du meine Familie kennen gelernt hast. Ich habe mich manchmal gefragt, was du wohl darüber dachtest."

Randy lächelte schief. „Ich dachte, es läge daran, dass ich Jude bin."

„Oh!" Neil hatte das Gefühl, einen Schlag in den Magen zu bekommen. „Oh nein!"

„Schon in Ordnung. Ich bin froh, dass es nicht so ist. Ich habe mir manchmal deshalb Sorgen gemacht. Also jetzt hör mal, sollten wir deinen Bruder aufsammeln und nach Hause fahren? Diese Höhle kann auch ein paar Jahre warten, bis es David wieder besser geht."

Neil überlegte. „Können wir noch ein paar Minuten abwarten? Er wollte wirklich gern die Höhle erforschen und er ... ich glaube, er würde sich noch schlechter fühlen, wenn wir das Ganze nur seinetwegen abblasen. Er ist eigentlich nicht so leicht unterzukriegen."

Sie schwiegen. Neil starrte auf seine Initialen, als fände er dort eine Lösung. Als er den Kopf hob, sah er, dass Terry ihn fragend anschaute. Er blickte zur Seite. Terry kannte die ganze Geschichte von dem Feuer und musste sich fragen, warum Neil Randy noch immer nicht alles erzählt hatte.

Einen Augenblick später fiel Davids Schatten über den Felsen. David sah ein wenig angespannt aus, aber das war alles. Neil konnte sehen, dass er nicht geweint hatte. Wenn David weinte, wurde seine helle Haut ganz rot und fleckig. Neil konnte sich vorstellen, was David getan hatte – er hatte mit angespanntem Körper dagestanden, während sich Schluchzer in ihm aufstauten, die keinen Weg hinausfanden. David konnte sehr stark sein, wenn es nötig war, sehr, sehr stark.

„Also", sagte David, „gehen wir jetzt in diese verdammte Höhle oder nicht?"

Alle drei standen zusammen auf, schulterten ihre Rucksäcke und murmelten etwas wie: „Los geht's." Sie schalteten ihre Taschenlampen ein und gingen verlegen vorwärts. Neil betrat als Erster die Höhle, beugte den Kopf und durchschnitt mit dem schwachen Lichtstrahl seiner Lampe die Dunkelheit.

Anfangs waren die Gänge schmal und die Decken so niedrig, dass sich jeder außer Terry bücken musste. Neil, der über einen Meter achtzig groß war, lief, als hätte er einen

Buckel. Sie gingen hintereinander, zuerst Neil, dann Randy, David und Terry. Jeder leuchtete die Wände und den Boden mit seiner Taschenlampe ab. Neil fuhr mit seiner freien Hand über den rauen Stein der Höhlenwände. Die Felsen waren von dem gleichen dunklen Goldton wie draußen und fühlten sich an wie Sandpapier. Gelegentlich fielen die Lichter auf eine Ader von Katzengold, glänzend wie eine winzige Galaxie in der Dunkelheit. Der Boden der Höhle war aus fester Erde mit gelegentlich aufragenden Steinen, über die sie stolperten oder, wenn sie es rechtzeitig bemerkten, darüber sprangen, sich dabei jedoch die Köpfe an der Decke stießen. Es gab kein Anzeichen von Leben, kein Flattern von Fledermausflügeln, keine Graffiti. Der Geruch von altem, feuchtem Stein erinnerte Neil an Putzmittel.

Neil hasste es, der Erste zu sein, der Erste, der die Dunkelheit durchdringen musste. Die Lichter der anderen kreuzten und verwoben sich um ihn wie Suchscheinwerfer, täuschten seinen Blick. Seine Brust, die immer noch von dem Hustenanfall schmerzte, schien sich zusammenzuziehen. Er hatte die gleichen Kopfschmerzen, die er oft von Neonlicht bekam. Das schlimmste Anzeichen von allen, das unfehlbare Signal seiner Beunruhigung, stellte sich ebenfalls ein: Verse von Baudelaire gingen ihm durch den Kopf.

Wenn die Erde mich ein feuchter Kerker deucht,
Wo die Hoffnung, wie die Fledermaus erschreckt,
Flatternd an den Mauern hinstreicht und verscheucht
Mit dem Kopf an morsche Deckenbalken schlägt ...

Neil erinnerte sich daran, wie er einmal in einem Aufzug stecken geblieben war oder wie er im Alter von zwölf Jahren auf der Toilette den Riegel nicht mehr aufbekommen hatte und deshalb losschrie, anstatt einfach unter der Tür durchzukriechen.

Er erinnerte sich, wie der Sarg seiner Schwester in den Boden gesenkt wurde, erinnerte sich, wie seine Mutter ihn am Arm gezogen hatte, weil er nicht vom Grab weggehen konnte.

Er erinnerte sich an das letzte Jahr, als er und Randy einander dumme Streiche gespielt hatten. Randy hatte Neil nach dem Sport in einen Spind gestoßen und die Tür zugeschlossen. Als er wieder herausgelassen wurde, hatte Neil Randy wie ein Tier angefallen und ihn mit der Faust ins Gesicht geschlagen. Zwei Trainer mussten Neil zehn Minuten lang unter eine kalte Dusche halten, bevor seine Rachegelüste vorüber waren.

Nichts von alldem hatte vorher für Neil einen Sinn ergeben, doch mit einem Mal wusste er, dass alles zusammenpasste und dass es ein Wort dafür gab: Klaustrophobie. Für die anderen war die Höhle nur eine Ansammlung von Felsen. Aber Neil sah die Höhle als etwas, was es vielleicht auf sie alle abgesehen hatte, was sie täuschen, ihnen eine Falle stellen und sie hier festhalten wollte. Vielleicht ließ es sie nie mehr fort. Er wusste, dass das verrückt war, aber er konnte nicht anders. Nur eines war ihm klar und deutlich bewusst: Er musste seine Schwäche unter allen Umständen vor den anderen geheim halten.

Neil lief etwas schneller und entspannte seine Muskeln durch reine Willenskraft. Er war gut darin, seinen Körper zu etwas zu zwingen, was sein Verstand verlangte. Nach wenigen Minuten bewegte er sich anmutig wie ein Panter durch die Gänge. Nur in seiner Brust rebellierte es, sie zog sich zusammen wie eine Faust.

Nach einer Weile wurde ihm bewusst, dass Terry immer wieder hustete. Dankbar, dass er an etwas anderes denken konnte, blieb Neil stehen, drehte sich um und leuchtete mit seiner Lampe in Terrys Gesicht. Randy und David taten das Gleiche und Terry musste heftig blinzeln. Als ob er seinen Zustand vor ihnen verbergen könnte, biss Terry fest die Zähne zusammen. Bei jedem Huster wurde sein ganzer Körper durchgeschüttelt. Sein Pony war ihm in die Augen gefallen.

„Was ist denn mit dir los?", fragte Neil mitfühlend.

Da er vor lauter Husten nicht reden konnte, gab Terry ihnen ein Zeichen, dass sie warten sollten. Er kniete sich auf den Boden, öffnete seinen Rucksack und kramte darin herum, bis er eine Reihe von silbern glänzenden Kapseln gefunden hatte. Er steckte eine davon in den Mund und verlangte nach etwas zu trinken. David reichte ihm eine Tüte Apfelsaft.

„Jetzt kommt es heraus", sagte Randy und versuchte sich an die gewölbte Wand des Gangs zu lehnen. „Wir haben einen Junkie dabei."

Terry hustete bereits weniger. Zwischen den einzelnen Schlucken kicherte er verlegen. „Ich bin allergisch gegen Schimmel", erklärte er. „Aber es ist schon in Ordnung. Ich habe genug Antihistamine dabei."

Randy schüttelte den Kopf und lachte laut auf. „Oh, Junge! Was noch, Terry? Bringen wir es hinter uns. Bekommst du Nesselfieber? Epileptische Anfälle? Leidest du an Inkontinenz?"

Terry trank langsam seinen Saft aus. „Na ja ..."

„Kannst du das glauben, was hier passiert?", fragte Randy Neil. „Kannst du das wirklich glauben?"

„Terry", sagte Neil. „Ich finde, du solltest damit herausrücken, bevor wir weitergehen. Wenn du ein schwaches Herz oder einen Gehirntumor oder sonst was hast, sollten wir es jetzt sofort erfahren. Keiner von uns ist Sanitäter." Neil hoffte insgeheim, dass Terry tatsächlich irgendein gesundheitliches Problem hatte. Dann konnten sie die ganze Sache abblasen und keiner würde jemals erfahren, wie viel Angst Neil selbst in der Höhle gehabt hatte.

„Es ist nichts Besonderes", versicherte Terry. „Es hört sich nur so an."

Randy kauerte sich vor Terry und sah ihm in die Augen. „Spuck es aus, Junior. Wir wollen deine ganze Krankengeschichte hören oder du bekommst deinen Apfelsaft gleich auf ganz andere Weise zu trinken."

Neil blickte zu David. David schaute zur Seite.

„Ich habe Asthma", gestand Terry. „Es kommt und geht, aber in einer Situation wie dieser kann es doch schon mal ..."

„Das ist gar nicht lustig!", schrie Randy. „Du kleiner Idiot! Du bist in einer Höhle! Du solltest überhaupt nicht hier sein! Verdammt! Jetzt müssen wir diese ganze Sache deinetwegen abblasen!"

Neil schloss die Augen. *Gott sei Dank!*

„Nein, müssen wir nicht", versicherte Terry. Er sah Randy mit runden Augen bettelnd an. „Wirklich nicht. Ich habe Inhalierspray und für den Notfall habe ich auch eine Sauerstoffflasche mitgebracht."

„Sauerstoff?", stieß Randy hervor. „Mein Gott! Was denn noch? Wahrscheinlich hast du auch noch ein Holzbein und ein Glasauge! Das ist einfach zu viel." Er blickte zu David. „Ich wette, du hast das alles gewusst."

David trat unruhig von einem Bein auf das andere. „Ich weiß, dass er Asthma hat. Aber Terry kommt damit klar. Er bekommt diese Anfälle sowieso nicht oft."

„Wir sind in einer Höhle", sagte Randy mit übertriebener Geduld. „Asthmatiker gehören nicht unter die Erde." Er wandte sich an Neil. „Habe ich Recht?"

„Ja", stimmte Neil zu und vermied es, Terry anzusehen. „Tut mir Leid, Kleiner."

Terry knüllte langsam mit beiden Händen seinen leeren Saftkarton zusammen. Dann steckte er ihn in seinen Rucksack wie ein wertvolles Andenken. „Okay", sagte er leise mit gesenktem Blick. „Entschuldigt, dass ich euch den Spaß verdorben habe, Jungs. Das passiert mir leider ständig." Er stand auf und schulterte seinen Rucksack. „Das kommt dabei heraus, wenn man versucht nett zu sein. Das nächste Mal wisst ihr es besser und nehmt so einen kleinen Idioten wie mich gar nicht erst mit." Er drehte sich um. Seine Schultern, von der Niederlage gebeugt, sahen schmal und schwach aus.

„Warte", sagte Neil

„Nein", widersprach Randy. „Sei wenigstens einmal kein weichherziger Idiot, Neil. Das wäre gefährlich. Terry, du weißt, dass ich Recht habe."

„Er atmet jetzt ganz problemlos", betonte David und blickte hoffnungsvoll zu Neil.

Neil holte tief Luft. „Ich denke, die Person, die es betrifft, sollte entscheiden, ob sie damit klarkommt. Wenn Terry meint, dass er es im Griff hat, dann … wird es wohl stimmen."

„Schlechter Scherz", sagte Randy und verschränkte die Arme.

Terry starrte Neil an. Seine Augen glänzten vor Dankbarkeit. „Ich weiß es, ich weiß ganz sicher, dass ich keine Probleme haben werde. Ich schwöre es."

„Er schwört, Randy", scherzte Neil. „Was willst du denn mehr?"

Randy seufzte und hob seinen Rucksack hoch. „Ich hätte gerne das Gefühl, dass sich außer mir zumindest noch ein einziger vernünftiger Mensch in dieser Höhle befindet. Aber ich merke jetzt, dass ich Pech habe. Okay. Los jetzt. Gehen wir weiter, bevor wir noch zu hören kriegen, wie jemand in den Wehen liegt."

Neil drehte sich wieder der Dunkelheit entgegen und ging voran. Er hatte den Eindruck, dass der Gang vor ihm ein klein wenig schmaler wurde. Mit seiner freien Hand tastete er oben an der Höhlendecke entlang. Nur für den Fall, dass die Decke urplötzlich auf die Idee kam, sich zu senken.

3

Die Höhle war größer und komplizierter angelegt, als Neil es sich vorgestellt hatte. Ohne Taschenlampen hätten sie überhaupt nichts gesehen. Während sie ihre Expedition fortsetzten, bemerkte er, dass das Gestein unter seinen Händen glatter und kühler wurde. Er fragte sich, ob David, der abgeschnittene Jeans und ein ärmelloses T-Shirt trug, nicht fror. Die Luft roch jetzt irgendwie anders, fast wie modrige Äpfel. Von dem Hauptgang zweigten weitere Tunnel ab – manchmal gabelten sich die Wege. Randy sagte, sie müssten sich rechts halten. Seine Cousins hätten das auch getan und eine eindrucksvolle Kammer, ein Gewölbe mit Tropfsteinformationen, Kristallen und einem Teich in der Mitte, entdeckt.

Aber Neil hatte ein ungutes Gefühl dabei. Hatten sich Randys Cousins denn an jede Abzweigung erinnern können, die sie genommen hatten? Und außerdem, woher sollten sie wissen, dass sie sich überhaupt in derselben Höhle befanden, die die Cousins entdeckt hatten? Draußen waren keine Zeichen oder Markierungen zu sehen gewesen. Vielleicht gab es Hunderte von Höhlen in dieser Gegend. Und vielleicht befanden sie sich gerade in einer Höhle, die als gefährlich galt.

Der Gang, den sie jetzt entlangliefen, war breiter und höher. Neil konnte aufrecht stehen ohne anzustoßen. Er spürte jedoch, dass der Gang abwärts führte. Ob sie wohl schon unter der Erdoberfläche waren? Dieser Gedanke machte ihn nervös, erinnerte ihn an Beerdigungen und Gräber. Er war hungrig und müde, ihm war kalt und er musste immer wieder daran denken, dass er rechtzeitig nach Hause wollte, denn um Punkt drei Uhr musste er bei der Arbeit sein. Dabei war eine Stunde Fahrtzeit nach Ormond einzukalkulieren. Trotzdem wollte Neil nicht derjenige sein, der vorschlug Halt zu machen. Sein Rucksack fühlte sich inzwischen schwer an. Die Träger schnitten ihm in die Schultern. Er wünschte, Terry bekäme einen Asthmaanfall oder so was, aber er und die anderen schienen sich bestens zu amüsieren. Sie leuchteten mit ihren Lampen an die Höhlenwände um Fossilien oder farbige Gesteinsadern zu bewundern und machten dabei Scherze. Terry summte vor sich hin! Neil fürchtete, dass er selbst in dieser Gruppe dilettantischer Höhlenwanderer das schwächste Glied sein könnte.

Also lief er weiter, ignorierte seine verkrampften Waden, seine kalten Hände und seinen leeren, nervösen Magen. Er versuchte, nicht auf die Verse von Baudelaire zu achten, die ihm mittlerweile fast bei jedem Schritt durch den Kopf gingen.

Die wärmelose Sonne dort sechs Monde schwebt,
Sechs andre Monde lang deckt Nacht das Erdental;
Dies Land ist wie die Pole so entblößt und kahl
– Nicht Tier noch Bach, nicht Gras noch Wald mehr lebt!

Neils Hand fuhr in etwas Klebriges, Weiches. Er duckte sich und wischte schnell die Hand an seinen Jeans ab, damit die anderen nicht merkten, dass ihn Spinnweben so erschreckten. Hässliche Vorstellungen tauchten in seinem Kopf auf – die blasse, blinde Höhlenspinne, die in seine Kleidung fiel und darin herumkrabbelte ...

„Iiih!", rief Randy aus. „Passt bloß auf, Jungs, hier oben ist ein riesiges Spinnennetz. Igitt, igitt."

Das ist eine normale Reaktion. Vorsichtig klopfte Neil

auf sein T-Shirt um sich zu versichern, dass er keine uner-wünschte Gesellschaft hatte. Dann fuhr er sich mit der Hand durchs Haar.

„Ist denn niemand außer mir hungrig?", rief David.

„Doch, ich", antwortete Randy. „Aber ich hatte gehofft, dass wir vor dem Essen dieses große Gewölbe erreichten. Da hätten wir Platz um uns auszubreiten."

Wir könnten zurück nach draußen gehen!, dachte Neil. Da ist jede Menge Platz um sich unter dem weiten blauen Himmel auszubreiten!

„Wie geht's dir, Terry?", fragte David. „Atmung okay?"

„Mir geht es hervorragend!", erwiderte Terry. „Habe mich nie besser gefühlt. Vielleicht ist diese Luft sogar gut für mich."

Luft?, dachte Neil. *Welche Luft?* Der modrige Geruch wurde stärker und das Gefühl in seiner Magengegend im-mer flauer. Er atmete flach. Gedichtfetzen fuhren ihm durch den Kopf wie Blitze. Seit der Beerdigung seiner Schwester hatte er sich nicht mehr so schrecklich gefühlt. Er begann zu schwitzen und dann zu zittern, als die kühle Luft über seinen schweißnassen Körper strich. *Ich muss es ihnen sagen*, dachte er. *Wenn nicht, fange ich jeden Augen-blick an zu schreien und dann wissen sie es sowieso.*

„Hört mal, Jungs ...", setzte er an und drehte sich halb zu ihnen um.

In diesem Augenblick passierte es. Er hörte ein Geräusch wie von einem plötzlichen Windstoß, der durch eine Palme fuhr. Randy schaute auf den Boden vor Neil, blickte dann auf einmal zu ihm hoch und schubste ihn so fest, dass Neil fast zwei Meter weiter auf sein Hinterteil fiel. Die Taschen-lampe rutschte ihm aus der Hand. Er hörte, wie sie davon-rollte. Wütend und verblüfft blickte er zu Randy hoch und dann sah er die Erklärung für dessen Verhalten im Licht der übrigen drei Taschenlampen.

Eine Klapperschlange lag ungefähr dreißig Zentimeter von Neils Gesicht entfernt auf dem Höhlenboden. Selbst wenn man seinen Blickwinkel und seine Angst nicht berücksichtigte, war das die größte Schlange, die er je gesehen hatte. Sie war so groß und so nahe, dass sie Neil beinahe unwirklich vorkam. Sauber zusammengerollt, nur Kopf und Schwanzende nach oben gerichtet, sah sie aus, als entstammte sie einem Comicheft. Die Klapper an ihrem Schwanz wirkte wie eine Art Plastikspielzeug. Ihr Kopf war so groß wie der einer kleinen Katze, die Augen blickten Neil unter schweren Lidern hervor an. Ihr dunkler Rücken schimmerte wie mit mattgoldenen Diamanten besetzt. Plötzlich hatte Neil seine Klaustrophobie völlig vergessen.

Die anderen drei waren einen Schritt zurückgewichen. Terry wimmerte vor sich hin.

Neil hörte sich selbst lachen – ein kurzer, bellender Klang, der durch den Tunnel hallte.

„Beweg dich nicht", flüsterte Randy.

Die Schlange drehte ihren riesigen Kopf zu den anderen, dann richtete sie ihren drohenden Blick wieder auf Neil. Der Schwanz bewegte sich kurz und schickte ein Rasseln durch die Stille.

Ich werde sterben, dachte Neil. Er fragte sich, ob die Methode des Giftaussaugens, die er aus alten Wildwestfilmen kannte, bei Schlangenbissen wirklich funktionierte. Wer würde es tun? David wahrscheinlich. Oder vielleicht Randy. David hatte den Erste-Hilfe-Kasten dabei. Vielleicht befand sich darin auch eine Art Gegengift.

Neil konnte die Schlange riechen. Es war eine üble Kombination des Geruchs von abgestandenem Wasser und roher Leber. Und er hätte wetten können, dass sein eigener Geruch für die Schlange genauso widerwärtig war. Seine Hände, die er in den schmutzigen Boden presste, schwitzten so sehr, dass die Erde darunter schlammig wurde.

Das Schlimmste war, dass die Schlange Neil genau in die Augen starrte. Niemals in seinem Leben hatte Neil einen so intelligenten, berechnenden Hass wahrgenommen. Die Wissenschaftler hatten Unrecht mit ihrer Meinung über Reptilien und ihren Verstand. Dieses Wesen hier hasste ihn mit einem kreativen, fast menschlichen Hass. Er konnte es sehen. Er konnte es in der Luft zwischen ihnen spüren.

„Neil?", sagte Randy leise. „Wir müssen etwas tun. Ich glaube nicht, dass du dich sicher entfernen kannst, und selbst wenn, dann bist du auf der falschen Seite. Du kannst nicht riskieren an ihr vorbeizugehen oder drüber zu springen."

Ja, ja, dachte Neil. *Alles richtig. Aber nichts davon hilft mir weiter. Es wird so aussehen, dass dieses Tierchen mich beißen wird und ihr Jungs wie vom Teufel gejagt losrennt um Hilfe zu holen, bevor ich sterbe.*

Die Schlange senkte den Kopf. Sie hatte aufgehört zu klappern. War das ein gutes Zeichen? War sie jetzt ruhiger? Oder war es mit der Klapper der Schlange genau wie mit indianischen Kriegstrommeln? Schwieg sie unmittelbar vor dem Angriff?

Neil überlegte, wo ihn der Biss wohl treffen würde. Es konnte am Hals sein, in der Brust oder an den Unterarmen, je nach dem Angriffswinkel. Jede dieser Möglichkeiten war ziemlich übel. Zu nahe am Herzen. Randy hatte es gut gemeint, als er ihn gestoßen hatte, doch es war ein furchtbarer Fehler gewesen. Wenn er auf den Füßen geblieben wäre, hätte die Schlange ihn am Knöchel erwischt und er hätte eine Chance gehabt.

Der Kopf der Schlange senkte sich weiter nach unten wie bei einer Marionette an einem nachlassenden Faden. Neil hatte das Gefühl, er könne ihre Gedanken lesen. „Leuchtet sie weiter an", flüsterte er. „Ich glaube, das macht sie schläfrig."

„Sprich nicht!", zischte Randy. „Und beweg dich nicht!"

Neil sah wieder zu ihnen hoch. Randy schien unklugerweise ein Stück nach vorne gekommen zu sein. David wirkte wie gelähmt, seine Augen starrten ins Leere, der Arm, der die Taschenlampe hielt, war unnatürlich steif. Terrys Anblick war am schlimmsten. Während er Neil anstarrte, rannen Tränen über seine Wangen.

Du kleiner Scheißer!, dachte Neil. *Ich bin doch noch nicht tot!*

Randy drehte sich zu David um. „Hört mal. Wir müssen etwas unternehmen. Wir könnten Hilfe holen und hoffen, dass die Schlange sich in diese Richtung entfernt, weg von Neil. Aber was ist, wenn sie es nicht tut?"

„Wir können nicht weggehen", sagte David leise und angespannt. „Wir können ihn nicht hier allein lassen."

„Du hast Recht", sagte Randy. „Denn wenn dieses Mistvieh ihn beißt, müssen wir ihm sofort erste Hilfe leisten. Also ..."

„Wir müssen sie töten", sagte David schließlich.

„Nein!" Terrys Stimme klang hoch und kindlich. „Wie wollt ihr das denn machen? Wenn ihr versucht sie mit irgendwas zu erschlagen und ihr verfehlt sie, dann wird sie Neil angreifen."

„Tja, das ist das Risiko, das wir eingehen müssen", sagte Randy. „Wenn Neil sich bewegt, wird sie sowieso auf ihn losgehen. Er kommt nicht aus dieser Höhle raus, wenn wir nicht diese verdammte Schlange aus dem Weg schaffen."

„Ich habe eine Schaufel dabei", sagte David, „erinnert ihr euch?"

„Hat sie einen langen Stiel?" Mittlerweile zitterte Randys Stimme doch ein wenig.

„Eigentlich nicht", antwortete David düster. Mit einer langsamen, flüssigen Bewegung kniete er sich auf den Boden, den Blick fest auf die Schlange gerichtet.

Diese drehte abrupt den Kopf um zu sehen, was geschah. Spontan beschloss Neil wegzurutschen, solange die Schlange abgelenkt war. Er war gerade fünf Zentimeter weit gekommen, als sein Feind wieder herumfuhr. Die Klapper rasselte laut.

„Beweg dich nicht, du Idiot", schrie Randy.

Die Schlange fuhr mit dem Kopf zu Randy herum und klapperte noch wütender.

„Schrei nicht, du Arschloch!", flüsterte Neil zurück. Er verspürte wieder diesen furchtbaren Drang zu lachen. Offensichtlich wurde er verrückt und das war ein Segen. Denn er wollte lieber nicht bei klarem Verstand sein, wenn dieser große, wütende Kopf ihm an die Kehle fuhr.

David holte tief Luft und strengte sich sichtlich an, in all dieser Aufregung ruhig zu bleiben. Er öffnete den Reißverschluss seines Rucksacks, holte die zusammengeklappte Schaufel heraus und erhob sich. Mit einem weichen Klicken ließ er den Stiel einrasten. Er bewegte sich flüssig und war gleichzeitig leise, während die abrupten Bewegungen der anderen die Schlange immer nervöser machten. „Ich übernehme das", sagte er leise zu Randy.

„Ich weiß nicht, Superpfadfinder", sagte Randy. „Meine Arme reichen weiter als deine. Wir sollten hier jeden Vorteil ausnutzen." Er streckte die Hand nach der Schaufel aus.

David bewegte sich nicht. „Ich muss es tun. Er ist mein Bruder."

„Na und? Er ist mein bester Freund. Und ich habe außerdem eine längere Reichweite als du, also ist das entschieden."

Davids Augen wurden schmal. „Er ist mein Bruder", wiederholte er.

„Er ist niemandes Bruder mehr, wenn ihr beide nicht damit aufhört, euch wie in einem Clint-Eastwood-Film zu benehmen, und endlich etwas tut!", sagte Terry.

„Terry soll es machen", flüsterte Neil fast kichernd. „Er hat den richtigen Killerinstinkt." *Junge! Jetzt bin ich wirklich voll durchgedreht! Ich bin total verrückt!*

Randy streckte David seinen rechten Arm hin. Er war lang und kräftig. „Siehst du das? Und ich weiß, ich habe gute Reflexe. Außerdem bin ich ein rücksichtsloser Mistkerl, dem es Spaß macht zu töten. Also gib mir die verdammte Schaufel."

Davids Augen funkelten in dem dämmrigen Licht wie Eis. „Nein."

„Lass Randy es tun", flüsterte Neil. „Ich weiß, was du empfindest, aber ich spiele mit Randy Basketball und er ist schneller als jeder andere. Außerdem ist er größer als du und im Augenblick kann es auf jeden Zentimeter ankommen. Du kannst mein Leben das nächste Mal retten, Kumpel, ja? Versprochen."

David reichte Randy widerwillig die Schaufel und murrte: „Wenn du die Sache versaust und meinen Bruder umbringst, werde ich dir dieses Ding überziehen, Isaacson."

„Ja, ja, Sonny, heb dir das für deine Memoiren auf." Randy nahm die Schaufel und setzte wie ein Golfer einige Male zum Schlag an. „Ihr haltet eure Lampen weiter auf Mr. Snake gerichtet. Ich möchte ihn nicht verfehlen, okay? Neil, wenn ich bis drei zähle, ziehst du dich zurück, und zwar schnell, okay?"

„Pass auf, wie du schwingst", wies David Randy an. „Und verlier nicht dein Gleichgewicht. Und hack nicht. Versuche ihren Kopf auf den Boden zu quetschen. Oder schlage sie erst bewusstlos und töte sie dann."

„Schreib es für mich auf", antwortete Randy. „Ich lese es dann später."

„Hör auf ihn!", sagte Neil zu Randy. „Er hat Recht. Besonders was dein Gleichgewicht betrifft. Glaub mir, du solltest sie lieber nicht aus dem gleichen Winkel betrachten wie ich."

„Keine Sorge. Ich bin kein Märtyrertyp. Neil? Auf drei. Ich hoffe, Schlangen können nicht zählen."

Neil spannte alle Muskeln an. Randy schloss kurz die Augen, als ob er bete. Dann fixierte er die Schlange, ruhig und konzentriert. „Eins. Zwei. Drei!"

Neil kroch blind in den dunklen Tunnel und rollte sich über seine eigene Taschenlampe, als er einen kräftigen Schlag hörte, kombiniert mit einem dumpfen Geräusch und einem Splittern, als ob Randy eine Reihe von Eiszapfen zertrümmerte. Oder ein kleines, zerbrechliches Skelett. Dann war das gleiche ekelhafte Geräusch ein zweites und ein drittes Mal zu hören. Neil zuckte in der Dunkelheit zusammen, sein Herz klopfte ihm bis in den Hals hinauf.

Schweigen.

Neil lag schweißüberströmt, fröstelnd und schwer atmend da. Die Lichter der Taschenlampen richteten sich auf ihn. Er setzte sich mühsam auf, damit sie sehen konnten, dass es ihm gut ging – obwohl er sich eigentlich nur wünschte eine Weile daliegen zu können und sich daran zu freuen, dass er noch lebte.

Langsam zog er seine Taschenlampe unter seinem schmerzenden Oberschenkel hervor und richtete sie auf Mr. Snake, der auch im Tod noch wie eine Comicfigur aussah. Sein Kopf lag flach auf dem Höhlenboden. Ein Strom von hellrotem Blut sammelte sich um seinen riesigen Kiefer. Es war furchtbar zu sehen, dass Schlangen rotes Blut hatten, genau wie Menschen.

Eigenartigerweise war das Erste, was Neil empfand, eine Art Trauer um die Schlange. Es war traurig, dass sie in Mr. Snakes Welt eingedrungen waren und ihn unwissentlich gezwungen hatten sie anzugreifen. Die ganze Sache machte ihn krank.

Noch immer bewegte sich niemand. Dann brach Terry den Bann, sackte an die Wand des Gangs und bedeckte seine Augen mit den Händen.

David rannte plötzlich vor und stieß die tote Schlange wütend mit dem Fuß aus dem Weg. Er warf sich neben Neil zu Boden und umarmte ihn. „O Gott!", stöhnte er.

Neil war das unangenehm. „He, lass das!" Er schob Davids Arme weg, stand auf und ließ ihn auf dem Boden zurück. Dann ging er zu Randy hinüber. Sie sahen einander an und umarmten sich ernst. „Recht nett gemacht, Kumpel", sagte Neil.

„Erwarte nur nicht, dass ich sie häute und für dich koche", sagte Randy. Er blickte in Davids Richtung. Neil sah nicht zu David. Er wusste, dass er ihn verletzt hatte, aber verdammt noch mal, er wäre gerade fast gestorben. Hatte er da nicht ein Recht darauf, selbst zu entscheiden, wie er sich fühlte und wen er umarmen wollte?

Randy ging zu David und bot ihm die offene Hand zum Einschlagen. „Nicht schlecht, Pfadfinder. Die Idee eine Schaufel mitzunehmen war wirklich gut. Wenn du nicht gewesen wärst, hätte ich diesen Blutsauger mit einem Stück meines Seils erdrosseln müssen!"

David schlug lustlos in Randys Hand ein. „Freut mich, dass ich doch zu etwas gut war", sagte er leise.

„Sehen wir zu, dass wir von hier verschwinden", meinte Terry. Er behielt immer noch die Schlange im Auge, für alle Fälle. „Gehen wir und suchen uns einen netten *Burger King*, wo die Pommes sich nicht bewegen oder rasseln."

„Vielleicht sollten wir wirklich hier kehrtmachen", stimmte Randy ihm zu. „Ich muss heute nicht unbedingt noch einmal morden."

„Ja", sagte David. „Denn wer weiß, ob nicht Mrs. Snake

und all die kleinen Schlangenkinder an der nächsten Ecke auf uns warten."

Neil bückte sich und hob seinen Rucksack auf. Alle Muskeln taten ihm weh. „Randy, erinnere mich daran, dass ich dir das nächste Mal in den Hintern trete, wenn dir wieder etwas Aufregendes einfällt, was wir unternehmen könnten."

„Keine Sorge", sagte Randy. „Für mich war das genug Aufregung für die nächsten zehn Jahre." Er wischte sich mit seinem Tuch über das Gesicht und band es dann um seine Stirn wie ein Indianer. Über eine Wange zog sich ein Dreckstreifen, sodass Randy aussah, als gehörte er zu einer Kampftruppe. „Ich glaube, ich brauche noch ein Andenken", sagte er und bückte sich um die Schaufel wieder aufzuheben.

Ein dreistimmiges „Nein!" ertönte. Randy ignorierte es. Er hob die Schaufel in die Höhe und hackte Mr. Snake die Klapper ab. Er nahm sie, wischte das Blut an seinen Jeans ab und steckte die Klapper in seine Hüfttasche. „Das ist etwas, was ich den Mädels zu Hause zeigen kann", sagte er und grinste.

Neil stand ganz still. Eine Welle der Übelkeit überrollte ihn und er glaubte sich übergeben zu müssen. Doch die Übelkeit ging rasch vorbei. „Warum gehst du nicht eine Weile voran, großer Jäger?", schlug er mit rauer Stimme vor. „Ich habe genug davon, der Anführer zu sein."

Jeder blickte noch einmal auf Mr. Snake, dann machten sie sich auf den Weg zurück. Diesmal führte Randy, er ging den gleichen Weg, den sie gekommen waren. „Neil, du musst etwas Wasser trinken", sagte er. „Du hast geschwitzt wie ein Schwein und bist sicher ganz ausgetrocknet."

Neil folgte der Aufforderung nur zu gern. Sobald erst einmal Wasser in seinen Mund floss, hätte er am liebsten gar nicht mehr aufgehört zu trinken. Es war die erste angenehme Empfindung seit Stunden. Die erste von vielen, schwor er sich. Bald würden sie den Himmel wieder sehen und den warmen Sonnenschein fühlen. Bald würde er eine Tüte Pommes in Ketschup ertränken. Und heute Nacht würde er in einem gemütlichen, warmen Bett in einem sicheren Haus liegen, weit weg von allen Schlangen Floridas.

Neil spürte die Erleichterung im ganzen Körper. Die Muskeln in Armen und Beinen entspannten sich wie bei einem Bad in einem heißen Whirlpool. Er würde aus der ganzen Sache herauskommen ohne sein Gesicht zu verlieren. Und das Beste war, er war sicher, dass keiner dieser Helden jemals wieder den Wunsch verspüren würde eine Höhle zu erkunden. Er überlegte, ob sie sich wohl trauen würden diese Geschichte in der Schule zu erzählen. Die Versuchung war groß, besonders für Randy, aber wenn irgendein Elternteil davon erfuhr ... tja, das wäre nicht so gut. Neil mochte gar nicht daran denken, was seine Eltern dazu sagen würden. Während der vergangenen beiden Jahre war es in der Familie das schlimmste Vergehen gewesen irgendein Risiko für die eigene Sicherheit einzugehen.

Randy hielt plötzlich an und David, der hinter ihm ging, rumpelte in ihn hinein. Sie standen an einer Stelle, wo sich der Weg in drei Richtungen verzweigte. „Daran kann ich mich nicht erinnern", sagte Randy leise.

Alle standen ganz still und betrachteten konzentriert die Tunnelöffnungen. „Ich auch nicht", sagte David.

„Das muss gar nichts zu bedeuten haben!", meinte Neil. „Eine Weggabelung sieht immer anders aus, wenn man aus der entgegengesetzten Richtung kommt. Wir sind beim Hinweg die ganze Zeit rechts gegangen, logischerweise müssen wir jetzt auf dem Rückweg nur die ganze Zeit links gehen!"

„Bist du sicher?", zweifelte Terry. „Wenn es nun irgendwelche Abzweigungen nach rechts gab, die wir zuvor nicht bemerkt haben ..."

„Wovon redest du?", schrie Neil ihn an. „Wir dürfen uns nicht verlaufen haben! Ich muss um drei Uhr bei der Arbeit sein!"

„He, he." Randy trat zwischen Neil und Terry. „Beruhige dich, Neil. Ich denke, dein Adrenalinspiegel ist seit dem kleinen Rendezvous mit der Schlange noch etwas erhöht."

Nein, Kumpel. Das ist völlig neues Adrenalin. Weil ich weiß, dass wir niemals mehr hier rauskommen, und du mich bald schreien hören wirst wie niemals zuvor.

„Wisst ihr was?", sagte David. „Wir hätten auf dem Hinweg Markierungen machen oder eine Spur oder so was legen sollen."

„Genial, dass dir das jetzt einfällt", sagte Neil.

„Na, du hast auch nicht daran gedacht!", fuhr David ihn an.

„He, Jungs!", jammerte Terry. „Ihr glaubt doch nicht im Ernst, dass wir uns verlaufen haben, oder?"

„Nein!", sagte Neil. „Diese Typen hier sind einfach durchgedreht. Sie sind es, deren Adrenalinspiegel zu hoch ist. Wir gehen bei dieser Abzweigung links und bei jeder anderen Abzweigung auch und dann sind wir in ein paar Minuten draußen. Komm, lass mich wieder vorangehen. Dieses Team funktioniert nicht, wenn du an der Spitze bist, Randy." Neil drängte sich an den anderen vorbei und bog ohne sich umzusehen nach links ab. Er ging mit energischen Schritten weiter und hörte, wie die anderen ihm schließlich folgten.

4

Zehn Minuten später kamen sie zu einem Tunnel, in dem jemand mit etwas Schwarzem, zum Beispiel einem Kohlestift, RICK auf die Wand geschrieben hatte. Alle vier Jungen blieben stehen.

„Wenn wir daran schon einmal vorbeigekommen wären, hätte es einer von uns gesehen", stellte David fest.

„Stimmt", sagte Neil. Er hatte das Gefühl, wie ein Stein in tiefem Wasser zu sinken.

Randy legte den Kopf in den Nacken und rief: „He, Rick! Wie kommt man denn hier raus?"

Niemand lachte.

„Wie lange dauert es, bis man verhungert ist?", fragte Terry.

„Das ist nicht sehr komisch, Smarty", sagte Randy.

Terry sah ihn vorwurfsvoll an. „Ich möchte es wirklich wissen."

Neil setzte sich auf den Boden und legte die Handgelenke auf die Knie. Seine Hände hingen herunter wie tote Fische. „Es dauert Wochen, bis man verhungert ist", sagte er. „Aber wenn du kein Wasser bekommst, bist du schon nach wenigen Tagen tot."

David setzte sich Neil gegenüber. Er schob einen Fuß nach vorne, sodass die Spitze seines Turnschuhs Neils Schuhspitze berührte. Neil erinnerte sich an ihre Kindheit, als David gerade laufen gelernt hatte. Damals stellte er immer einen seiner kleinen Füße auf die Kante von Neils Stuhl, wenn sie zusammen am Esstisch saßen. „Wisst ihr, was ich einmal gelesen habe?", fragte David. „Ich hab gelesen, dass man, wenn man kein Wasser hat, seine eigene Pisse trinken kann."

Randy lehnte sich mit dem Rücken gegen die Höhlenwand und rutschte neben David in die Hocke. „Oh, sei mein Gast, Naturmensch. Was mich betrifft, ich finde, dass manches Schicksal schlimmer ist als der Tod."

David sah ihn mit gerunzelter Stirn an. „Ich denke nur, dass wir das Ganze von allen Seiten betrachten müssen. Ich meine, egal wie groß oder verzweigt diese Höhle ist, wenn wir lange genug suchen, müssen wir den Weg nach draußen ja finden. Aber wir wissen nicht, wie lange das dauern wird, und wir haben nicht viele Lebensmittel bei uns, also müssen wir uns überlegen, wie wir über die Runden kommen."

Neil verspürte eigenartigerweise das Bedürfnis zu schlafen. Als er sprach, war seine Stimme leise und müde. „Meine Feldflasche ist leer. Wie viel haben wir denn noch zu trinken?"

„Ich habe fünf Tüten mit Apfelsaft und eine ganze Flasche Wasser", antwortete David.

„Nichts", sagte Terry und sah zu Boden.

Randy lächelte schief.

„Ich glaube, ein Mensch braucht pro Tag ungefähr einen Liter um zu überleben", sagte David.

„Tja, wie schön, dass wir diese kleine Rechnung aufgestellt haben", sagte Randy. „Demnach werden wir morgen vielleicht schon tot sein."

„Führen denn Höhlen nicht eigentlich meistens irgendwo Wasser?", fragte David Neil.

„Warum musst du immer mich fragen, als ob ich alles wüsste!", fuhr Neil ihn an. Er zog seinen Fuß von Davids weg.

„Ja", sagte Randy zu David. „In Höhlen ist es meistens ziemlich feucht."

„Danke", sagte David und blickte verstohlen zu Neil.

„Tut mir Leid", entschuldigte sich Neil.

„Vergiss es", sagte David. „Hast du sowieso gleich."

Terry setzte sich an Davids Seite und schlang die Arme um seine Knie. „Diese Unterhaltung macht mich durstig", sagte er und schüttelte sich das Haar aus den Augen.

„O nein!", rief Neil. „Von jetzt an müssen wir rationieren!"

„Schön für dich!", sagte Terry. „Du hast gerade eben eine ganze Flasche allein ausgetrunken!"

„Entschuldige bitte!", schrie Neil zurück. „Wenn dich um ein Haar eine verdammte Klapperschlange beißt und du schwitzt wie ein Schwein, kannst du auch einen Schluck haben!"

„Neil, beruhige dich!", sagte Randy leise.

„Verpiss dich!", sagte Neil. „Verpisst euch alle!" Seine Stimme hallte durch den Tunnel.

„Hört mal, Jungs", sagte David, „eines ist sicher. Wir werden den Weg hier hinaus nicht finden, wenn wir hier auf unseren Ärschen sitzen und uns gegenseitig anschreien." Er stand auf und schulterte seinen Rucksack.

„Genau." Randy federte aus der Hocke hoch.

Terry stand ebenfalls auf. „Welchen Weg sollen wir denn nehmen, Neil?"

Jetzt tun sie wieder alle so gönnerhaft, dachte Neil. Er kam sich im Sitzen wie ein Kind vor, auf das die anderen herabschauten. *Das ist nicht gut. Ich muss mich beruhigen.* Neil holte tief Luft und stand auf. „Gehen wir ein Stück weit den Weg zurück, den wir gekommen sind. Das müsste so ungefähr die Richtung sein, aus der wir losgegangen sind und wo Randys sagenumwobene Cousins den legendären unterirdischen See gesehen haben müssen. Da wir sonst absolut nichts haben, woran wir unsere Hoffnung hängen können, können wir genauso gut damit anfangen."

Randy grinste und hob seinen Rucksack auf. „Hört sich

nach einem richtigen Plan an." Er legte eine Hand auf Davids Schulter. „He, Pfadfinder. Warum hast du nicht an einen Kompass gedacht? Hätten wir einen Kompass, wären wir nur halb so schlecht dran, wie wir es jetzt sind."

„Würden wir dich umbringen und dein Blut trinken, wären wir halb so durstig und es wäre doppelt so ruhig", erwiderte David.

Randy lachte.

Sie trotteten weiter.

„Das war ein Witz, oder?", fragte Terry David. „Ich meine, ich habe im Fernsehen mal einen Film über diese Leute in den Bergen von Kalifornien gesehen. Hat den noch jemand von euch gesehen? Ich meine, egal wie verzweifelt wir wären, wir würden einander doch nicht essen, oder?"

„Sag jetzt nichts, Randy", befahl Neil ohne sich umzusehen.

Randy schnaubte. „Ich glaube, die Kleinsten und Schwächsten werden immer zuerst gegessen. Nicht wahr, Terry?"

„Ich meine, es wird abgestimmt", sagte David. „Und wer die anderen am meisten nervt, wird die Vorspeise."

Danach herrschte eine Weile Schweigen.

Neil hörte in der Ferne ein Geräusch. Einen Augenblick lang dachte er, er würde verrückt. Es klang wie das Lachen eines kleinen Mädchens. Er sagte einige Schritte lang nichts, bis das Geräusch lauter wurde. Dann drehte er sich zu den anderen um. „Halt", sagte er. „Hört mal!"

Es war Wasser, fließendes Wasser, dessen Echo durch die Tunnel hallte. Das war fast so aufregend, wie eine weitere menschliche Stimme zu hören. Neil lauschte, dann deutete er mit seiner Lampe auf eine Abzweigung zu ihrer Linken. „Da entlang", sagte er.

Nachdem er zwei Schritte getan hatte, sah er im Lichtstrahl der Taschenlampe schimmernde Bänder von Wasser, das die Höhlenwände herunterrann. „Seht doch!", rief er aus und fuhr mit den Fingern über die Tropfen. „Hier ist es nass!"

„Geh weiter." Randy stieß Neil mit seiner Taschenlampe an. „Das Geräusch wird lauter."

Und so war es auch. Ein beständiger, musikalischer Klang, wie ein Glockenspiel oder ein fernes, loderndes Feuer. Neil war fast schwindelig vor Freude und er wusste, dass das verrückt war. Den Weg nach draußen zu finden, das wäre wirklich aufregend gewesen. Sie hatten nur Wasser. Aber er fühlte sich, als ob ihn jemand in den Tresor einer Bank geführt und ihm gesagt hätte, er dürfe sich im Geld wälzen. Der Tunnel, in dem sie sich jetzt befanden, war so groß, dass sie zu zweit nebeneinander gehen konnten. Die Luft um sie herum war kühl. Wasser tropfte von der Decke auf ihre Gesichter wie Regen.

„Ja!", rief Terry aus. Er tat einen kleinen Luftsprung wie ein Hund, der im Strahl eines Rasensprengers spielt.

Neil ging schneller.

Noch eine Biegung, dann verwandelte sich das Kichern des Wassers in ein lautes, heiseres Glucksen. Durch das Echo in der Höhle klang es, als ob Millionen kleiner Wesen lachten. Neil musste an den Zauberer von Oz denken. Sie hatten jetzt offenbar die Quelle erreicht. Neil suchte mit seiner Taschenlampe und fand sie. Die anderen drei richteten ihren Lichtstrahl ebenfalls darauf.

In Bodennähe der rechten Wand befand sich ein Felsvorsprung. Wasser stieg daraus empor wie aus einem Springbrunnen und floss in einem schmalen Bach in den Tunnel vor ihnen. Ihre Lichter ließen das Wasser funkeln wie flüssiges Feuer.

„Was ist das?", fragte Terry.

„Es ist eine Quelle, du Dummkopf", sagte Randy. Er wandte sich an die anderen. „Oder nicht?"

„Hm ... ja", sagte Neil. „Natürlich ist es das. Ich meine, ich habe vorher noch nie eine Quelle gesehen. Aber so sieht das wahrscheinlich aus. Wasser, das aus einem Felsen sprudelt, ist eine Quelle. Also haben wir anscheinend unser eigenes Perrier hier unten."

Randy öffnete Neils Rucksack, holte die leere Feldflasche heraus und kniete sich auf die feuchten, schlüpfrigen Felsen wie ein Pilger an einen Schrein. „Gott liebt uns", sagte er. „Ich wusste es immer."

„Warte!", sagte David. „Wir wissen nicht, ob es trinkbar ist."

Neil hätte am liebsten einen Felsbrocken genommen und ihn seinem Bruder auf den Kopf geknallt. „Es ist Quellwasser, David! Es kommt aus dem Grundwasser, genau wie bei einem Brunnen, den man bohrt. Bei stehendem Wasser weiß man nicht, ob es gut ist, stimmt's? Aber Wasser wie dieses hier ist wahrscheinlich sauberer als das aus dem Wasserhahn zu Hause!"

„Woher nehmt ihr Jungs eigentlich all das Wissen, mit dem ihr so um euch werft?", fragte Terry. „Ich habe das böse Gefühl, dass das meiste davon aus Comicheften und Rambofilmen stammt."

„Wo sonst lernst du etwas?" Randy füllte stur Neils Flasche. „Wenn es keine Comichefte und Rambofilme gäbe, wäre man auf den Mist angewiesen, den sie einem in der Schule beibringen."

Neil lachte verzweifelt. „Aber ich habe doch Recht, oder nicht, David? Ich bin ganz sicher, Quellwasser ist vom Feinsten."

David runzelte die Stirn. „Na ja, ich denke, so war es jedenfalls vor der Umweltverschmutzung, aber mittlerweile – ich meine, woher sollen wir denn wissen, ob dieses

Quellwasser nicht aus irgendeiner Atommülldeponie kommt?"

Die Flasche war voll. „Wir wissen es nicht", sagte Randy.

„Also, und wenn es so ist, dann leuchten wir in der Dunkelheit und können Batterien sparen!", sagte Neil. „Meine Güte, was für eine Horde von Angsthasen! Wir müssen ein gewisses Risiko eingehen oder wir werden so oder so sterben. Tatsache ist, dass wir Wasser für den restlichen Tag und vielleicht sogar noch länger brauchen, und die einzige andere Möglichkeit, die wir kennen, ist Davids hervorragende Piss-Idee."

„Gib mir den nuklearen Output", sagte Terry.

„He, ich weiß, was wir tun", erwiderte Randy. „Wir lassen erst Terry trinken und beobachten ihn während der nächsten Stunden." Er bot Terry die Flasche an.

Zu jedermanns Überraschung stieß er sie so heftig zurück, dass Randy fast das Gleichgewicht verlor. „Ich habe es langsam satt, dass du ständig auf mir herumhackst, kapiert?"

„Kapiert!"

„Gib her!" David schnappte sich die Flasche aus Randys Hand, öffnete sie und nahm fünf lange Schlucke. Er schraubte den Verschluss wieder zu und wischte sich mit dem Arm über den Mund. „Beobachtet mich während der nächsten Stunden."

„David!", rief Neil. „Ich kann's nicht fassen, dass du das getan hast."

David zuckte mit den Schultern. „Irgendjemand musste es ja schließlich tun. Es hat mich nicht viel Überwindung gekostet. Wenn etwas mit dem Wasser nicht stimmt, wird mir wahrscheinlich nur ein wenig schlecht. Es hat aber ganz gut geschmeckt." Er ging weiter. Alle anderen folgten ihm.

Der Bach wurde breiter und breiter, plätscherte und schäumte. Er erschien Neil wie ein lebendiges Wesen, ein aufgeregter Führer, der versessen darauf war, sie irgendwohin zu bringen und ihnen etwas zu zeigen.

Das Wasserlauf nahm eine scharfe Kurve und floss durch eine breite Felsspalte. Natürliches Licht. Sonnenlicht. David rannte als Erster hindurch, das Haar unter seiner Kappe leuchtete golden auf. Unvermittelt blieb er stehen, reckte den Hals und starrte nach oben.

Einer nach dem anderen folgten sie ihm und taten alle das Gleiche, schauten lange nach oben. Dann wanderte ihr Blick langsam über die Wände herab und blieb unten in der Mitte des Raumes hängen.

Sie standen in einem runden Gewölbe. Die Decke, schätzte Neil, war ungefähr fünfunddreißig Meter hoch. In der Decke befand sich ein Spalt, etwa von der Größe und der Form eines langen Bügelbretts. Über dem Spalt war der Himmel zu sehen. Der gleiche Himmel, der sich über die wirkliche, freie Welt draußen spannte.

Das Wetter hatte sich seit heute Morgen geändert und der Himmel war jetzt von einem satten Hellblau. Der Rand einer Wolke war zu sehen. Leuchtend weiß mit einem gelben Rand, dort wo die Mittagssonne sie erfasste.

Das Licht fiel in einem weiten Kegel in die Kammer und erleuchtete sie wie eine Deckenlampe. Innerhalb des Lichtkegels konnte man Staub herumwirbeln sehen.

Die Wände der Kammer waren dick mit riesigen weißen Kalkspatformationen bedeckt, die sich nach oben verjüngten und abgerundete Spitzen besaßen wie überdimensionale Wachstropfen. Oben, in der Nähe des Spalts, gab es zwei interessante Dinge zu sehen. Zur Linken eine Ansammlung von Kristallen im Felsen, so facettenreich, als ob ein Juwelier sie geschliffen hätte. Neil glaubte, dass es eine Art von Quarz sein müsse, wobei die bernsteinfarben schimmernde Färbung wohl auf das Sonnenlicht zurückzuführen war, das darauf fiel.

Auf der anderen Seite des Spalts hing eine Gruppe schwarzer Fledermäuse regungslos im Schatten. Sie schliefen, als wären sie tot.

An manchen Stellen tropfte Wasser von den Stalaktiten auf den Boden aus Erde und Stein.

In der Mitte des Gewölbes befand sich ein kleines, fast rundes Wasserloch ähnlich wie ein Teich, ungefähr zwei Meter im Durchmesser, das tief und ruhig wirkte, obwohl der Bach hineinfloss. Alle paar Sekunden stiegen Blasen an die Oberfläche und schickten kleine Wellen aus. Die Wolke über dem Deckenspalt spiegelte sich auf dem dunklen Wasser.

„Wie die Löcher, drin Wasser ruht", rezitierte Neil für sich.

Eine ganze Weile rührte sich keiner von ihnen und es sagte auch keiner ein Wort. Sie lauschten nur dem Bach, der in den ruhigen kleinen Teich floss. Sie lauschten dem regelmäßigen Tropfen des Kalkspats und atmeten die kühle, feuchte Luft. Neil war sich über seine Gefühle nicht klar. Er glaubte, noch nie in seinem Leben etwas so Schönes gesehen zu haben. Und dennoch war es gleichzeitig eine Sackgasse, eine verführerische Falle. Der Himmel schien ihn durch dieses ferne, unerreichbare Fenster zu verspotten. Jetzt hatten sie einen herrlichen Vorrat an frischem Wasser, der sie am Leben erhalten würde, bis sie langsam zugrunde gingen. War das hier eine Oase oder nur eine komfortable Sterbekammer? Trotzdem, etwas an dieser Einzigartigkeit vermittelte ihm ein Gefühl der Sicherheit. Er erinnerte sich daran, wie er vor Jahren, lange vor der Tragödie, sich gerne Sonnenuntergänge und andere majestätische Naturschauspiele angesehen und an Gott geglaubt hatte.

„Scheiße", flüsterte Randy. Seine Stimme hallte wie ein kleines Glockenspiel von den Wänden.

Dann hörten sie ein anderes Geräusch, ein hallendes Flüstern, wie vom Rascheln von Papier oder von einem ankommenden Zug. Die Fledermäuse. Randy hatte die Fledermäuse aufgeweckt und sie begannen sich zu regen, zuerst eine, dann noch ein paar, dann alle. Sie breiteten ihre Flügel aus und flogen in sämtliche Richtungen, verdunkelten den Raum. Das Rauschen ihrer Flügelschläge wurde durch das Echo noch verstärkt.

Alle vier Jungen reagierten gleich. Sie fluchten, kauerten sich zu Boden und bedeckten schützend ihre Köpfe mit den Armen, während sie in das schwarze Chaos über sich spähten.

Einige der Fledermäuse flatterten zu dem Spalt hinaus, manche flogen wie eine Horde Dämonen in andere Höhlentunnel hinein. Zwei oder drei kreisten weiter in dem Gewölbe, als wären sie unsicher, was sie tun sollten. Schließlich flogen auch sie davon und das letzte Echo verhallte.

„Verdammt!", stieß Randy hervor und stand langsam auf. „Ich dachte immer, das Leben in der Natur gefiele mir, aber nach dem heutigen Tag ..."

„Sie kommen doch nicht zurück, oder?", fragte Terry. Er hielt immer noch die Arme über den Kopf.

„Erst nachdem sie sicher wissen, dass wir tot sind", sagte David grimmig.

Tot sind, tot sind, tot sind kam das Echo von den Wänden.

„Lasst uns dieses Wort für eine Weile meiden, ja?", sagte Neil.

„Tut mir Leid, sollte nur ein Scherz sein." David ging auf das Wasserloch zu. „Ist das nicht toll?" Er kniete sich an den Rand und spähte hinein. „Es ist tief." Er steckte den

Arm bis zur Schulter hinein. „Es ist sehr tief. Und es ist bitterkalt. Ist das nicht eigenartig?"

„Sei vorsichtig", sagte Neil. „Fall nicht hinein!"

David hockte sich hin und schüttelte seinen nassen Arm. „Als ob ich im Wasser Probleme hätte!" Sein Regal zu Hause war voll mit Pokalen von Tauchwettbewerben und Auszeichnungen vom Roten Kreuz, die er während der letzten zwei Jahre erhalten hatte.

Randy schritt das Gewölbe ab wie ein Hund, der sein Revier absteckt. „Das muss genau die unterirdische Kammer sein, von der meine Cousins erzählt haben."

Terry nahm seinen Rucksack ab und stellte ihn auf den Boden. „Oh, wie gut. Da geht es mir gleich viel besser. Also rufen wir sie doch an und fragen sie, wie sie hier wieder rausgekommen sind." Er wandte sein rundes Gesicht zur Decke, ein Sonnenstrahl fiel darauf und erleuchtete es ähnlich wie auf einem Bild in einem religiösen Magazin. Der Chorknabe beim Gebet, dachte Neil. Dann änderte sich Terrys Miene ein wenig. Er kniff die Augen zusammen und seine Wangenmuskeln spannten sich. Plötzlich riss er den Mund auf. „Hiiiiiiilfeeeeeee!", schrie er. „Heeelfen Siiie uns. Bitte!" Seine Stimme überschlug sich. „Hilfe!" Er senkte den Kopf. Seine Schultern begannen zu beben.

Hilfehilfehilfehilfe, hallte es von den Wänden wider.

Neil legte die Hände über seine Ohren. Es war, als ob er seine eigenen Gefühle vorgeführt bekäme.

David stolperte zu Terry hinüber. „He! Hör auf damit! Das ist verrückt."

Verrücktverrücktverrückt.

„Es könnte doch jemand da draußen sein", stieß Terry hervor. „Man könnte uns vielleicht hören. Wir müssen hier raus. Ich will raus!" Er bedeckte sein Gesicht mit beiden Händen.

Willraus.

David legte eine Hand auf Terrys Schulter. „Ist schon gut. Das möchten wir alle."

Randy ging mit entschlossenem Gesichtsausdruck auf David und Terry zu. Neil hatte das furchtbare Gefühl, dass Randy Terry ins Gesicht schlagen wollte, damit er wieder zur Besinnung kam.

Inzwischen war Terry vollkommen in sich zusammengesunken. Sein Pony hing über seine Hände, die er vors Gesicht geschlagen hatte. „Tut mir Leid", stieß er hervor. „Ich bin ein Feigling ... ich kann nicht ..."

Randy stand jetzt direkt hinter ihm. Sein Blick war konzentriert, so wie vor kurzem, als er auf die Schlange gezielt hatte. Plötzlich schloss er Terry in die Arme, schützte ihn wie ein Kokon. „Ist ja gut", sagte er. „Weine nur."

Die drei standen eng zusammen. Nur Neil stand abseits im Schatten.

Neil war schockiert. Das war das Letzte, was er von Randy erwartet hätte, aber es hatte wie ein natürlicher Impuls gewirkt. Dann erinnerte sich Neil daran, dass Randy zwei jüngere Schwestern hatte und dass sie alle eine furchtbare Scheidung zusammen durchgestanden hatten. Vielleicht hatte Randy während der letzten Jahre viele Tränen trocknen müssen.

David zog langsam seine Hand von Terrys Schulter. Er sah Randy ebenfalls verblüfft an.

Neil merkte, dass er zitterte, und wusste nicht warum. Das hätte ein schöner Augenblick sein müssen, doch er fühlte sich ... fast wütend.

Unbewusst hatte er die Arme um seinen eigenen Körper geschlungen und damit Randys liebevolle Umarmung nachgeahmt. Wie ein großer Idiot, der versuchte sich im Dunkeln, wo ihn niemand sehen konnte, selbst zu trösten.

5

Neil trat aus dem Schatten. „Kommt schon, Jungs",
sagte er. „Das klappt nicht. Ich meine, ihr bekommt ja alle
eine Rolle in dem Stück, aber das hier ist keine Seifenoper.
Wir haben uns zwar in eine ziemliche Scheiße manövriert,
aber alles, was wir tun müssen, ist uns wieder hinauszuma-
növrieren. Und genau das werden wir machen. Habe ich
Recht?"

Alle, selbst Terry, lachten ein wenig. Randy ließ Terrys
Schultern los. Alle drei standen nebeneinander und blickten Neil erwartungsvoll an.

So muss es sein, sagte er sich. Die Mannschaft und der
Kapitän. Selbst wenn der Kapitän keine Ahnung hat, was
er als Nächstes sagen soll. „Also, wir haben ein wenig
Angst", begann er. „Wir dachten, wir könnten hier herein-
schneien, mal kurz auf ein paar Felsen pinkeln und wieder
hinausschlendern. Und jetzt haben wir uns verlaufen und
wissen nicht genau, wie wir wieder den Weg nach draußen
finden sollen. Ich denke, es ist normal, dass wir ein wenig
Angst haben. Aber wenn wir die bloßen Tatsachen ganz
vernünftig betrachten, ist die Situation nicht allzu
schlimm."

Er machte eine Pause für den Fall, dass einer der anderen
ein paar dieser bloßen Tatsachen nennen wollte. Ihm persönlich fiel keine einzige ein.

„Meine Cousins sind Idioten und sie haben wieder hi-
nausgefunden", warf Randy ein.

„Guter Hinweis!" Neil räusperte sich. „Also ... Tatsache
ist, wir brauchen keine Panik zu kriegen. Wir haben von

außen die Felsformationen gesehen. Daraus können wir ableiten, wie groß diese Höhle ungefähr ist. So groß kann sie gar nicht sein. Also wissen wir, dass wir auf jeden Fall den Weg hinaus finden werden, wenn wir uns ein wenig anstrengen. Was wir brauchen, ist, denke ich, eine Art gutes Spurenleitsystem, damit wir nicht ständig die gleiche Strecke ablaufen und damit wir auch immer zu dieser Wasserquelle zurückkehren können, wenn wir müssen. Also helft mir mal beim Nachdenken. Außer dem Proviant, den wir aufsparen sollten, was haben wir noch, womit wir eine Spur hinterlassen können?"

David öffnete bereits seinen Rucksack. Er holte den Erste-Hilfe-Kasten heraus. „Sehen wir mal nach, was wir hier finden. Ich habe auch ein Messer, mit dem wir Zeichen in die Felsen kratzen könnten. Aber die wären nicht sehr gut zu sehen und das Messer, das wir vielleicht noch brauchen, würde dabei ruiniert."

„Warum glaubst du, dass wir ein Messer brauchen?", fragte Terry und packte David am Arm.

Randy antwortete ihm. „Falls wir als Nächstes statt auf eine Schlange auf eine Wildkatze oder einen Serienkiller mit einer Hockeymaske stoßen. Sieh mal im Erste-Hilfe-Kasten nach, David. Da müsste doch Jod oder so was ähnliches sein."

Neil dachte an sein Buch. Wenn sie nichts anderes fanden, konnten sie das Papier in kleine Stücke zerreißen und damit eine Spur hinterlassen. Bei der Vorstellung, wie nach ihnen andere Leute diese Höhle erforschten und dort kleine Stücke Papier fanden, auf denen zum Beispiel stand: *Ich bin, voll welker Rosen, ein Boudoir,* hätte er fast laut auflachen müssen.

„Jodtinktur", sagte David und hielt sie hoch. „Vier Fläschen mit kleinen Applikatoren. Ein Wink Gottes."

„Nur wenn sie Flecken auf dem Fels hinterlässt", sagte

Randy. „Wenn nicht, ist es auch ein Wink Gottes, nämlich dass wir bald zu ihm kommen."

David trat zu einer Wand, an die er fein säuberlich in Blockschrift DAVID ROBERT GRAY schrieb, was deutlich auf dem grauen Fels zu erkennen war. Neil dachte, dass es fast wie getrocknetes Blut aussah.

„Sehr gut", sagte Neil. „Okay, hier ist der Plan: Wir sollten erst etwas essen. Ich denke, dass wir alle durchdrehen, liegt zumindest teilweise daran, dass wir einfach hungrig und müde sind. Nach dem Essen müssen wir uns aufteilen und den Ausgang suchen. Dabei muss jeder eine Spur hinterlassen. Früher oder später werden wir zwangsläufig alle Wege ausgeschlossen haben, die nicht ans Ziel führen, und den Weg hinaus finden. Es könnte sogar auch einen zweiten Ausgang geben."

„Das stimmt!", sagte David eifrig. „Wow, daran hatte ich gar nicht gedacht! Unsere Chancen könnten besser stehen, als wir glauben."

„Genau", sagte Neil und fühlte sich für einen Augenblick richtig gut. „Jedenfalls folgt derjenige, der einen Ausgang gefunden hat, seiner Spur zurück und holt die anderen."

„Nein!", sagte Randy. „Er holt den Sheriff und die Nationalparkaufseher und das Rote Kreuz und Batman und Robin Hood und Rambo und alle Ninja Turtles hierher und holt dann die anderen raus. In der Anzahl liegt die Stärke."

„Und die Parkaufseher haben vielleicht Karten von diesen Höhlen", sagte Terry.

Neil gefiel die Idee nicht. Was, wenn er nicht der Erste war, der nach draußen fand? Was, wenn es noch mehr Schlangen oder extrem enge Gänge gab? Er mochte die Idee, vollkommen allein zu sein, ganz und gar nicht. „Ja", sagte er.

„Ich denke, wir sollten alle ein oder zwei Meter die Anfangsbuchstaben unserer Namen auf die Wände schreiben", schlug Terry vor. „Also wenn jeder außer Randy hinausfindet, können wir danach Randys Spur aufnehmen."

„Das ist gut", stimmte Neil zu. „Das ist sehr gut." Er wandte sich an David, der geschwiegen hatte. „Sonst noch etwas?"

David schob die kleinen Flaschen wie Schachfiguren herum. „Ich habe es satt, immer derjenige zu sein, der an die unangenehmen Dinge denkt", murmelte er.

Neil seufzte. „Wir auch. Aber trotzdem sollten wir es vielleicht lieber erfahren."

David zog ein Fläschchen langsam über die Erde wie einen Spielzeuglaster. „Na ja, es ist ein guter Plan und ich glaube, er wird funktionieren, aber was ist, wenn diese Höhle Tunnel hat, die man von draußen gar nicht sieht und die kilometerweit nach unten führen?"

Neil rieb sich die Stirn. „Ja, das ist eine Möglichkeit. Wenn das stimmt, können wir nichts dagegen tun. Also gibt es keinen Grund jetzt darüber zu diskutieren, oder?"

„Doch, gibt es schon", sagte David. „Wenn wir den ganzen Tag suchen und niemand den Weg hinaus findet, dann müssen wir alle hierher zurückkommen, wo wir zumindest Wasser und etwas frische Luft haben."

„Und einander", fügte Terry leise hinzu.

„Und einander. Worauf ich hinauswill, ist Folgendes: Wir müssen eine Zeit festsetzen, wann wir für heute aufgeben."

„Nein!" Neils Stimme hallte in der Höhle wider. „Das müssen wir nicht. Das würde bedeuten, dass wir uns geschlagen geben, noch bevor wir richtig angefangen haben."

Randy legte eine Hand auf Neils Arm. „He. Dreh bloß nicht durch! Er hat Recht. Wir müssen praktisch denken.

Andernfalls wird irgendein selbst ernannter Held, ich will keine Namen nennen, sich zum Schluss noch umbringen, weil er sich weigert aufzugeben."

Neil seufzte und blickte auf seine Uhr. „Ich hasse euch alle. Besonders wenn ihr Recht habt. Okay. Es ist jetzt kurz nach eins." Mit einem Mal kam ihm das Bild seiner Mutter in den Sinn, wie sie mitten in der Küche stand, die Hände auf die Hüften gestemmt, ärgerlich auf Neil und David, weil sie ihr nicht gesagt hatten, dass sie zum Mittagessen nicht nach Hause kommen würden. „Wir essen und dann fangen wir an. Um welche Uhrzeit sollten wir am besten aufgeben? Um fünf?"

„Vier", sagte David.

„Fünf", sagte Neil. „Eine zusätzliche Stunde könnte entscheidend sein."

„Oder wenn uns das Jod ausgeht", sagte David. „Ich weiß nicht, wie lange eine Flasche reichen wird. Wenn einer kein Jod mehr hat, kommt er hierher zurück."

„Okay", sagte Randy. „Jetzt lasst uns was essen. Ich komme um vor Hunger."

David holte eine verknitterte Jacke aus seinem Rucksack und legte sie auf den Boden. Es war seine marineblaue Sportjacke von der Tauchmannschaft, auf der in großen weißen Buchstaben SEABREEZE SANDCRABS stand. Jeder holte seinen Proviant heraus.

David hatte vier Truthahn-Sandwiches dabei, ordentlich eingewickelt in Wachspapier und in eine Frühstücksdose gepackt. Er besaß außerdem eine Orange, einen Bund Stangensellerie – David hielt viel von gesunder Ernährung – und eine ganze Schachtel mit Zimt-Vollkornkeksen. Es waren noch fünf Tütchen mit Apfelsaft von seinem Sechserpack übrig.

Neil hatte eine große Packung Kekse, eine Frühstücksdose mit einem Stück Cheddarkäse – nicht das kalorienarme Zeug, das seine Mutter immer kaufte, sondern den guten aus seinem Privatfonds –, zwei Granny-Smith-Äpfel und zwei Mars-Riegel dabei, die er eigentlich nicht teilen wollte.

Randy, der nicht an gesunde Ernährung glaubte, hatte eine Familientüte Tortilla-Chips dabei, eine Tupper-Dose mit einem Rest gebratenem Reis und noch zwei Creme-Doughnuts.

Terry hatte drei Brote mit Erdnussbutter und Marmelade, eine große Tüte Käsecracker und ein Dutzend selbst gebackene Vollkornplätzchen von seiner Mutter – minus vier, die sie im Auto gegessen hatten.

„Gott sei Dank sind wir alle ziemlich verfressen!", sagte Randy, als alles auf der Jacke ausgebreitet lag. „Wenigstens etwas haben wir richtig gemacht!"

„Wichtig ist", sagte David, „dass wir die schnell verderblichen Lebensmittel zuerst essen, das wären meine Brote und Randys Doughnuts. Alles andere sollten wir aufheben."

„Werden diese Schokoriegel nicht schmelzen?", fragte Terry und sah sehnsüchtig auf Neils Mars-Riegel.

„Nicht in einer Höhle", antwortete David. „Ist Fleisch in dem Reis?", fragte er Randy.

„Nein. Meine Schwester Chloe hat ihn gemacht. Sie steht auf Chinesisch-Indisch-Vegetarisch. Also sind nur Tomaten und Karotten und so was drin. Er schmeckt aber ziemlich gut. Sie nimmt Peperoni und so 'n Zeug. Bläst dir die Gedärme durch."

Chloes Name löste bei Neil Erinnerungen aus. Manchmal, wenn die Sterne gut standen, ging Neil nach der Schule mit zu Randy, und während Randy sich umzog oder für ein paar Minuten mit dem Hund nach draußen ging, spazierte Neil immer ganz beiläufig in die kleine Küche der Isaacsons, wo Chloe sich oft aufhielt und irgendwas zubereitete, hackte und schnippelte. Meist steckte ihr schmaler und dennoch kurvenreicher Körper in engen Jeans und einem ihrer berühmten ausgeschnittenen T-Shirts. Die späte Nachmittagssonne verlieh ihrem dunklen Haar einen karmesinroten Schimmer, ganz wie der leichte Rotstich in Coca-Cola. Neil studierte dann die Sommersprossen auf ihrer Nase oder den Schwung ihrer dunklen Wimpern. Kochen war für Chloe eine Kunst. Sie hackte geradezu mörderisch, zerstieß frische Kräuter in einem Mörser. Manchmal warf sie Karottenstücke oder Zwiebelscheiben in hohem Bogen quer durch die Küche, wo sie mit einem Platschen wie Fische in einen Topf kochendes Wasser fielen.

In ihrer Gegenwart fühlte sich Neil immer, als ob alte, rostige Bolzen und Riegel in ihm aufbrachen und Türen sich öffneten. Er liebte sie, seit sie vierzehn war und ihm seine Begierde dunkel und abartig vorgekommen war. Doch inzwischen war sie sechzehn und er siebzehn, also war alles in den Bereich des Möglichen gerückt. Er war Chloe in all seinen Fantasien treu, betrog sie niemals mit Winona Ryder oder Shannen Doherty. Für ihn konnte sich niemand mit Chloe Isaacson vergleichen, die in der engen, überfüllten Küche wie ein kleiner Vulkan glühte. Manchmal brachte Randy Reste eines ihrer Gerichte in die Schule mit und Neil tauschte alles dagegen ein um dessen Schärfe den ganzen Nachmittag noch auf seiner Zunge zu spüren.

Doch wie er es einschätzte, war seine große Romanze einseitig. Wenn er seine hoffnungsvollen Pilgerausflüge in die Küche unternahm, verhielt Chloe sich so, als ob ein freundlicher, verwilderter kleiner Hund hereingekommen wäre. „Hi, Neil. Wie geht's? Magst 'ne Karotte?", fragte sie gewöhnlich ohne ihn überhaupt anzusehen. Er wusste, er war für sie praktisch unsichtbar, war nur Randys großer, unbeholfener Freund, der vielleicht Schmutz hereintrug.

Natürlich hatte Neil niemals Randy gegenüber seine Gefühle auch nur erwähnt. Es erschien ihm unanständig und schmutzig, zu einem Freund nach Hause zu kommen und dann auf seine Schwester abzufahren. Neil konnte sich erinnern, wie in Bezug auf Mimi immer sein Beschützerinstinkt erwacht war, und sie war erst neun gewesen, als sie starb. Neil und David hatten praktisch jeden Freund angeknurrt, den sie mit nach Hause gebracht hatte, ganz unwillkürlich. Genau wie man eine Tür abschließt oder nach beiden Seiten guckt, wenn man eine Straße überquert. Er wollte nicht, dass Randy ihn ebenso als Bedrohung sah.

Im letzten Jahr hatte Chloe sich wirklich herausgemacht. Neil war klar geworden, dass es jetzt jeden Tag so weit sein konnte, dass Randy kleine Geschichten über Chloe und diesen oder jenen pickelübersäten Freund erzählte. Und Neils Träume wären zerschmettert.

Randy schlug Neil so heftig auf den Arm, dass es regelrecht brannte. „He! Klink dich wieder ein, Junge! Man spricht mit dir!"

Neil wurde rot. Für einen Augenblick dachte er, Randy hätte seine Gedanken gelesen. „Was?", sagte er. „Tut mir Leid."

Randy blickte zu David. „Nervt dich das nicht, wenn er das tut?"

„Und wie! Er macht es absichtlich, zum Beispiel wenn er sauer auf mich ist. Er kann einfach alles andere ausschalten."

„Er hat einen Kopf wie ein Radio", stimmte Randy zu. „Auf welchem Kanal warst du denn, Neil? Wahrscheinlich auf dem Frauenkanal."

Neil hoffte, dass das gedämpfte Licht im Gewölbe die Röte seines Gesichts verbarg. „Nein ... ich ..."

„Ist ja egal." Randy hob die Hand. „Wir sind auf deine sexuellen Fantasien sowieso nicht neugierig. Wir wollten nur, dass du unseren Essensplan absegnest. Wir haben beschlossen die Truthahnbrote zu essen, die Doughnuts aufzuteilen und jeder einen Apfelsaft zu trinken. Okay?“

Neil überlegte. „Nein. Die Safttüten halten ewig. Wir sollten zuerst das frische Obst essen. Orangen sind verderblicher als Äpfel, also teilen wir die Orange auf.“ *Und verdammt, niemand rührt meine Äpfel an, solange es nicht um Leben oder Tod geht.*

„Hört sich sinnvoll an.“ Randy stand auf. „Und jetzt kommt endlich die krönende Frage: Wo, zum Teufel, ist hier für kleine Jungs? Im Bach, nehme ich an?“ Er hatte bereits seine Hüften nach vorn geschoben und langte nach seinem Reißverschluss. Randy war dafür bekannt, dass er sich nicht lang zierte.

„Nein!“, schrie Terry. „Das ist unser Trinkwasser!“

„Es ist ein Bach“, argumentierte Randy. „Und ich halte mich jetzt schon gut zwei Stunden lang zurück, also wenn wir eine Diskussionsrunde eröffnen wollen, dann bitte schnell.“ Er ließ die Hand an seinem Reißverschluss liegen wie ein Revolverheld, der bereit war zu ziehen.

„Terry hat Recht“, sagte Neil. „Dieses Wasser fließt in den Teich, den wir vielleicht später noch zum Waschen oder so brauchen. Wir sollten ihn nicht verschmutzen.“

Randy richtete sich auf und zog seine dunklen Augenbrauen zusammen. „Hör mal. Ich habe zwei Stunden in dem Scheiß-Auto gesessen, um hierher zu kommen, dann bin ich, wer weiß wie lange hier herumgelaufen. Ich habe eine Schlange für dich getötet. Und ich bin ganz gewiss nicht in der Stimmung, hier stehen zu bleiben, bis meine Blase platzt, während David uns eine Toilette baut. Also zeigt mir die Richtung, in die ich pinkeln soll, denn ich werde pinkeln!“ Er reckte ihnen sein Becken entgegen.

„Geh los und such dir einen Tunnel in der Nähe der Quelle und den benutzen wir dann alle. Kennzeichne ihn, damit wir es wissen." Neil warf Randy ein Fläschchen Jod zu.

„Wir haben eine Schaufel", sagte David. „Vielleicht sollten wir eine Latrine graben."

„Ich wusste es!", schrie Randy. „Er will, dass wir hier den Boden fliesen und Gästehandtücher aufhängen, während meine Nieren dichtmachen!"

„Nimm die Schaufel und lass sie dort", sagte Neil. „Wir sollten tatsächlich besser alles vergraben, für den Fall ... na ja, falls wir noch eine Weile hier sind. Aber ich glaube nicht, dass wir eine besonders aufwendige Konstruktion brauchen."

„Du hast Recht", sagte David. „Wir würden eher verhungern, bevor wir so oft aufs Klo müssen, dass es eine Latrine rechtfertigt."

„Und mit dieser erfreulichen Mitteilung ...", Randy schulterte die Schaufel wie ein Gewehr. „Zieht nicht hinter meinem Rücken über mich her." Er marschierte los, warf das Jodfläschchen hoch und fing es wieder auf.

Terry sah ihm bewundernd nach. „Er ist so cool. Ich wünschte, ich könnte auch alles so abschütteln wie er."

„Das ist zum Teil nur gespielt", sagte Neil.

„Es ist gut gespielt!", meinte Terry.

„Ich finde, er nervt", sagte David. „Für ihn ist alles nur ein Witz."

„Wir sollten nicht über ihn herziehen", erinnerte Terry die anderen besorgt.

„Das war ein Witz", erklärte Neil.

„Es ist genau das, was ich meine", sagte David. „Warum kann er nicht einfach nur sagen: ‚Ich gehe jetzt mal pinkeln. Bis dann'?"

„Warum kann er nicht genau wie du sein, also perfekt?", erwiderte Neil.

David riss die Verpackung eines Sandwiches auf. „Ich

habe nicht gesagt, dass ich perfekt bin! Das habe ich nie gesagt!"

„Du benimmst dich, als glaubtest du, du wärst es." Neil merkte, dass er absichtlich Streit suchte, aber er konnte nicht anders.

„Du spinnst!" Davids blaue Augen funkelten.

„Du kannst jedenfalls deine Brote perfekt einpacken, so viel ist sicher", sagte Terry und riss mit den Zähnen am Wachspapier herum. „Ich kriege das hier nicht auf."

Neil lachte, aber er fühlte sich betrogen. Er wollte weiter mit David streiten. Ab und zu überkam ihn der Drang so lange zu sticheln, bis David einen seiner Wutanfälle bekam. Das war nicht schwierig. Eine Kombination von Sensibilität und Wut wie bei David war eine gute Grundlage für jeden, der sich abreagieren wollte.

Randy kam zurück und ließ sich im Schneidersitz neben Neil nieder. „Was habe ich versäumt? Hat David überlegt, dass wir im Notfall die Klapperschlange kochen und essen könnten?"

„Pass nur auf, was du sagst", warnte Neil. „Der Junge ist bereits sauer auf dich, Randy. Er hat sich den Mund über dich zerrissen, als du weg warst."

Randy blickte aufmerksam hoch. „Was hat er denn gesagt?"

„Nichts!", rief Terry. Seine Hand mit dem Sandwich zitterte.

David starrte Neil an. „Warum sagst du so etwas? Versuchst du einen Streit vom Zaun zu brechen?"

Randy löste langsam die Verpackung seines Sandwiches. „Was stimmt denn nicht, Davie? Kannst du nur hinter meinem Rücken über mich herziehen? Hast du vielleicht sogar Angst mir etwas ins Gesicht zu sagen?"

„Bitte, Jungs", bettelte Terry.

„Ich sagte, ich wünschte, du würdest ab und zu etwas

ernst nehmen", erklärte David geradeheraus. „Das ist alles."

Randy kniff die Augen zu Schlitzen zusammen. „Hier kommt etwas Ernstes. Bleib mir aus dem Weg, du kleiner Schönling, oder es geht dir bald schlechter als der Schlange."

„He, Jungs!" Terrys Stimme heulte auf wie ein Saxofon.

David legte sein Sandwich weg. „Vielleicht haben alle anderen vor dir Angst, Isaacson. Aber nicht ich."

Ihre Blicke klebten aneinander. „Vielleicht solltest du aber Angst vor mir haben, David", sagte Randy leise.

Der Bach plätscherte. Die Stalaktiten tropften.

„Neil!", schrie Terry. „Sag etwas. Sag, sie sollen aufhören."

Neil zuckte scheinbar gleichgültig mit den Schultern. „Sie sind schon groß. Sie können tun, was sie wollen." Sein Herz klopfte schneller.

Randy und David starrten sich immer noch an.

„Nun?", sagte Randy. „Ist das alles nur Gerede oder was?"

David stand auf. „Ganz sicher nicht."

Randy stand ebenfalls auf und wischte nicht vorhandene Krumen von seinen Händen. „Wunderbar."

Neil atmete schneller. Sie konnten beide gefährlich werden, wenn sie wütend waren. Es war nicht abzusehen, was jetzt geschehen würde.

Wie Tänzer traten sie ein Stück zur Seite, weg vom Bach und den beiden anderen Jungen, sodass sie sich nicht mehr im Lichtkegel befanden. Neil musste sich nach vorne beugen und die Augen zusammenkneifen um sie sehen zu können. Die beiden besaßen die gleiche Anmut, bewegten sich auf die gleiche angespannte Weise.

„Soll ich dir was sagen", sagte David zu Randy. „Ich konnte dich noch nie ausstehen."

Randy hob das Kinn. „Und ich habe nie lange genug über dich nachgedacht um mir eine Meinung zu bilden."

Wie auf ein Zeichen hin schlugen beide zu. Neil hielt die Luft an.

Dann erkannte er, dass Terry aufgesprungen war und sich im wahrsten Sinn des Wortes zwischen sie geworfen hatte. Er bekam von Randy einen Stoß auf den Hinterkopf und von David einen erschreckend lauten Schlag in die Nieren. Terry schrie auf und fiel zwischen sie wie eine Stoffpuppe. Er öffnete den Mund, als bekäme er keine Luft, und seine Lungen machten ein rasselndes Geräusch.

Neil sprang auf.

Randy schrie David an: „Da siehst du, was du angerichtet hast!"

David kauerte sich neben Terry. „O mein Gott! Warum hast du das gemacht? Ist alles in Ordnung?"

Terry fasste sich mit einer Hand an den Rücken, wo er getroffen worden war, mit der anderen deutete er auf seinen Rucksack. Neil war bereits dort und zog die Sauerstoffflasche heraus. Sie war größer und schwerer, als er erwartet hatte. Neil fragte sich, wie kräftig Terry war, dass er sie so klaglos getragen hatte.

„Ich weiß, wie es geht", sagte David, nahm Neil den Behälter ab und legte gekonnt die Atemmaske auf Terrys Gesicht. „O Gott, es tut mir so Leid", jammerte er, während Terry nach Luft rang.

Einige Atemzüge später nahm das Rasseln ab und Terry atmete wieder ruhig und gleichmäßig. Er schob die Sauerstoffflasche zur Seite und setzte sich langsam auf, hielt sich aber noch immer die Seite. „Mir geht es gut!", stieß er hervor. „Aber bitte, bitte, hört auf euch zu prügeln! Ich kann es einfach nicht ertragen! Haben wir nicht schon genug Schwierigkeiten? Müssen wir diesen Mist noch zusätzlich haben?" Er krümmte sich, als hätte er Schmerzen.

David drückte Terrys Arm.

Terry schob seine Hand weg und sagte: „Ist schon in Ordnung, aber bitte, David, bitte, ich halte es einfach nicht aus, wenn sich Leute schlagen. Wir haben ja im Augenblick nur uns und ..." Er verstummte und senkte den Kopf.

„Ja", sagte David. „Du hast Recht. Ich war blöde." Er legte den Kopf in den Nacken. „Randy, entschuldige. Bitte. Ich kann mich manchmal ... nicht bremsen." David stand auf und zog Terry hoch.

Randy hatte wie versteinert dagestanden. „Na ja, wenn wir einen Preis an das größte Arschloch verleihen würden ..." Er berührte Terry leicht am Hinterkopf. „Hab ich dich schwer getroffen?"

„Wer von uns hat dich denn mehr getroffen?", fragte David und grinste Randy schelmisch an.

„Ihr habt beide einen Schlag wie kleine Mädchen." Terry schüttelte Davids Hand ab.

Er setzte sich neben Davids Jacke und nahm sein Sandwich wieder auf. „Können wir jetzt bitte essen?"

Randy und David trotteten wie zwei gescholtene Kinder herbei und nahmen ihre Plätze auf dem Boden ein.

Neil hatte ein schlechtes Gewissen, aber er hielt den Mund. Er wusste sehr gut, dass er es war, der angefangen hatte. Die anderen schienen das alle vergessen zu haben. Er fragte sich, warum er gewollt hatte, dass sein bester Freund und sein Bruder sich schlugen, und warum, zum Teufel, er so enttäuscht war, dass es nicht dazu gekommen war.

6

Neil wartete eine angemessene Zeit lang, dann ging er selbst zur „Toilette". Gleich außerhalb des Gewölbes zweigte rechts von der Quelle ein Tunnel ab. Über den Felsbogen hatte Randy fein säuberlich BOYS geschrieben.

Neil zog den Kopf ein und ging hinein. Er leuchtete den Gang mit seiner Taschenlampe ab und entdeckte Davids Schaufel, die an der linken Wand lehnte. Daneben war der Boden frisch umgedreht.

Ich frage mich, ob es so bei der Armee ist. Neil stellte die Taschenlampe an die Wand wie eine kleine Bodenleuchte. Er grub ein Loch und musste dabei unwillkürlich an seine Katze, Tanner, denken. Dann stellte er die Schaufel neben die Taschenlampe.

Es kostete ihn Überwindung an einem so seltsamen Ort sein Geschäft zu erledigen, aber der Drang war nicht mehr zu unterdrücken. Anschließend füllte er das Loch wieder mit Erde. Die ganze Angelegenheit, für die er zu Hause vielleicht vier Sekunden brauchte, dauerte hier mindestens fünf Minuten. *In der Steinzeit,* dachte er, *müssen sie ja verrückt geworden sein, wenn sie allein für die Grundbedürfnisse so einen Aufwand treiben mussten.*

Als er fertig war, verspürte Neil das Bedürfnis noch einen Moment allein zu bleiben. Er leuchtete sorgfältig mit der Taschenlampe den Tunnel entlang – er hatte Mr. Snake noch nicht vergessen –, dann kauerte er sich nieder und hielt die Taschenlampe zwischen seinen Händen wie eine Altarkerze.

Er dachte an das Badezimmer zu Hause mit seinen

hellblauen Fliesen und den dicken, flauschigen weißen Handtüchern.

Er dachte an die normalen Samstage, an denen er und Randy oft Basketball in der Einfahrt spielten. David, der meist den Rasen mähte, machte dann gewöhnlich eine Pause und beschwerte sich darüber, wie unfair und gemein sie waren, weil sie ihn nicht mitspielen ließen.

Obwohl es Oktober war, stellte Neil sich den Sommer vor. Er schloss die Augen und konnte den Rasen und den heißen Straßenteer beinahe riechen – selbst den Basketball. Sein Vater wäre beim Golfspielen und Tanner hätte sich unter der Ligusterhecke zusammengerollt, sodass sein ganzes Fell staubig würde. Mom wäre in der Küche und würde das Mittagessen für sie zubereiten. Dazu gäbe es Limonade mit frisch gepresstem Saft. Neil fügte noch den Geruch von Zwiebeln und gebratenem Fleisch zu seiner geistigen Collage hinzu.

Dann öffnete er die Augen und dachte daran, was wirklich passieren würde. Seine Mutter würde sich jetzt noch keine Sorgen machen. Sie würde lediglich sauer sein, weil er und David woanders zu Mittag aßen und es ihr nicht gesagt hatten. Sie würde vielleicht bei Randy oder Terry anrufen, nur um nachzufragen.

Um halb drei würde sie wissen, dass irgendetwas nicht stimmte, denn Neil hatte an den Samstagen von drei bis acht einen Job im Einkaufszentrum. Sie würde schließlich dort anrufen und herausfinden, dass er nicht zur Arbeit gekommen war, und dann würde sie ausrasten. Neil fehlte normalerweise nicht einfach so. Trotzdem würde seine Mutter nicht daran denken wollen, dass irgendetwas passiert sei. Sie würde sich in eine Wut hineinsteigern und sich sagen, dass sie alle an den Strand gefahren waren und die Zeit vergessen hatten. Sie würde sich überlegen, was für eine Gardinenpredigt sie ihnen halten würde.

Dad käme nach Hause und sie würden über die ganze Sache reden. Er würde nicht hören wollen, dass etwas passiert sein könnte, sondern versuchen Zeitung zu lesen, um zu zeigen, dass er sich keine Sorgen machte. Mom würde inzwischen am Fenster stehen und Neils Auto herbeiwünschen. Er konnte sich ihr Gesicht vorstellen: Das Licht, das durch das Fenster hereinfiel, warf einen silberfarbenen Schein auf ihr braunes Haar. Der kantige Unterkiefer, den Neil von ihr geerbt hatte, war nach oben gereckt um dem Schicksal zu trotzen. Aber ihre Augen, die groß und furchtsam wie die eines Kindes waren, zeigten, wie viel Angst sie wirklich hatte. Nach einer Weile würde sie sich frustriert zu Dad wenden und ihm erklären, dass das irgendwie alles seine Schuld sei.

Ungefähr acht Monate nach Mimis Beerdigung hatte David mit dem Fahrrad eine rote Ampel überfahren. Er war einem entgegenkommenden Auto ausgewichen und an einen Laternenpfahl geprallt. Bis auf einige Schrammen im Gesicht und an den Armen war er unverletzt. Als er mit seinem verbeulten Fahrrad nach Hause gekommen war, hatte ihre Mutter ihn angeschrien: „Was bist du denn für ein Idiot?"

David hatte alles mit gesenktem Kopf über sich ergehen lassen. „Wahrscheinlich der größte, den es überhaupt gibt", hatte er geantwortet und war dann für den Rest des Tages in Davids und Neils gemeinsamem Zimmer verschwunden.

An jenem Abend, als sie im Bett noch lasen, war ihr Vater hereingekommen und hatte sich, wie so oft, für die Mutter entschuldigt und versucht ihr Benehmen zu erklären. David hatte ihr sofort verziehen und nur gesagt: „Wenigstens hat sie mir keine runtergehauen."

Dann hatte ihr Vater etwas gesagt, was Neil nie mehr in seinem Leben vergessen würde. Er hatte gesagt: „Du musst das verstehen, mein Sohn. Jetzt, wo Mimi nicht mehr da ist, seid ihr beide für eure Mutter eben noch ein wenig wertvoller geworden."

Bei diesen Worten hatte Neil eine Gänsehaut bekommen. Er hatte verstanden, was sein Vater gemeint hatte, und dass es eine Art Liebeserklärung sein sollte, aber irgendwie hatte dieser Gedanke Neil immer ein bisschen Angst gemacht.

Heute würden sie bei Einbruch der Nacht furchtbar besorgt sein, alle drei Mütter würden sich gegenseitig anrufen, ihr Gedächtnis nach einem Hinweis durchforsten. Später würden Polizeiautos vor ihren Häusern stehen. Man würde schließlich Randys Vater informieren. Jeder würde mit jedem reden, weinen, die Geduld verlieren. Terrys Eltern würden vorschlagen eine Belohnung auszusetzen. Niemand würde daran denken, Tanner zu füttern. Neil schloss die Augen und rang sich zwei kleine Tränen ab.

Das reicht jetzt! Er stand auf, ging zurück zum Haupttunnel und kniete sich neben die Quelle um seine Hände zu waschen.

Gelächter hallte zu ihm herüber. Neil fühlte sich ausgeschlossen. Vielleicht zogen sie über ihn her. Er wollte sich schon selbst zurechtweisen wegen seines Misstrauens, da fiel ihm ein, wie sie alle über Randy gesprochen hatten, sobald er gegangen war.

Neil wusch sich langsam die Hände und hielt sein Gesicht unter das Wasser. Er nahm einen Schluck direkt von der Quelle. Es schmeckte leicht schwefelhaltig, aber er machte sich darüber keine Sorgen. David hatte schon vor längerer Zeit davon getrunken und es ging ihm immer noch gut. Das Wasser war kühl und das stetige Fließen wirkte beruhigend. Er wischte sich das Gesicht an seinem Hemd ab.

Wieder hörte er Gelächter. *Sie denken, ich bin ein Witz. Er versucht Mr. Perfect zu spielen, aber überlegt doch mal. Er versaut alles, was er anfängt.*

Quatsch, widersprach er sich. *Das denkst du nur selbst von dir. Wahrscheinlich erzählen sie sich bloß schmutzige Witze.*

Trotzdem schaltete Neil seine Taschenlampe ab, kurz bevor er das Gewölbe erreicht hatte, und schlich auf Zehenspitzen näher.

David lag ausgestreckt auf dem Rücken neben dem Wasserloch, die Arme unter dem Kopf verschränkt, und erzählte eine seiner Geschichten. Randy und Terry saßen daneben und hörten aufmerksam zu.

„Und da sagte ich zu ihr: ‚Na ja, du weißt ja, was viele Leute mit Billardtischen tun ...‘"

Es geht um Sex, du Idiot. „Der Nächste!", rief Neil laut um sich bemerkbar zu machen.

„Wir dachten schon, du seist hineingefallen", sagte Randy und rutschte zur Seite um für Neil Platz zu machen. „Kennst du schon die Geschichte von Laura Wexler und dem Billardtisch?"

„Ja", sagte Neil. „Sie ist ziemlich gut." Davids Liebesleben hätte Stoff für eine ganze Seifenoper abgegeben. Er war außerdem ein guter Geschichtenerzähler. Als sie noch klein waren, hatte er oft Geschichten erfunden, die er Mimi erzählte.

„Ich bin auf jeden Fall der Nächste, der zum Klo muss", sagte David. „Aber zuerst erzähle ich die Geschichte zu Ende. Also, Laura sagte: ‚Ich weiß nicht, wann meine Mutter nach Hause kommt.‘ Und ich sagte: ‚He, lass uns doch einfach draufklettern und ein wenig rumschmusen, und wenn wir sie kommen hören, springen wir runter und schauen unschuldig drein.‘"

„Wie kommst du nur an eine Verabredung mit einem

Mädchen wie Laura Wexler?", fragte Randy. „Das möchte ich gerne wissen."

„Sieh ihn dir doch an", sagte Neil. „Das kann einen wirklich manchmal fertig machen. Ich hätte dieses Gesicht haben können. Es schwirrte im Genpool unserer Familie herum und wartete darauf herauszukommen. Statt jemand wie ich, der es verdiente, bekam es dieser jähzornige kleine Mistkerl."

„Das ist es, worauf sie wirklich stehen", sagte Randy. „Auf einen jähzornigen kleinen Mistkerl. Mädchen lieben das."

„Wenn das stimmte", sagte Neil zu Randy, „dann wärst du derjenige auf dem Billardtisch."

„Kann ich jetzt weitererzählen?", fragte David. „Also, wir waren schon bis zur Unterwäsche vorgedrungen ..."

„Hattet ihr denn die Vorhänge zugezogen?", unterbrach Terry.

„Werd mal erwachsen", sagte David. „Wer schaut denn um diese Tageszeit zum Fenster rein? Der Briefträger?"

„Perverse", sagte Terry. „Sie sind nicht wie Vampire. Sie warten nicht auf die Nacht."

„Woher weißt du denn so viel über Perverse?", fragte Randy. „Hört sich ganz so an, als hättest du Erfahrungen aus erster Hand."

„Kann ich jetzt vielleicht zu Ende erzählen?", fragte David. „Ich muss nämlich wirklich dringend zum Klo. Also, wir waren schon bis auf die Unterwäsche ausgezogen ..."

„Wie sieht Laura Wexler denn in Unterwäsche aus?", fragte Randy.

David lachte. „Besser, als du es dir in deinen wildesten Träumen vorstellen kannst, Isaacson. Und alles, was du siehst, ist echt. Ich habe es sorgfältig geprüft. Ich und Laura, wir hatten definitiv was am Laufen. Ich meine, ich hatte das Gefühl, dass ich dabei war eine wichtige Erfahrung in meinem Leben zu machen, wenn du verstehst, was ich meine."

„Soll das heißen, du bist immer noch Jungfrau?", fragte Randy. „Das hätte ich nicht gedacht nach dem, was du alles erzählt hast."

„Darauf komme ich noch", sagte David. „Ich habe praktisch alles getan bis auf eins. Du weißt schon, Finger und Mund und ..."

„Ja, ja", sagte Randy.

„Und. Laura hätte diejenige, welche sein können. Sie hatte sich ebenfalls bestens amüsiert, wie sie sich dort oben mit beiden Händen an den Ecklöchern fest hielt und es wissen wollte."

„Stellt sich die Frage, wer es eiliger hatte." Neil lachte.

„Und du hattest wahrscheinlich keine Kondome dabei, oder?", warf Terry ein.

„Nein, Mom, ich hatte sie im anderen Anzug gelassen. Jedenfalls hörten wir natürlich gerade in diesem Moment ihre Mutter zur Haustür hereinkommen. Adrenalin! Aber wir sind ja ganz hinten im Spielzimmer, also bekomme ich keine Panik. Ich weiß, wir haben Zeit. Wir springen beide vom Tisch und ... ich kann meine verdammten Jeans nicht finden!"

Randy, der Einzige, der die Geschichte noch nicht kannte, stieß einen erstaunten Laut aus und schüttelte den Kopf.

„Genau!", sagte David. „Ich konnte es mir ebenfalls nicht erklären. Das Zimmer war ungefähr sieben mal fünf Meter groß. Es war nichts darin außer einer Stereoanlage, einem Sofa und dem verdammten Billardtisch. Ich meine, selbst wenn ich sie in irgendeine Ecke geworfen hätte, dann hätte sie ja immer noch da sein müssen!"

„War das Fenster offen?", fragte Randy.

„Das Fenster war geschlossen." David lächelte. „Also

inzwischen ruft die Mutter: ‚Laura! Laura!' und Laura ist jetzt vollkommen angezogen und sie hüpft herum. Ich meine, sie hüpft vor Aufregung hin und her und flüstert: ‚Zieh deine Hose an!'"

Neil musste laut auflachen, obwohl er die Geschichte bereits gehört hatte.

„Und ich bekomme in der Zwischenzeit einen kalten Schweißausbruch und klettere über das Sofa um dahinter noch einmal zu suchen. Ich habe das Gefühl einen Albtraum zu erleben. Lauras Mutter ist inzwischen im Flur und kommt in unsere Richtung und die Tür ist nicht einmal geschlossen ...“

„Wow!“, stieß Randy hervor. „Das wäre auch mein Albtraum.“

„Also tue ich mein Bestes. Ich bleibe hinter dem Sofa stehen, wo ich zumindest teilweise verdeckt bin. Ich meine, ich hätte ja versuchen können mich zu verstecken, aber wenn sie mich dann entdeckt hätte, wäre es noch schlimmer gewesen. Ich weiß nicht, jedenfalls kommt sie herein und was glaubst du, was sie in der Hand hält?“

„Ich hoffe, nicht gerade ein Gewehr?“, antwortete Randy.

„Es sind meine Jeans! Meine Levis 505. In ihrer Hand.“

„Was?“, rief Randy.

„Und sie sagt zu mir: ‚Ich nehme an, die gehören dir.' – Ich dachte wirklich, ich müsste im Erdboden versinken. Ich konnte richtig spüren, wie rot mein Gesicht war.“

„Aber wie ...“, sagte Randy.

David lächelte. „Lauras verdammter Schäferhund. Brandy. Der blöde Köter kam rein, nahm das Beweisstück und wartete damit an der Tür auf Lauras Mutter. Kein Wunder, dass man sie Polizeihunde nennt.“

Randy wischte sich die Lachtränen ab. „Oh, verdammt!“

„Also bin ich leider immer noch Jungfrau", schloss David. „Und jetzt muss ich wirklich zur Toilette." Er stand auf.

„Und wo bist du inzwischen mit Laura angelangt?", fragte Randy.

„Nirgends." David seufzte. „Sie ist dem großen Klub der Frauen und Mädchen beigetreten, die darüber reden, was für ein Mistkerl ich bin."

„Andere Leute würden sonst was tun für diese Ehre", sagte Neil zu ihm.

„Du kannst sie gerne haben", rief David über die Schulter, als er ging.

Randy wandte sich an Terry. Er fragte gerne Menschen aus und David hatte anscheinend seine Neugier geweckt. „Und wie ist es mit dir?", fragte er. „Hast du in letzter Zeit irgendwelche Herzen gebrochen?"

Terry lachte höflich. Randy sah ihn erwartungsvoll an. Schweigen. Mit undurchdringlichen Mienen schauten jetzt beide einander an. Randys Blick wurde fordernd, Terry erwiderte ihn höflich, aber mit standhafter Ablehnung. Neil war beeindruckt. Er hätte nicht gedacht, dass Terry sich so gut halten würde.

„Okay", sagte Randy schließlich und drehte sich zu Neil um. „Richten wir mal die Scheinwerfer auf dich. Bilde ich mir das nur ein oder warst du in letzter Zeit sozusagen außer Betrieb?"

Neil blickte Terry hilfesuchend an. „So vermeidet er es, über sich selbst zu reden. Randy hat nämlich vor ein Zwölf-Stufen-Programm für angehende Casanovas zu absolvieren."

„Entschuldige mal", sagte Randy. „Wer versucht denn hier nicht, über sich selbst zu reden? Ich weiß, ich gerate immer an die falschen Frauen. Aber ich komme damit ganz gut zurecht. Doch zurück zu dir, Neil, du hast vor drei

Monaten mit Ann Schulteiss Schluss gemacht und seitdem ist es ganz ruhig an der Mädchenfront. Also, was ist los?"

Neil fühlte Panik aufsteigen.

David kam zurück, setzte sich und sah Neil wie die anderen erwartungsvoll an, obwohl er nicht gehört hatte, wie die Frage lautete. „Möchtest du das wirklich wissen?", fragte Neil schließlich.

„O Gott!", stieß Randy aus. „Vielleicht lieber nicht? Hast du schräge Neigungen entdeckt?"

„Nein!", erwiderte Neil so laut, dass es hallte. „Ich meine ... Ich wollte es dir schon länger sagen ... Ich glaube nicht, dass jetzt gerade der beste Zeitpunkt ist ... aber ... ich dachte irgendwie daran, Chloe mal zu fragen, ob sie sich mit mir verabreden möchte."

Randy bewegte keinen Muskel. Und doch hatte sich sein ganzer Ausdruck irgendwie verändert. „Chloe wer?"

Neil blickte zu Boden. „Chloe Isaacson. Deine Schwester."

„Wow!", sagte Terry wie ein Zuschauer bei einem interessanten Fernsehprogramm.

„Chloe, meine ... Schwester", wiederholte Randy. Er hob zwei Finger an seine Brust und schlug sich auf Herz. „Meine Schwester Chloe!"

„Ja!", schrie Neil. „Ist das so abwegig?"

„Wie lange läuft das denn schon?", wollte Randy wissen.

Neil merkte, wie ihm der Schweiß ausbrach. „Es läuft gar nichts! Du hast mich gefragt, wer mir gefällt, das ist alles. Ich wusste, dass du nichts davon halten würdest ..."

„Woher willst du irgendetwas wissen?", fuhr Randy ihn an. Er beugte sich zu Neil und schrie ihm ins Gesicht: „Was meinst du damit, du wusstest es? Ich weiß ja nicht einmal selbst, was ich davon halte! Und weißt du auch, warum? Weil ich nie weiß, was eigentlich mit dir los ist! Und weißt du, warum? Weil du mir, verdammt noch mal, überhaupt nichts erzählst! Und weißt du, warum? Weil du denkst, es sei wunderbar, jedes kleine widerliche Detail von dem zu kennen, was bei mir abläuft, aber du willst nicht, dass ich auch nur die geringste Ahnung habe, was mit dir los ist! Du bist einfach glücklich mit deinen kleinen Geheimnissen! Also hast du es jetzt in meiner eigenen Wohnung auf meine eigene Schwester abgesehen und ich muss es ganz nebenbei mit allen anderen erfahren! Wenn ich nicht hier drin mit dir festsäße, wäre ich jetzt schon lange weg. Ich würde nach Hause trampen. Ich würde von deinem selbstgefälligen Gesicht so weit weglaufen wie nur möglich, weil ich dein überlegenes Getue so satt habe, dass ich kotzen könnte! Und inzwischen ist es mir auch ganz egal, Neil. Wie findest du das? Ich will gar nicht mehr wissen, was mit dir los ist. Triff dich von mir aus mit meiner Mutter, triff dich mit meinem Vater. Triff dich mit meinem Hund! Es ist mir egal!"

Alle saßen ganz still, während das Echo langsam verhallte: Randys Stimme schien von überall zu kommen. *Mir geht es gut,* sagte sich Neil. *Ich rege mich nicht auf. So ist Randy eben. Ich wusste ja, dass ihm dieser Gedanke nicht gefallen würde, und ich hatte Recht. Der Fehler war nur, es ihm zu sagen.*

„Willkommen im Klub, Randy", sagte David in die Stille. „Findest du das alles jetzt erst heraus?"

Neil blickte auf und sah seinen Bruder an. „Vielen Dank", sagte er. „Hast wohl Angst, dass er mich nicht genug fertig macht? Willst du mir vielleicht noch den Rest geben?"

„Warum macht ihr das denn immer?", fragte Terry. Statt des üblichen Jammerns war seine Stimme jetzt leise und ruhig. Es klang, als hätte ein Erwachsener zu einer Klasse voll kleiner Kinder gesprochen. Neil blickte ihn an. Terry saß mit hochgezogenen Knien da und wippte hin und her.

Sein Gesicht war blass. Er sah aus wie ein kleines Kind. Es war, als gehörte die Stimme nicht zu ihm. „Ist es das, was harte Kerle wie ihr tun, wenn sie Angst haben? Ihr macht euch gegenseitig fertig und dann geht es euch besser? Denn ich verstehe es wirklich nicht. Wir sitzen hier fest. Wir wissen nicht, wie wir hier wieder hinauskommen. Wir kommen vielleicht nie mehr nach Hause ...“ Er machte eine Pause und fuhr dann fort: „Ist es nicht das, worauf es jetzt ankommt? Ich meine, wie wichtig ist es jetzt schon, ob Neil Chloe mag oder ob er Geheimnisse hat? Vielleicht wird keiner von uns jemals wieder ein Mädchen treffen. Wie gefällt euch denn dieser Gedanke? Wenn ihr euch über etwas aufregen wollt, wie wäre es damit?“

Keiner antwortete ihm. Sie warfen sich schuldbewusste Blicke zu.

David sah auf seine Uhr. „Wir haben tatsächlich Wichtigeres zu tun und es wird spät. Es ist schon zwei Uhr.“

Neil hielt den Blick gesenkt. „Randy, es tut mir Leid“, stieß er hervor.

Randy seufzte. „Mir auch. Jetzt habe ich schon zwei Leute verärgert. Ich bin heute wirklich in Form.“ Er wandte sich an Terry. „Willst du der Nächste sein?“

„Du brauchst es gar nicht erst zu versuchen.“ Terry grinste. „Ich bin derjenige, der dich kritisiert, schon vergessen?“

David begann den Abfall wegzuräumen. Er faltete das Wachspapier zusammen und steckte es in seinen Rucksack. „Ich muss sagen, mir gefällt es nicht, dass Terry hier immer der Reife und Vernünftige ist. Es ist unnatürlich. Neil, ich entschuldige mich auch bei dir. Ich habe dir eins reingewürgt, weil du sowieso gerade am Boden warst.“

Neil saß immer noch wie versteinert da. Es dauerte immer sehr lange, bis er über solche Dinge hinwegkam. „Kein Problem“, log er. Er zwang sich zu einem Lachen.

„Vielleicht ist es ganz gut, dass wir uns jetzt für eine Weile aufteilen."

Die Jungen blickten sich unsicher an. Keiner von ihnen sah so aus, als ob er sich über diesen Gedanken freute.

„Also?", fragte David. „Worauf warten wir noch?"

Randy stand zuerst auf. „Ich warte darauf, dass mein Wecker läutet und meine Mutter mir sagt, dass ich zu spät zur Schule komme." Er machte eine Pause, als erwarte er tatsächlich aufzuwachen. „Also gut", sagte er, schulterte seinen Rucksack, nahm sein Jodfläschchen und schaltete seine Taschenlampe ein. Langsam folgten die anderen seinem Beispiel.

7

Mimi war anders gewesen als Neil und David. Freier, glücklicher. Wenn ihr etwas durch den Kopf ging, sprach sie es meist sofort aus. Und wenn es dann nicht ganz passend klang, verdrehte sie einfach die Augen und sagte: „Autsch! So habe ich das nicht gemeint!"

Ganz anders als David zum Beispiel, der alles gut überlegte und dann all seine wichtigen Äußerungen mit langen Einleitungen versah. Oder Neil, der die meisten seiner ernsthafteren Gedanken und Gefühle überhaupt nicht aussprach.

Neil wusste nicht, warum er jetzt so oft an Mimi dachte. Lag es daran, dass er sich unter der Erde befand? An der Dunkelheit? Dass er sich in dieser Höhle wie in einem Grab fühlte?

Vielleicht, weil wir alle sterben werden, dachte Neil.

Nach dem Essen hatten alle zusammen das Gewölbe verlassen. Sie waren den Tunnel mit der Quelle entlanggegangen, an der „Toilette" vorbei. Als sie Gabelungen und Seitentunnel erreichten, teilte sich die Gruppe auf. Randy bog nach links ab und alle sahen ihm nach, bis ihn die Dunkelheit verschluckte. Dann wählte David einen Tunnel. Neil und Terry gingen schweigend ein Stück zusammen weiter, ließen einige Gelegenheiten sich zu trennen aus, zögerten den Moment hinaus, in dem jeder von ihnen seinen Weg allein fortsetzen musste.

Schließlich räusperte sich Terry und sagte: „Also gut!" Damit bog er ab. Der Strahl seiner Lampe wirkte zittrig, wie sein Gang. Neil blieb stehen und blickte Terry nach, bis er nicht mehr hätte sagen können, ob er ihn noch sah oder es sich nur einbildete.

Das heißt wohl, dass ich der größte Feigling bin. Neil zwang sich die nächste Abzweigung zu nehmen – es war ein schlechter Tunnel, wie er plötzlich das Gefühl hatte, zu eng, zu kalt, die Felswände rau und feindselig.

Ungefähr alle zehn Meter schrieb er mit Jod NG auf die Wand. Das Mittel roch furchtbar, wie eine Tierarztpraxis. Der Geruch schien den ganzen schmalen Gang zu erfüllen. Einmal, als Neil seine Lampe nach oben richtete um sein Zeichen zu schreiben, sah er etwas davonhuschen mit einem Geräusch, das an trockenes Papier erinnerte. Er leuchtete sofort mit der Taschenlampe hektisch die Wände aus um zu erkennen, was das gewesen war. Ein Käfer? Skorpion? Troll? Was auch immer, es war zu schnell gewesen oder zu gut versteckt. Als Neil weiterlief, zitterten ihm die Knie.

Neil hatte sich angewöhnt, vor jedem Schritt den Gang nach Klapperschlangen oder anderen Dingen auszuleuchten, auf die er nicht treten wollte.

Seine Klaustrophobie war jetzt wieder da, jetzt, da er sich allein in einem engen Tunnel befand. Im großen Gewölbe hatte er sich recht gut gefühlt. Aber jetzt war er wieder angespannt und suchte nach Anzeichen, dass die Decke sich über ihm senkte. Es war ein bohrendes, entnervendes Gefühl, wie wenn man ein Buch liest und spürt, dass eine Mücke im Zimmer ist.

Am meisten ärgerte sich Neil über sich selbst, weil er gerade in diesem Augenblick seines Lebens über Mimi nachdenken musste. *Habe ich nicht genug Probleme mit der Gegenwart? Muss ich außerdem unbedingt noch an die schlimmste Zeit meines Lebens denken?*

Er erinnerte sich daran, wie er und David Mimi immer in den Park mitgenommen hatten. Sie hatten ein kleines Spiel, das sie meistens spielten, damit Mimi an ihrer Hand blieb, wenn sie Straßen überqueren mussten. Sie zählten bis drei und schwangen sie dann über die Bordsteine. Egal, wie oft sie das taten, Mimi schrie immer vor Aufregung, als ob sie Angst hätte, sie würden sie fallen lassen. Was sie natürlich nie taten.

Das Zittern in Neils Knien wurde plötzlich immer stärker und er stürzte. *Du Idiot!* Er zwang sich aufzustehen. „Du verdammter Idiot", sagte er laut. Er kannte jede Menge Horrorfilme und wusste eines sicher: Die Tapferen überleben. Die, die Angst haben, sterben.

Er und David hatten eine Schwäche für Horrorfilme. Sie machten sich einen Spaß daraus, bereits während der ersten zehn Minuten zu erraten, in welcher Reihenfolge der Autor die Personen sterben lassen würde. Zuerst kamen immer die Armen und Benachteiligten. Dann die Langweiler und die vom Typ Klassenkasper. So blieb eine Gruppe von ungefähr zehn attraktiven weißen Durchschnittsamerikanern für den Hauptteil des Films übrig. Nach etwa einer halben Stunde würde das sexbesessene Pärchen an der Reihe sein, meist, während sie gerade miteinander schliefen. Danach kamen die Feiglinge. Dann alle, die gemein oder grausam waren. Die Letzten, die dran glauben mussten, waren die Ungläubigen, diejenigen, die sagten, es gäbe eine rationale Erklärung für das Ganze. Die starben immer einen furchtbaren Tod. Schließlich blieb noch entweder ein Pärchen oder eine einzelne junge Frau übrig. Die Überlebenden waren immer unschuldig, erfinderisch, klug und tapfer. *Von dieser Sorte haben wir niemanden in unserer Gruppe,* dachte Neil traurig.

Er bemerkte, dass er an den eigenartigsten Stellen schwitzte. Neil schätzte, dass die Temperatur in diesem Tunnel lediglich ungefähr fünfzehn Grad betrug, und dennoch lief ihm der Schweiß in Strömen herunter. Er fragte sich, ob er etwas trinken sollte oder lieber nicht. Dann begann das Zittern wieder. Zusammen mit unerträglichen Kopfschmerzen.

In Ordnung. Es reicht. Ich kann das so nicht durchstehen.

Er setzte sich und holte seinen Baudelaire-Band heraus. Es war eine dicke Taschenbuchausgabe. Die Seiten hatten Eselsohren vom häufigen Gebrauch. Neil hielt das Buch in seinen Händen. Sofort fühlte er sich ruhiger.

Es war eigenartig, wie die Sache mit Baudelaire begonnen hatte. Wie sie Neil nach der Beerdigung gerettet hatte. Er hatte Gedichte nie gemocht. Er mochte sie eigentlich immer noch nicht. Aber seine Mutter. Sie hatte an der Uni Englisch als Hauptfach belegt und besaß ganze Bücherregale voller Gedichtbände. Sie war ein Blake-Fan, sah etwas in William Blake, was sie niemandem in der Familie vermitteln konnte. Neil und David hatten sich oft darüber lustig gemacht. *Pass auf! Hier kommt der unsichtbare Wurm, der in der Nacht fliegt!* Ihre Mutter hatte geseufzt und ihre Bemühungen den Söhnen die Literatur nahe zu bringen aufgegeben.

Den Tag der Beerdigung hatte Neil als äußerst eigenartig in Erinnerung. Zum einen wohnte die ganze Familie damals in einem Hotel, weil das Haus ja gerade abgebrannt war. Von einem Hotel aus zum Friedhof zu gehen war wirklich ziemlich verrückt. Und zu jenem Zeitpunkt konnte Neil die Tatsache, dass Mimi tot war, immer noch nicht begreifen. Du kannst nicht so einfach zur Arbeit ins Einkaufszentrum gehen und dann einen Anruf bekommen mit der Nachricht: „Komm heim, das Haus ist abgebrannt und deine Schwester ist tot." Dein Verstand sagt einfach nein dazu. Er sagt: Nein, noch vor einer Minute hast du überlegt, ob du dir in der Pause eine Cola leisten sollst. Da kannst du dir nicht fünf Minuten später erzählen lassen, deine Schwester und dein Zuhause existierten nicht mehr.

Also gehst du heim und das Haus ist wirklich verbrannt und Rettungsfahrzeuge und Übertragungswagen vom Fernsehen stehen überall in der Nachbarschaft. Deine Mutter und dein Vater reden wirres Zeug und erzählen dir, dass dein Bruder mit einer Rauchvergiftung in einem Krankenhaus liegt und deine Schwester in einem anderen Krankenhaus, obwohl sie bereits tot ist. Und wenn du willst, kannst du durch die schwelenden Trümmer laufen und nach deinen angeschmolzenen Sporttrophäen suchen oder nach Fotos von deinem ersten Schultag. Du willst es aber nicht. Du drehst dich einfach um und schaust die Häuser auf der anderen Straßenseite an und hasst die Leute, die immer noch alles haben.

Und dann siehst du deine Katze unter einer Hecke sitzen und weinst vor Erleichterung, dass zumindest sie nicht tot ist, während dir dein Vater diese verrückte Geschichte über deinen Bruder erzählt, der niemals auch nur einen Schluck Bier trinkt. Er soll Haschisch geraucht haben, sei stoned gewesen und habe die ganze Katastrophe verursacht. Und du hattest dir überhaupt nichts dabei gedacht, als du diesen kleinen Joint gekauft und ihn in deinem Zimmer versteckt hast. Du wolltest es ja nur einmal ausprobieren um bei deinen Freunden nicht immer so brav dazustehen. Um, wenn das Thema zur Sprache käme, sagen zu können: Ich habe es versucht, aber es schmeckt mir nicht. Nur, dass du nicht dazu gekommen bist, es zu versuchen, denn anscheinend hat dein kleiner Bruder den Joint gefunden. Und obwohl er sonst wegen des Teints nicht einmal Eistee trinken will, hatte er aus irgendeinem Grund beschlossen an diesem Tag etwas Verrücktes auszuprobieren. Und er wurde benebelt und ließ das Ding weiterglimmen und es setzte das ganze Haus in Brand. Dein Vater sagt, er habe deinen Bruder auf dem Bauch liegend auf dem Rasen gefunden mit kleinen Löchern in seiner Kleidung, weil die

Funken auf ihn heruntergeregnet seien. Und dein Vater sagt, das Zimmer deiner Schwester habe so gelegen, dass sie nicht an dem Feuer im Flur vorbeikommen konnte, und sie habe ihr Fenster, das alt war und klemmte, nicht öffnen können, und in deinem Kopf fängt es an zu schreien: Mimi, warum hast du das Fenster denn nicht eingeschmissen? Du bist doch so ein kluges Kind! Warum hast du es nicht einfach eingeschlagen? Hast du gedacht, du würdest Schelte bekommen?

Und dann sollst du in einem Hotel wohnen, als ob Ferien wären oder so was. Und dein Bruder wird aus dem Krankenhaus entlassen, aber niemand nimmt ihn in den Arm oder spricht mit ihm – als ob er irgendwie immer noch brenne. Und sie sagen dir, du sollst dir etwas zum Anziehen für die Beerdigung kaufen, weil du keine Kleidung mehr hast.

Du hast gar nichts mehr. Und du bist in einem Zimmer in einem Hotel mit deinem Bruder und er kann nicht reden und du kannst nicht reden und niemand redet vor der Beerdigung. Deine Mutter geht immer wieder zu diesem schwelenden Haufen zurück und sucht nach Dingen, die sie retten kann, und das Hotelzimmer deiner Eltern füllt sich mit angebranntem, feuchtem, stinkendem Zeug. Und sie sagt, das könne hilfreich sein, wenn ihr von vorne anfangt. Von vorne anfangt. Und was sie mit Vorliebe zu sammeln scheint, sind ihre Gedichtbände, obwohl die Seiten zusammenkleben und stinken wie ein Stoß toter Fledermäuse. Als glaubte sie, dass die Poesie darin sie vielleicht heilen könne.

Und nach der Beerdigung hast du das Gefühl, dass du seit vier Tagen herumgelaufen bist und gar nichts gesagt hast. Nicht: „Reich mir das Salz", nicht: „Mimi, komm zurück", gar nichts. Und niemand scheint es gemerkt zu haben.

Und eines Morgens verlässt du dein Zimmer, weil du eine Weile von deinem Bruder wegkommen musst, und du stehst an diesem funkelnden, verlassenen Swimmingpool des Hotels und denkst, du solltest vielleicht irgendetwas laut sagen, nur damit du weißt, dass du es noch kannst. Und du hast wirklich vor etwas zu sagen, aber du tust es nicht und du denkst: So muss es sein, wenn man verrückt wird.

Und das Funkeln des Wassers schmerzt in deinen Augen und du bekommst Kopfschmerzen und es macht dich fertig, dass der Pool so glitzert, als wolle er sich über dich lustig machen.

Also gehst du, aber du willst nicht zurück in dein Zimmer, weil dein Bruder dort ist, und so gehst du in das Zimmer deiner Eltern, weil sie fortgegangen sind um mit irgendeinem Versicherungsangestellten oder einem Rechtsanwalt zu reden. Du kommst dir gemein und hinterhältig dabei vor, in ihr Zimmer zu schleichen, aber selbst dieses Gefühl hält nicht lange an und du bist einfach wieder wie versteinert.

Und da liegt dieser Stoß von angekohlten, hässlichen Büchern neben einigen Töpfen und Pfannen und Handtaschen und Dingen, die sie gerettet hat. Du bist noch schlimmer dran, als du dachtest, denn plötzlich geben deine Knie nach und du fällst über den Stoß Bücher und du weinst nicht einmal, du schreist nicht einmal, du wirst nur immer ruhiger innen drin. Du liegst auf dem Teppich und du denkst: *Bitte helft mir doch, so helft mir doch, irgendwer!* Und du packst eines der Bücher von dem Stoß und hoffst, es könnte dich irgendwie retten. Du fragst dich, ob du es überhaupt lesen kannst, während du die Seiten durchblätterst. Zuerst sind alle Buchstaben verschwommen, aber dann kannst du lesen, du kannst lesen. Und das hast du gefunden:

Bald tauchen wir in kalte Dunkelheit;
Licht der zu kurzen Sommer, lebe wohl!
Schon hör ich Holz im Hofe, Scheit für Scheit,
Aufs Pflaster poltern, unheimlich und hohl.

Ich horche auf der Klötze Fall mit Schauern;
Dumpf hallt es, wie beim Bau von Blutgerüsten.
Mein Geist gleicht einem Turme, dessen Mauern,
Vom Sturmbock schwer gerammt, bald wanken müssten.

Ich glaube, von dem Hämmern ganz benommen,
Man nagelt einen Sarg, in Eile, irgendwo.
Für wen? – Noch gestern Sommer, schon ist Herbst gekommen!
Geheimnisvoller Lärm! – Abschiede klingen so.

Alles in dir explodiert und du findest dich auf dem Teppich im Hotelzimmer und du weinst und hältst dieses Buch fest, dass die Handknöchel weiß werden, und du hörst dich jammern. Du rollst auf diesem blauen Teppich herum und vielleicht kommen all die Tränen, die du während deines ganzen Lebens aufgestaut hast, in dieser einen Explosion heraus, denn du weißt jetzt, dass irgendjemand – du kannst seinen Namen wegen der Tränen in deinen Augen nicht lesen –, dass irgendjemand irgendwann genauso gefühlt hat wie du in diesem Augenblick.

Und du stiehlst deiner Mutter dieses Buch, und als es auseinander fällt, gehst du los und kaufst eine neue Ausgabe und du schlägst nach, um alles über diesen Typ herauszufinden. Obwohl du erfährst, dass er einer der größten Verlierer auf Erden war, bestimmt niemand, den du dir gern als Vorbild ausgesucht hättest, liebst du seine Gedichte, alle, und du liest die Gedichte, wenn du nicht schlafen oder reden oder weinen kannst. Weil er dich versteht. Er ist der einzige Mensch, der dich versteht.

8

Baudelaire war der ideale Dichter zum Trauern gewesen. Wollte man allerdings den Überlebenswillen stärken, war er nicht so gut geeignet, das wurde Neil jetzt klar.

Neil hatte sich wie eine Küchenschabe in einen kleinen Felsspalt gezwängt. Seine Knie hatte er angezogen, die Taschenlampe klemmte als Leselampe dazwischen. Mit ruhelosen Fingern blätterte er die Seiten um, suchte nach jenen Versen, die stets den Schmerz, der ihm die Kehle zuschnürte, gelöst hatten. Aber diesmal klappte es nicht.

O Jammer! Jammer! Zeit verschlingt das Leben,
Der finstre Feind, der uns das Herz zerfrisst,
Wächst und gedeiht vom Blut, das wir ihm geben!

„Verdammt!", sagte Neil laut zu Baudelaire. „Jedem das Seine, Charlie, aber im Augenblick gehst du mir echt auf die Nerven." Er sprach laut weiter, weil es ein gutes Gefühl war. „Ich persönlich denke", erklärte er und öffnete seinen Rucksack, „dass es eine Zeit gibt um sich hinzulegen und zu weinen und dann gibt es eine Zeit, da musst du aufstehen und dich zusammenreißen und weitermachen." Er steckte das Buch in den Rucksack und tätschelte es leicht, als wäre es ein Hund, dem er befahl zu sitzen. Entschlossen schulterte er den Rucksack, stand auf und holte die Jodflasche aus seiner Jeanstasche. „Nicht, dass ich dir nicht dankbar wäre", sagte er. „Ich meine, du hast mir wirklich geholfen, als Mimi starb. Du hast mir irgendwie geholfen ... mich gehen zu lassen. Aber ich kann mich jetzt nicht gehen lassen. Diese Jungen sind mit mir hier drin und ich muss sie irgendwie rausbringen."

Er ging weiter, leuchtete mit der Taschenlampe in rhythmischen Bögen. Neil hatte keine Lust mehr mit Baudelaire zu sprechen, aber er mochte das Gefühl mit jemandem zu reden, also wechselte er einfach den Ansprechpartner. „Tja, Mom", sagte er. „Ich nehme an, ich habe den falschen Dichter mitgenommen. Du hättest bestimmt gewusst, welcher der richtige gewesen wäre." Er hielt an um seine Initialen auf die Wand zu schreiben. „Deshalb müssen wir ja unsere Eltern bei manchen Dingen um Erlaubnis fragen. Mom hätte gesagt: ‚Neil, du Idiot. Nimm nicht deinen Baudelaire mit. Du brauchst ein bisschen Kipling oder Robert Bly, wenn du in eine Höhle gehst. Weißt du das denn nicht, Junge?'" Er kicherte und machte sich nichts aus dem verstreuten Klang des Echos, das sein Kichern zurückschickte.

„Weißt du", sagte er und wusste gar nicht genau, mit wem er jetzt überhaupt sprach. „Es könnte ein schlechtes Zeichen sein, wenn ein Typ anfängt mit seiner abwesenden Mutter zu reden und sich Antworten für sie auszudenken." Er blieb stehen und malte wieder sein Zeichen an die Wand. Das G war unlesbar und er musste es noch einmal schreiben. Danach überlegte er, wie idiotisch es war, sich unter solchen Umständen Gedanken über Lesbarkeit zu machen. Und er dachte, wie peinlich es ihm wäre, wenn Randy oder sonst wer diesen Weg entlangkäme und sähe, dass er so blöd gewesen war sich darüber Gedanken zu machen, ob seine Schrift lesbar war. Dann dachte er, alles, was er gerade dachte, sei verrückt.

„Ich glaube, ich würde es merken, wenn ich verrückt würde", sagte er. „Wenn ich verrückt würde, würde ich mit mir selbst reden oder so was!" Er lachte, aber das Lachen fühlte sich mehr wie eine Art Muskelkrampf an. Das letzte

Mal hatte er so lachen müssen, als die Klapperschlange ihn beißen wollte.

„Was ist los mit dir, Neil?", fragte er sich. „Das drohende Verhängnis macht dich lustig? Es macht dir irgendwie Spaß in Gefahr zu sein? Ich glaube wirklich nicht, dass deine Lage in irgendeiner Weise witzig ist!"

Er beschloss eine Weile mit dem Reden aufzuhören und sah auf seine Uhr. Es war halb vier. „Du solltest dich lieber beeilen und den Weg nach draußen finden, Neil", sagte er. „Es wird langsam spät." Dann erinnerte er sich daran, dass er nicht mehr laut reden wollte. „Halt's Maul!", sagte er.

Er blieb stehen um seine Initialen zu schreiben. Aus irgendeinem Grund verdrehte er sie diesmal und schrieb GN statt NG. „Was soll's?", sagte er und merkte dann, dass er immer noch redete. Er begann ein wenig schneller zu laufen, damit er nicht so viel nachdenken konnte.

Er hatte schon immer das Gefühl gehabt, dass er sich mehr Gedanken machte, als gut für ihn war. Manchmal hatte er gesehen, dass David in die Ferne starrte wie ein Indianer. David konnte sich praktisch in Stein verwandeln, wenn er es wollte. Neil fragte ihn dann: „Woran denkst du?", und David antwortete: „An nichts." Neil glaubte ihm. Er beneidete ihn darum.

„Ich entscheide, woran ich denken will", sagte Neil. „So kann ich es kontrollieren. An was sollte ich jetzt am besten denken?"

Plötzlich stolperte er über eine Gesteinsader, die durch den sandigen Boden verlief. Adrenalin schoss durch seinen Körper und Schweiß trat ihm auf die Stirn. „Denk nicht *daran*", sagte er.

Er schrieb seine Initialen langsam und sorgfältig auf die Wand. Dann lief er mit gleichmäßigeren Schritten weiter und atmete ein wenig langsamer und konzentrierter.

Das hier ist wie beim Basketball, dachte er. *Ich muss mir den Erfolg vorstellen. Ich muss meine Gefühle kontrollieren und mich nur auf das Ziel konzentrieren. Also werde ich jetzt daran denken, dass es einen Weg aus dieser Höhle gibt, und ich werde so lange weitergehen, bis ich ihn finde. Es gibt einen Weg aus dieser Höhle und ich werde weitergehen, bis ich ihn finde.* Er kam zu einer Gabelung und wählte zuversichtlich und entschlossen den linken Gang. Er fühlte sich geleitet. *Es gibt einen Weg aus dieser Höhle und ich werde weitergehen, bis ich ihn finde.* Noch eine Gabelung. Einer dieser Tunnel wirkte ein wenig heller als der andere. Neil wählte diesen Gang und verspürte Zuversicht, fast Freude. *Es gibt einen Weg aus dieser Höhle und ich werde weitergehen, bis ich ihn finde. Es gibt einen Weg aus dieser Höhle und ich werde weitergehen, bis ich ihn finde. Es gibt einen Weg aus dieser Höhle – Zeit für meine Initialen – und ich werde weitergehen ...* Als Neil das Licht auf die Wand richtete, sah er ein paar Schritte vor sich eine Inschrift. Etwas in der Farbe von Jod.

Auf der Wand *vor* ihm!

„Es gibt einen Weg", sagte er leise. Seine Hand mit dem Jodfläschen war kraftlos nach unten gefallen. Langsam ging er auf die Markierung zu. Er wusste, was er entdecken würde. Es schnürte ihm die Brust zusammen.

„Es gibt einen Weg", sagte er heiser. „Es gibt einen Weg aus dieser Höhle ..." Er stand vor der Markierung und richtete den Strahl seiner Taschenlampe darauf. Seine eigenen Initialen, fein säuberlich vor höchstens einer Stunde geschrieben. In der Ferne hörte er das Geräusch des Wassers, als ob es ihn auslachte.

Etwas Furchtbares, Heißes wie ein Sturm von Blut stieg in ihm auf. „Nein!", schrie er. „Verdammt noch mal! Nein!"

Sein rechter Arm bewegte sich, als hätte er einen eigenen Willen, und schleuderte die Jodflasche an die Wand. Sie schlug gegen die Felsen, zersprang und der Inhalt erfüllte die Luft mit einem brennenden Geruch nach Chemikalien. Braune Flüssigkeit rann die Wand hinab wie Blut.

Doch das war nicht genug. Neil warf seinen Körper gegen die Felswand. Er ließ die Taschenlampe fallen, ließ sich von der Dunkelheit um sich herum schlucken. Sein Arm schwang nach oben und schlug gegen die Wand. Wumm! Wumm! Wumm!

Der Schmerz machte ihn noch verrückter. Er würde diese Höhle vernichten! Sie versuchte ihn zu vernichten und er wollte raus! Er wollte sofort raus! Wumm! Wumm! Wumm! Er rammte sein Knie in die Felswand, als wäre sie eine blöde, klemmende Tür.

Er hörte eine Stimme, hoch und kreischend, als seine andere Faust nach oben fuhr und ebenfalls auf den Fels einschlug. *Das bin ich, der da schreit. Ich schreie.*

Die Felsen unter seiner rechten Faust waren jetzt schlüpfrig, feucht von Blut, aber das war Neil egal. Er würde diese Höhle bis zum Tod bekämpfen.

Seine Arme schmerzten. Er fragte sich, ob einer seiner Finger gebrochen war. Seine Schreie wurde heiser und er wusste, dass er jeden Augenblick ohnmächtig werden konnte, und das war gut, denn was machte es schon? Er war sowieso schon tot.

Als seine Stimme allmählich versagte und seine Schläge gegen die Wand schwerer und langsamer wurden, hörte er etwas Neues in der Ferne. Schritte, die sich näherten.

Er ließ sich zu Boden gleiten, seine rechte Hand schleifte durch das Blut, das kaputte Knie gab nach und er fiel plump auf die Seite. „Hilfe!", rief er demjenigen zu, der sich näherte, wer immer es auch war. „Helft mir!"

„O Gott, Neil, was ist mit dir passiert? Was hast du denn gemacht?"

Terrys Stimme. Verwirrt und erschöpft verspürte Neil große Erleichterung. Besser ein Feigling vor einem anderen Feigling sein. Er drehte sich von der Wand weg um ins Helle zu sehen. Terrys Licht blendete ihn. „Mir ist nichts passiert", sagte Neil mit der Stimme eines alten Mannes. Er hob seinen rechten Arm um das Licht abzuschirmen und merkte, dass Blut heruntertropfte. Er hatte sich an einer Seite der Hand die ganze Haut abgeschürft. Beim Versuch eine Höhle zu besiegen!

Terry flatterte um ihn herum wie ein aufgeregter Vogel. Er stellte seine Taschenlampe aufrecht hin, fand Neils Lampe und tat damit das Gleiche. „Oh, verdammt!", rief er aus, als er besser sehen konnte. „Neil, du blutest ja! Du hast ... warum blutet denn deine Hand so?" Er zog sein gelbes Poloshirt aus. Neil war überrascht zu sehen, dass er Haare auf der Brust hatte.

„Ich weiß nicht", anwortete Neil. „Mir wurde langweilig und da habe ich angefangen mich zum Spaß selbst zu verletzen."

Terry riss eine Naht seines Hemdes auf. Er hielt inne und sah Neil vorwurfsvoll an. „Spiel hier nicht den Verrückten, wenn du es nicht bist. Das hier ist erschreckend genug."

„Tut mir Leid", sagte Neil.

„Hast du dich noch anderswo verletzt?", fragte Terry. Er nahm Neils rechte Hand und begann Jod darauf zu streichen.

„Verdammt!" Neil zuckte zusammen, als er spürte, wie es seinen ganzen Arm hinauf brannte.

Terry nahm das Hemd, das er sorgfältig auseinander gerissen hatte, wickelte es einige Male um Neils Hand und steckte dann die Enden sorgfältig fest. Er machte den Eindruck, als wisse er, was er tue. „Neil, es sieht so aus, als ob du deinen ganzen Körper gegen die Felsen geworfen hättest. Wir müssen nachsehen, ob du dich sonst noch irgendwo verletzt hast. Warum haben wir bloß nicht daran gedacht, das Zeug aus dem Erste-Hilfe-Kasten aufzuteilen!"

Neil seufzte wie ein müdes Kind. „Mein linkes Knie ist verletzt. Ich habe es in die Felsen gerammt."

Terry errötete so sehr, dass man es selbst im schwachen Licht der Taschenlampen sehen konnte. „Tja, dann sollten wir das auch desinfizieren. Ich mache es, wenn du nicht ..."

„Ich kann es schon selbst machen", sagte Neil. Er nahm die Jodtinktur und schob seine Jeans hinunter bis zu den Knöcheln. Knie und Schienbein waren gerötet und voller Schrammen. Morgen würde er bestimmt jede Menge blaue Flecken haben. Vorsichtig berührte er die Kniescheibe und versuchte sich vorzustellen, wie sich ein Bruch anfühlen würde. Er bestrich die aufgeschürften Stellen mit Jod und verzog das Gesicht, als es anfing zu brennen.

„Was ist denn passiert?", fragte Terry.

Neil blickte hoch und sah, dass Terry die Arme über den Bauch gelegt hatte und stur zur Seite blickte. Dieser Junge vergaß wirklich nie die Benimmregeln!

„Ich bin durchgedreht, das ist passiert", erklärte Neil und betupfte seine Wunden ein zweites Mal. „Ich stellte fest, dass ich im Kreis gegangen war. Ich kam wieder bei meinen eigenen Markierungen an ... autsch ... da bin ich einfach durchgedreht, hab mein Jod gegen die Wand gedonnert und mich selbst dazu und so habe ich mir die Hand verletzt." Neil beendete schnell seine Wundversorgung, damit er sich wieder anziehen konnte. Terrys übertriebene Schüchternheit färbte langsam auf ihn ab.

Terry schauderte. „Ihr werdet alle so schnell wütend."

Neil zog seine Jeans hoch und merkte, dass Terrys Verband gut gelungen war. Er saß fest, behinderte jedoch nicht die Blutzirkulation. Neil wusste, dass er es nicht so gut hätte machen können, obwohl er einen Arzt zum Vater und demnach einiges über medizinische Notversorgung mitbekommen hatte. „Hast du denn keine Wut?", fragte Neil. „Macht es dich nicht verrückt, dass wir hier drin feststecken und nicht hinausfinden?" Neil zog den Reißverschluss hoch.

Terry reagierte anscheinend auf dieses Geräusch und blickte Neil wieder an. „Nein! Ich habe Angst. Ich meine, wütend zu werden kommt mir ein wenig dumm vor, oder nicht? Es ist ja nicht so, dass die Höhle uns das absichtlich antut." Terry setzte sich auf den Boden, Neil gegenüber, und öffnete seinen Rucksack. „Möchtest du ein Plätzchen?"

Neil lachte. „Was ist mit dem Rationierungskomitee? Müssen wir nicht eine Petition in dreifacher Ausführung ausfüllen, bevor wir ein Plätzchen essen dürfen?"

Terry lächelte. „Nicht, wenn das Komitee nicht hier ist."

„Warte", sagte Neil. „Möchest du lieber einen meiner Schokoriegel? Ich habe zwei. Das passt genau."

Terrys Lächeln wurde breiter. „Schokolade lehne ich niemals ab."

Nach dem Genuss der Schokoriegel und einem Schluck kalten Quellwassers aus der Flasche fühlte sich Neil fast wieder wie ein Mensch. Selbst das Brennen des Jods auf seinen Schrammen war eigenartig angenehm. „Ich habe an diesem einen Tag mehr Gefühle durchlebt als in meinem ganzen bisherigen Leben", sagte er zu Terry. „Ich glaube, ich drehe wirklich durch. Jetzt zum Beispiel fühle ich mich total gut. Vielleicht liegt es am Zucker oder so."

Terry lehnte sich zurück und legte einen Arm unter seinen Kopf. Jetzt, da er kein Hemd anhatte und seine Körperbehaarung sichtbar war, konnte man ihn unmöglich noch länger als kleinen Jungen betrachten. „Das ist es nicht. Es liegt daran, dass du dich vorher so schlecht gefühlt hast. Es ist, als ob man plötzlich eine Art ... Auftrieb bekommt, wenn etwas wirklich Schlimmes vorbei ist. Zum Beispiel wenn meine Eltern gestritten haben. Am nächsten Tag laufe ich herum wie ein Idiot und denke mir, wie schön doch der Himmel und alles ist."

„Wie schlimm sind diese Streitereien denn?", fragte Neil vorsichtig. Er und Terry hatten noch niemals zuvor über persönliche Dinge gesprochen.

Terry nahm einen großen Bissen von dem Schokoriegel. „Ziemlich schlimm."

„Hat dein Vater ... deine Mutter schon mal geschlagen?" Neil wusste nicht, warum er fragte. Er kannte die Antwort bereits. Mrs. Quinn hatte irgendetwas an sich, vielleicht war es die Art, wie sie sich im Haus bewegte, wie sie versuchte unsichtbar zu sein. Die Art, wie sie die ganze Zeit lächelte, selbst wenn ihre Augen müde, wütend oder traurig aussahen.

Terry schaute Neil eine ganze Weile an, bevor er antwortete. „Ja."

„Hat er dich auch schon geschlagen?" Neil wusste auch darauf die Antwort, ohne dass jemand es ihm gesagt hatte. Obwohl Mr. Quinn immer freundlich und herzlich gewesen war, wenn er und David dort waren. Da war etwas ... Ihm fiel ein, wie Mr. Quinn einmal in Terrys Richtung gelangt hatte um die Fernbedienung vom Tisch zu nehmen. Terry war sofort zur Seite gerückt, nur weil er den Arm seines Vaters in seine Richtung hatte kommen sehen.

Terry starrte konzentriert zu Boden. „David hat wahrscheinlich etwas erzählt."

„Nein! Nein, ich schwöre, so ist es nicht. Ich wusste es einfach. Ich kann es nicht erklären. Manchmal weiß man etwas einfach."

„Meistens geht er ja auf sie los", erzählte Terry leise. „Aber manchmal gerate ich dazwischen und dann geht er stattdessen auf mich los."

„Wie nett", sagte Neil.

„Hat David dir erzählt, dass ich adoptiert bin?" Terry sah Neil fast triumphierend an.

„Nein! Machst du Scherze?"

„Aber nein. Sie konnten keine Kinder bekommen. Also adoptierten sie mich, als ich zwei Jahre alt war. Manchmal bin ich wirklich froh. Ich meine, er ist so ein Mistkerl und sie ... Ich bin einfach nur froh, dass ich nicht mit ihnen verwandt bin. Das hört sich wahrscheinlich furchtbar an."

„Es hört sich für mich ganz natürlich an."

Sie aßen schweigend ihre Schokoriegel auf.

„Du hast auch deine Probleme", sagte Terry schließlich. „Mit Mimi und allem."

Neil sackte zusammen. „Ja. All das."

„Randy weiß nichts davon?", fragte Terry vorsichtig.

Neil zwang sich aufrecht zu sitzen. „Ich habe mit so was nichts am Hut, Terry. Ich finde nicht, dass man seinen Freunden seinen ganzen persönlichen Scheiß erzählen muss. Außerdem interessiert es sowieso niemanden."

Terry lachte. „Und warum hast du mir dann all diese Fragen gestellt, wenn du der Meinung bist, niemand interessiert sich für den persönlichen Scheiß des anderen?"

Neil lachte. „Ich weiß auch nicht, Sherlock. Warum denn?"

Terry zuckte mit den Schultern. „Ich dachte, weil dir was daran lag."

„Stimmt."

Terry knüllte das Papier seines Riegels zusammen und rollte es zwischen seinen Handflächen wie einen Ball hin und her. „Warum tust du dann so, als ob niemandem etwas an dir läge?" Terry blickte ihn aus seinen dunklen Augen ruhig und unnachgiebig an. Sanft, aber irgendwie herausfordernd. Neil wurde klar, dass er diesen Jungen schon eine Ewigkeit kannte und ihn doch niemals verstanden hatte.

„Du kannst mich mal", sagte Neil ironisch.

Terry lachte. „Kann ich noch einen Schluck zu trinken haben?"

Neil reichte ihm die Wasserflasche. „Du willst etwas Persönliches hören? Ist das ein kleines Pyjamaparty-Spiel, das wir hier spielen? Okay. Ich sag dir etwas Persönliches. Ich habe Klaustrophobie, Terry. Überleg doch mal, wie komisch das ist. Wir stecken in einer Höhle fest und ich habe Klaustrophobie. Seit zehn Uhr heute Morgen bin ich halb verrückt. Als ihr Jungs euch noch blendend amüsiert habt, war ich bereits völlig fertig. Und jetzt ... ich erzähle dir lieber nicht, wie beschissen es mir jetzt im Augenblick geht."

Terry kicherte. Sein Lachen hallte in der Flasche, die er an den Mund hielt. „Neil, ich muss dich leider enttäuschen. Das weiß ich bereits. Du hast dich selbst verraten, als du anfingst gegen die Wände zu boxen."

Neil fühlte sich sehr einsam. „Du versteht das nicht, Terry. Ich kann es nicht ertragen, schwach zu sein." Seine Stimme wurde heiser.

Nichts davon schien Terry zu schockieren oder aufzuregen. „Ich weiß. David ist genauso. Randy auch. Wahrscheinlich sind alle normalen Jungen so. Vielleicht stimmt mit mir etwas nicht, weil ich keine Schlangen töte, mich nicht prügle und nicht mit Dingen um mich werfe."

„Ich wette, du hältst am längsten durch", sagte Neil. „Du sitzt da und wirkst vollkommen gelassen, während ich schon an zwei Stellen blute."

„Ich bin nicht gelassen." Terry nahm einen langen Schluck und wischte sich über den Mund. „Das kannst du mir glauben." Er reichte Neil die Flasche zurück.

Ein kurzes Schweigen trat ein.

„Sag es niemandem", bat Neil. „Ich meine, was ich dir erzählt habe und was du gesehen hast."

„Ich wusste, dass das kommt!"

„Ich meine es ernst. Ich möchte nicht, dass die anderen wissen, was für ein Schlappschwanz ich bin. Bitte."

„Warum sollte ich es ihnen denn erzählen?"

„Versprich mir, dass du es nicht tust. Okay?"

„Ich verspreche es. Versprich mir, dass du mich nicht bedauerst, weil ich so furchtbare Eltern habe."

„Abgemacht."

„Wie spät ist es wohl?", fragte Terry.

Neil wollte es gar nicht wissen. „Ziemlich spät."

Terry verstellte seine Stimme. „Es ist später, als wir denken."

„Woher bist du überhaupt gekommen?", fragte Neil.

„Woher soll ich das wissen? Wir haben uns schließlich verlaufen! Ich habe dich schreien gehört und bin einfach dem Lärm gefolgt."

„Bist du die ganze Zeit unterwegs gewesen? Ununterbrochen? Seit dem Essen?"

„Ja."

Neil schloss die Augen. „Das bedeutet, der Tunnel, den du dir ausgesucht hattest, verläuft im Kreis, genau wie meiner. Hörst du das Wasser? Ich wette, wir sind ganz in der Nähe der Stelle, an der wir gepicknickt haben!"

„Gut", meinte Terry. „Wenn die anderen alle kommen, können wir zu Abend essen."

„Das ist nicht lustig", sagte Neil.

„Einer von uns sollte mal auf die Uhr sehen, Neil."

„Schauen wir zusammen nach." Neil schob seinen Ärmel zurück. Es war halb fünf. „Scheiße!"

Terry griff nach seinem Rucksack. „Also sollten wir ..."

„Nein! Wir dürfen noch nicht aufgeben. Lass es uns noch in einem weiteren Tunnel versuchen. Zusammen."

„Wir müssen ja zusammen gehen. Du hast deine Markierungsflasche zerschlagen. Aber ich finde nicht, dass wir gegen den Plan handeln sollten. Wenn du von deinen Leuten getrennt bist, ist es das Wichtigste, dass du dorthin kommst, wo du dich verabredet hast. Andernfalls fängt jeder an nach jedem zu suchen und man findet sich vielleicht nie mehr."

„Was ist? Hast du ein Buch darüber geschrieben oder so was?"

Terry grinste. „Meine Mutter hat mich immer in Kaufhäusern verloren."

Neil grinste zurück. „Aber du warst zu schlau für sie, was, Kumpel?"

„Du sagst es."

Sie standen zusammen auf. Terry schlug den Weg zurück ein, aber Neil zögerte. „Ich hasse es, einfach so aufzugeben!"

Terry seufzte. „Das merke ich. Aber lass mich jetzt ausnahmsweise mal die Führung übernehmen. Ich bin ein Experte im Aufgeben-und-geschlagen-Davonschleichen."

Neil lachte. „Ich verstehe jetzt, warum mein Bruder dich mag."

„Danke."

Sie gingen nebeneinander her, folgten dem Rauschen des Wassers. „David mag dich auch, das weißt du ja", sagte Terry und blickte Neil von der Seite an.

Sofort wurde Neil wütend. „Na klar. Wir sind schließlich Brüder, oder?"

„Er sieht zu dir auf."

Neil merkte, dass er die Luft angehalten hatte, und er atmete langsam aus. „Worauf willst du hinaus, Terry?"

„Auf nichts", antwortete Terry schnell. „Es geht mich ja nichts an."

„Da hast du ganz Recht."

Den Rest des Weges schwiegen sie. Das Rauschen des Wassers wurde lauter und lauter wie spöttischer Applaus.

9

Am späten Nachmittag schimmerte das Gewölbe in einem trüben pfirsichfarbenen Licht. David war bereits dort. Er kniete neben dem Wasserloch und füllte seine Wasserflasche. Er hatte seine Kappe abgenommen und den Kopf gebeugt. Sein blondes Haar fiel nach vorne und der darauf fallende Sonnenstrahl machte ihn zum hellsten Punkt im ansonsten schwach erleuchteten Raum.

Neil trottete neben Terry hinein. Er fühlte sich schwerfällig und besiegt. Trotzdem freute er sich dieses Gewölbe wieder zu sehen. Die Kalkspatformationen wirkten wie riesige Haufen angeschmolzener Eiscreme, die Kristalle funkelten an der Decke, der Bach floss in den stillen Teich. Eigenartigerweise kam Neil dieser Teil der Höhle wie ein Zuhause vor. Hier war es auch kühler. Die Luft roch frischer und nach Wasser.

David blickte auf. Anscheinend hatte er ihre Schritte gehört. *Er muss von seiner Natur her ein Indianer sein,* dachte Neil. David bekam große Augen als er Neil sah. „Was ist denn mit dir passiert?" Er sprang auf und lief auf Neil zu, dann blieb er stehen und blickte zu Terry. „Wo ist denn dein Hemd?"

Neil merkte, wie er unwillkürlich einen Schritt zurücktrat. „Es ist nichts weiter", fuhr er David an. Er versteckte die Hand hinter seinem Rücken, als David danach griff.

„Er ist gefallen und hat sich das Knie und die Hand aufgeschürft", sagte Terry. „Ich musste mein Hemd nehmen um ..."

„Wie schlimm ist es?", fragte David. „Lass mich mal

sehen!" Er wandte sich an Terry. „Hast du die Wunden ausgewaschen, bevor du sie verbunden hast?"

„Ich habe Jod darauf getan", erklärte Terry. „Du kannst es sehen, wenn ..."

„Aber hast du dich versichert, dass kein Schmutz mehr drin war? Oder kleine Steinchen oder ..."

„Es ist alles in Ordnung mit mir!" Neil entfernte sich und ging zum Teich. „Mein Gott!"

„Ich habe den gleichen Erste-Hilfe-Kurs besucht wie du", sagte Terry. „Ich glaube, ich weiß, wie man eine Wunde versorgt."

David schaute zu Neil. „Geht es dir gut? Du hast kein Fieber oder ..."

„Wenn ich auch nur noch ein Wort von euch beiden alten Damen hier höre, fange ich an zu schreien!" Neil hielt beide Hände hoch wie einen Schild. „Es geht mir gut! Ich bin hingefallen! Ich bin blöde! Ich habe mir einen Tunnel ausgesucht, der im Kreis verlief und wieder genau hierher führte! Mein ganzes Leben ist ein einziger Schwindel. Das Leben ist sinnlos! Okay? Nun haben wir uns über alles Sorgen gemacht, David. Jetzt kannst du dich wieder entspannen."

David und Terry tauschten Blicke aus. „Er ist ein bisschen schlecht gelaunt", erklärte Terry.

Neil seufzte und drehte sich von ihnen weg. Es ging ihm besser, nachdem er David angeblafft hatte. Er betrachtete den Bach, der in den Teich floss, zählte die kleinen Blasen, die an die Oberfläche stiegen. Jede tanzte ein paar Sekunden, bevor sie zerplatzte. Manche Blasen tanzten um den ganzen Teich, sie mieden den enormen Druck, der sie zerstören würde. Andere Blasen wurden praktisch im gleichen Augenblick zerdrückt, in dem sie an die Oberfläche kamen. Dann gab es noch einige winzige, dumme Blasen, die versuchten gegen den Strom zu tanzen. Sie wurden sofort zerdrückt. Die großen, fetten, faulen Blasen über-lebten. Diejenigen, die mit dem Strom schwammen.

Neil legte den Kopf zurück und starrte zum Himmel über dem Spalt in der Decke. Er war von einem diesigen, wolkenlosen Kornblumenblau. Die Fledermäuse waren nicht zurückgekommen. Sonnenlicht fiel auf die Ränder der Deckenkristalle und ließ sie leuchten.

„Ich mache mir Sorgen um Randy", sagte David. „Er hat schon eine halbe Stunde Verspätung."

„Randy hat immer eine halbe Stunde Verspätung", ant-wortete Neil ohne sich umzudrehen. Er fühlte sich fast wieder fröhlich. Vielleicht hatte es ihm gut getan, seine aufgestauten Gefühle einmal loszuwerden. Neil wunderte sich, dass Terry ihn immer noch wie einen normalen Men-schen behandelte, obwohl er ihn in einem so jämmerlichen Zustand gesehen hatte. Neil hatte immer gedacht, wenn die anderen seine wirklichen Gedanken und Gefühle kannten, würden sie einen großen Bogen um ihn machen.

David und Terry traten zu Neil und setzten sich rechts und links von ihm hin. „Du solltest lieber meine Jacke anziehen", sagte David zu Terry. „Ohne Hemd wirst du hier drin sonst zu Tode frieren. Besonders ... heute Nacht."

Alle drei sahen sich an. Obwohl sie natürlich wussten, dass ihre Rückkehr hierher bedeutete, dass sie für heute aufgegeben hatten und über Nacht bleiben mussten, war es doch unangenehm, das zu hören.

David sah nach unten, als ob er etwas Unfeines gesagt hätte. Er öffnete seinen Rucksack, holte seine Jacke heraus und warf sie über Neils Kopf zu Terry.

„Jetzt haben wir keine Tischdecke mehr", beschwerte sich Terry. Er zog die Jacke an.

David blickte auf seine Uhr. „Es ist mittlerweile schon nach fünf, Neil. Um welche Zeit darf ich denn anfangen mir um Randy Sorgen zu machen?"

„Bald." Neil zog seine Knie an. „Was ist, wenn seine Uhr kaputtgegangen ist?"

„Er hätte immer noch ein gewisses Zeitgefühl." David blickte zum Eingang des Gewölbes. „Wenn mir das passieren würde, käme ich wahrscheinlich zu zeitig zurück, damit ich ja nicht alles durcheinander bringe."

„So ist Randy nicht." Neil blickte jetzt ebenfalls zum Eingang. „Vielleicht sollte jemand losgehen ..."

„Nein!" Terry berührte Neil an der Schulter. „Ich sage es euch doch schon die ganze Zeit. Das wäre das Schlimmste. Wenn du losgehst, dann verläufst du dich und wir machen uns Sorgen um dich. Dann geht jemand anderes los um dich zu suchen und ..."

„Ja, aber was ist, wenn er sich verletzt hat? Ich hatte mich schließlich auch verletzt. Wir müssen ausmachen, dass einer nach ihm sucht, wenn er nicht bis zu einem bestimmten Zeitpunkt zurück ist. Er hat schließlich eine Spur hinterlassen. Es ist ja nicht so, dass wir keinen Anhaltspunkt hätten."

„Sieben?" schlug David vor, der immer noch zum Eingang starrte. „Was meint ihr? Egal, wie locker er unsere Abmachung nimmt, er müsste auf jeden Fall bis sieben zurück sein."

„Sechs", sagte Neil. „Bis sechs müsste er zurück sein, schon allein weil er Hunger hat. Und ich halte es nicht aus, zwei Stunden zu warten und nicht zu wissen, was los ist. Ich meine, was ist, wenn er auf eine weitere Schlange gestoßen ist oder so was? Er könnte jetzt irgendwo da draußen liegen und unsere Hilfe brauchen."

Terry stand auf. „Das nächste Mal, wenn wir eine Höhle erforschen, werde ich Funktelefon und Piepser mitbringen. Entschuldigt mich, ich muss zum Schaufelraum."

„Wenn du in fünf Minuten nicht zurück bist, wird David nach dir suchen!", rief Neil ihm nach. Er drehte sich zu

David um und stellte fest, dass dieser ihn mit einem bohrenden Blick anstarrte.

„Was ist wirklich mit deiner Hand passiert?", wollte David wissen.

Neil zuckte zusammen. „Wieso?"

„Was hast du gemacht? Du bist doch nicht durchgedreht und hast Terry geschlagen, oder?"

„Natürlich nicht! Was glaubst du ..."

„Ich möchte wetten, du hast auf eine Wand eingeschlagen!"

„Du hast Glück, dass meine rechte Hand außer Gefecht ist, Kumpel, sonst ..."

„Neil, ich weiß, dass du dich hier nicht so gut fühlst und ich ..."

Neil wich vor ihm zurück. „Jetzt bist du wohl völlig durchgeknallt, Junge! Wovon sprichst du überhaupt? Vielleicht bist du derjenige, der durchdreht. Möglicherweise hast du Halluzinationen. Wie viele Finger halte ich hoch?" Er zeigte seinen Mittelfinger.

„Okay, schon in Ordnung", sagte David. „Ich wollte dir nur helfen ..."

„Ich brauche deine Hilfe nicht."

„Das merke ich."

„Gut."

„Gut."

„Gut."

Sie wandten sich beide zum Teich. Das Sonnenlicht fiel jetzt von den Deckenkristallen herunter und spiegelte sich in kleinen Leuchtpünktchen auf dem Wasser. Neil starrte so lange darauf, bis alles verschwamm, bis alles um ihn herum ausgelöscht war, außer Davids tiefem Aufseufzen neben ihm.

Terry kam zurück. „Meditiert ihr?", fragte er und ließ sich zwischen den beiden Brüdern nieder.

David spielte mit seiner Kappe, drehte sie lustlos auf einem Finger. „Wir haben einander satt, uns ist nicht nach Reden."

Das Licht innerhalb des Gewölbes färbte sich jetzt orange. Die Lichtpünktchen auf dem Wasser nahmen einen kräftigen Goldton an. Neils Hand schmerzte heftig unter dem Verband.

„Sollen wir was essen?", fragte Terry leise.

„Nicht ohne Randy", antwortete Neil.

Terry nahm einen Kieselstein und warf ihn in den Teich. Die Lichtpünktchen verzerrten sich.

Neil starrte ihn böse an. „Hör auf!"

David packte Neil verärgert am Arm. „Sag ihm nicht, was er tun soll!"

Neil fuhr herum, bereit zuzuschlagen, doch dann sah er Randy schief lächelnd durch den Eingang kommen. „Ich habe wohl die Happy Hour verpasst!"

Neil sprang auf. „Ah, du lebst noch!" Seine Stimme hallte laut. Dann sah er den Ausdruck auf Randys Gesicht. Es war ein Ausdruck, den er gut kannte: das Kinn vorgeschoben, die Augen ruhelos.

„Ja, mir geht's prächtig!" Randy kam auf sie zu wie ein Mörder, der weiß, dass das Opfer ihm nicht entkommen kann. „Ich sitze in einer Höhle fest, aus der kein Weg hinausführt, zusammen mit drei blöden Typen, die wahrscheinlich schon stinken, und wir haben nur noch für vierundzwanzig Stunden was zu essen und niemand da draußen hat auch nur die geringste Idee, wo wir stecken. Ich habe wirklich Glück!" Er ging auf die andere Seite des Teichs hinüber, ließ seinen Rucksack zu Boden fallen und setzte sich daneben.

Terry und David blickten Neil an und erwarteten offensichtlich von ihm, dass er dieses neue Problem löste. „Morgen wird es besser laufen, Randy", sagte er vorsichtig. „So wie's aussieht, haben wir heute alle Möglichkeiten ausgeschlossen, die nicht zum Ziel führen." Er lachte nervös.

Randy antwortete nicht. Neil hatte das ungute Gefühl, dass seine schlechte Stimmung weniger mit ihrem ungewissen Schicksal zu tun hatte als mit etwas Persönlichem, das nur ihn betraf.

„Möchtest du was essen?", fragte David Randy.

Randys dunkle Augen blickten ohne Anzeichen von Groll oder schlechter Laune zu David. Sie wirkten fast freundlich. „Können wir noch eine Minute warten? Ich muss erst zur Ruhe kommen. Alles, was ich jetzt essen würde, käme mir nur wieder hoch."

Neil testete seine Theorie. „Sieh dir das mal an", sagte er und hielt seine bandagierte Hand hoch.

Randy blickte den Verband an, nicht Neil, dann schaute er ohne ein Wort wieder auf das Wasser.

Neil war vollkommen verblüfft. Sie waren nicht einmal zusammmen gewesen! Wie hatte er Randy verärgern können? Wenn die beiden anderen nicht da gewesen wären, hätte er gefragt, was los war, aber es konnte ja etwas Peinliches sein, also hielt er einfach den Mund.

„Ihr könnt schon mal anfangen zu essen, wenn ihr hungrig seid", sagte Randy zum Wasser. „Ich hole euch dann schon ein."

Alle drei stimmten einen lautstarken Protest an. Neil dachte, dass in diesem besonderen Augenblick wahrscheinlich jeder von ihnen sonst was dafür gegeben hätte um Randy glücklich zu machen, nur weil er schmollte. Neil war ein klein wenig neidisch. Wenn er beleidigt war, bemerkten das die anderen meist gar nicht.

„Chloe mag dich auch", stieß Randy hervor.

Neil blickte hoch. „Was?"

„Sie mag dich auch. Du hast ihr schon immer gefallen. Also kannst du jetzt zufrieden sein."

Neil blickte zu David und Terry um von ihnen die Bestätigung zu bekommen, dass Randy sich komisch verhielt. Sie zuckten beide mit den Schultern.

Zumindest spricht er jetzt mit mir, dachte Neil. „Woher weißt du das?"

Endlich blickte Randy Neil an, mit einem Ausdruck, der ihn erschreckend an die Klapperschlange erinnerte. „Weil zumindest sie mir was erzählt."

Neil wusste, dass dies eine wichtige Aussage gewesen war. Sie war so wichtig, dass er sich nicht einmal die Zeit nehmen wollte um sich zu freuen, dass Chloe ihn mochte. „Warum hast du mir das nie gesagt?"

„Sie hat mich gebeten, es nicht zu tun. Sie dachte, du würdest in ihr lediglich die dumme kleine Schwester sehen, die den Freund ihres Bruders anhimmelt. Ich sage es dir jetzt, weil wir sowieso alle so gut wie tot sind und du genauso gut glücklich sterben kannst."

Terry schnappte nach Luft.

„Das ist nicht lustig." Neil setzte sich gerade hin. Jetzt war er ärgerlich.

Randy kniff die Augen zusammen. „Es ist nicht mein Job, hier lustig zu sein."

Neil holte tief Luft. „Es ist auch nicht dein Job, dich wie ein Blödmann zu benehmen. Wenn du ein Problem damit hast, dass mir deine Schwester gefällt, warum kommst du dann nicht damit heraus und sagst es?"

„Weil ich kein Problem damit habe, dass dir meine Schwester gefällt."

„Was, zum Teufel, ist dann dein Problem?", schrie Neil.

„Jetzt geht das schon wieder los", jammerte Terry und fuhr sich mit der Hand durch das Haar.

„Nein, geht es nicht", sagte Randy. „Das ist die Sache nicht wert. Mein Problem ist, dass du nicht weißt, was mein Problem ist, Neil."

Aus irgendeinem Grund lachte David auf.

Neil hatte das Gefühl, alle hätten sich gegen ihn verschworen. „Ich ...“

„Mach dir keine Gedanken mehr darüber“, sagte Randy, setzte sich auf und öffnete seinen Rucksack. „Essen wir. Ich bin darüber hinweg. Ich habe Hunger.“

Neil hatte das Gefühl, er müsse gleich anfangen zu weinen. Er hielt fast eine Minute lang die Luft an, um diesen Drang zu bekämpfen. Aber glücklicherweise schien es wie immer niemand zu bemerken.

Es gab Chloes gebratenen Reis und Randys Tortilla-Chips zum Abendessen. Im Kreis saßen sie um den Tupperbehälter und aßen den Reis als Chip-Dip. Das kleine Stück Himmel über ihnen war jetzt, da die Sonne unterging, von einem flammenden Rot. Sie unterhielten sich eine Weile gar nicht, sondern konzentrierten sich aufs Essen. Neil lauschte auf das Rauschen des Baches und war ganz zufrieden. „Es ist, als wäre man ein Höhlenmensch“, sagte er.

„Hatten die auch Tupperware?“ Terry grinste.

„Die hatten Höhlenfrauen!“, sagte David. „Was hier in diesem Kreis am meisten fehlt.“

Neil spürte im Augenblick keine solche Einsamkeit, da er das von Chloe zubereitete Essen verspeiste. Er nahm einen langen Schluck vom kalten Quellwasser und spürte, wie es das angenehme Brennen von Chloes Chilis und Gewürzen durch seinen Mund spülte. Chloe mochte ihn auch! Die ganze Zeit, während sie schweigend zusammen in der Küche gestanden hatten, hatten sie beide das Gleiche empfunden.

„Ich weiß aber, was du meinst“, sagte Terry zu Neil. „Es ist wirklich ... friedlich hier drin. Wenn wir nur nicht in einer so furchtbaren Lage wären, dann wäre es fast wie campen.“

„Du warst doch nie campen", sagte David zu Terry.

„Ich weiß, aber ich sehe fern."

„Ich war auch noch nie campen", sagte Randy.

„Ehrlich nicht?", fragte Neil.

„He", erwiderte Randy. „Ich bin Jude, hast du das vergessen? Von Miami Beach. Wir machen so was nicht. Aber es würde mir gefallen. Wenn wir hier lebend rauskommen, sollten wir das mal zusammen machen."

„Ja", sagte Neil schnell, denn er wusste, dass das Randys Art war ein Friedensangebot zu machen.

„Ich frage mich, was wohl zu Hause los ist", sagte David.

„Vielen Dank", sagte Neil. „Wir hatten uns gerade für einen Augenblick fast gut gefühlt."

„Na ja, entschuldigt bitte", sagte David. „Einer von uns muss hier doch an die Realität erinnern. Das hier ist schließlich kein Campingurlaub. Das hier ist eine verdammte Todesfalle."

Randy hob die Hand um die drohende Auseinandersetzung zwischen Neil und David zu verhindern. „Wir versuchen einfach alle für einen Moment die Realität zu vergessen, Sportsfreund. Das ist alles. Damit wir unser Essen besser verdauen können."

„Aber wir sollten nachdenken", sagte David. „Was wir heute getan haben, hat nicht funktioniert. Wir müssen es analysieren und überlegen, was falsch lief, damit es uns morgen nicht noch einmal passiert. Denn, seht ihr, Jungs, wir haben zwar noch ein paar kleine Mahlzeiten dabei, aber dann sind wir tatsächlich bei Skorpionen und Klapperschlangen angelangt."

Randy ließ die Schultern hängen. „Er hat Recht. Okay, Neil, schluck runter und eröffne eine weitere Sitzung."

„Nun ..." Neil drehte seine Hand hin und her. „Was ich heute erfahren habe, ist, dass ich ein Tollpatsch bin. Und dass zwei willkürlich ausgewählte Tunnel, nämlich meiner und Terrys, lediglich im Kreis verlaufen. Ist einer von euch auch wieder hier herausgekommen?" Er blickte von Randy zu David.

„Nein." Randy winkte mit einer ausladenden Geste ab. „Ich hatte einen schnurgeraden Gang nach nirgendwo erwischt. Als bereits über die Hälfte meiner Zeit vorüber war, bin ich umgekehrt und zurückgekommen."

„Bei mir ging es ebenfalls geradeaus." David senkte den Blick.

„Okay. Also verlaufen zwei der Tunnel im Kreis und zwei führen geradeaus nach ... irgendwo." Neil zeichnete mit den Fingern eine Karte in der Luft.

Terry warf ein: „Neil, du und ich, wir gingen ein Stück diesen Hauptgang entlang, bevor wir abbogen."

„Also?"

Terry schob den Reis zur Seite und malte mit dem Finger in den Sand. „Wir könnten annehmen, dass die Tunnel, die näher an diesem Gewölbe beginnen, geradeaus führen und diejenigen, die weiter draußen beginnen, im Kreis verlaufen." Seine Zeichnung sah aus wie ein Springbrunnen.

„Also", Randy deutete auf die Zeichnung, „wenn wir die näher liegenden Tunnel wählen, könnten wir bessere Chancen haben."

„Oder", sagte David, „das bedeutet gar nichts. Du versuchst bei einer Auswahl von vier Tunneln aus vielleicht hundert eine Regelmäßigkeit abzuleiten. Diese Höhle ist viel größer, als wir dachten. Es könnte genauso gut eine Karsthöhle sein, deren Tunnel sich über ganz Florida erstrecken. Es gibt vielleicht nur einen einzigen Weg hinaus und ... wenn wir ihn nur durch Ausprobieren finden wollen, leben wir gar nicht lange genug um Erfolg zu haben!"

„Bong! Bong! Bong!", sagte Neil.

„Ich kann auch nichts dafür!", rief David. „Es ist die Wahrheit!"

„Aber sie hilft uns nicht weiter!", sagte Terry. „Hör mal, sollten wir nicht entweder Randys oder Davids Tunnel morgen weiter ausprobieren? Denn wir wissen, dass sie zumindest irgendwohin führen."

„Wir wissen es eben nicht!", sagte David. „Wir wissen lediglich, dass sie nicht wieder hierher zurückführen. Unsere Tunnel könnten ungefähr zehn Meter von der Stelle entfernt, an der wir umgekehrt sind, enden." Er beugte sich nach vorne und übermalte Terrys Zeichnung. „Diese Tunnel hier können eine ganze Weile geradeaus und dann wie die kürzeren im Kreis verlaufen. Seht ihr? Ich meine, es tut mir Leid, aber ich muss es noch einmal sagen. Der einzige Weg nach draußen könnte der Weg sein, auf dem wir hereingekommen sind, und nachdem wir uns an den nicht mehr erinnern ..."

„... werden wir alle sterben!", beendete Neil für ihn den Satz.

„Ich muss doch die Wahrheit sagen, oder?"

„Es ist die Art, wie du es tust!", sagte Neil. „Als ob du tief in deinem Innersten möchtest, dass das Schlimmste passiert."

„Nein!" Plötzlich wirkte David sehr aufgebracht und sehr jung. „Weshalb sollte ich das denn wollen?"

„Time-out, Time-out", unterbrach Randy. „Lasst uns einfach mal annehmen, David hätte Recht. Es gäbe nur einen Weg nach draußen und wir hätten nicht die Zeit ihn zu finden. Was könnten wir tun?" Während Randy sprach, bedeckten plötzlich lauter kleine Lichtpünktchen sein Gesicht, wie winzige Regenbogen. Neil dachte, jetzt werde er endgültig verrückt, und blickte zur nächsten Wand, doch dort sah er noch mehr Regenbogen. Zu Tausenden tanzten sie über den glatten weißen Kalkstein und die dunklen Felswände darunter. Der Strom und der Teich pulsierten wie flüssige Opale. Die anderen Jungen, alle gesprenkelt wie Ostereier, starrten auf ihre Hände, auf ihr Gegenüber, auf die Wände. Dann legte einer nach dem anderen den Kopf in den Nacken und blickte fasziniert zur Decke hinauf.

„Mein Gott!", stieß Terry aus.

Es waren die Kristalle. Die Strahlen der untergehenden Sonne waren in einem schrägen Winkel in den Spalt und damit direkt auf die Kristalle gefallen, erleuchteten sie, sodass sie glühten. Jeder einzelne warf Strahlen in allen Regenbogenfarben nach unten, ähnlich dem Muster eines Buntglasfensters.

Der Teich, der all das reflektierte, vervielfachte den Effekt und brachte die Lichtpunkte in Bewegung. Es war, als ob sie in einem Kaleidoskop säßen. Neil blinzelte und schüttelte den Kopf, aber die Bilder waren Wirklichkeit. Er war fasziniert. Sein Herz schlug schneller.

„Das muss jeden Tag um diese Zeit passieren", flüsterte David.

Neil verlor sich vollkommen in dieser Lichterscheinung. Er fand heraus, dass er durch das Drehen des Kopfes die Illusion eines Feuerwerks überall um ihn herum schaffen konnte. Er hob seine Hand und Funken schienen von seinen Fingerspitzen zu fliegen.

„Vielleicht ist das eine Art Zeichen", flüsterte Terry.

„Nun mach aber mal Pause", sagte David und stieß ihn freundschaftlich in die Seite. Farben schimmerten auf seinem Gesicht und seinen Armen wie Fischschuppen.

„Wir machen ja gerade Pause." Terry kicherte und stieß ihn zurück. „Hör mal zu: Wir haben uns gerade gefragt, ob es einen anderen Weg hinaus gibt, und dann hat uns etwas dazu gebracht, nach oben zu sehen. Vielleicht gibt es ja eine Möglichkeit dort hinaufzuklettern und so hier rauszukommen."

„Terry", sagte David. „Es sind ungefähr fünfunddreißig

Meter dort hinauf. Das Ganze ist bloß eine Illusion, eine Lichtspiegelung. Ich glaube nicht, dass übernatürliche ...“

Neil hörte kaum zu. Er wollte nur diese Farben betrachten und sich darin verlieren. *Wie können manche Dinge so herrlich und gleichzeitig so Furcht einflößend sein?*

„Lasst uns nur mal eine Sekunde an übernatürliche Zeichen glauben“, sagte Randy. „Was kann es schon schaden? Ich meine, wir haben es alle mit Vernunft probiert, David, und nur erfahren, dass wir verdammt miese Aussichten haben. Es scheint, als könnten wir genauso gut etwas ganz anderes probieren.“

Terry war jetzt völlig aufgeregt und hellgrüne, orange- und purpurfarbene Wellen flackerten über sein Gesicht. „Seht euch diese Kalkspatformationen an. Sie sind voller Ecken. Sie sind fast wie Stufen. Und weiter oben ist der ganze Stein uneben und zerfurcht. Es gibt Stellen, an denen man sich festhalten oder wo man seinen Fuss hineinsetzen kann. Ein guter Kletterer könnte es, wenn er vorsichtig ist, schaffen. Er könnte ein Seil mit hinaufnehmen und danach den anderen helfen. Wer von uns ist denn der beste Kletterer?“

David und Randy antworteten wie aus einem Munde: „Neil.“

Der Klang seines Namens holte Neil aus seiner Versunkenheit zurück. Er fühlte sich wie berauscht, benommen, als ob er gerade aus einem völlig abgedrehten Karussell stiege. Er legte den Kopf zurück und blickte auf die schmale Öffnung, die von flammenden Kristallen umrahmt war. Der Himmel darüber war blutrot mit Streifen von Purpur. Neil hatte das Gefühl, als könne er die Hand ausstrecken und ihn berühren.

10

Neil war mit einem natürlichen Drang zum Klettern geboren. Seine Mutter hatte ihm erzählt, sie hätte ihn im Alter von achtzehn Monaten einmal im Badezimmer entdeckt, als er an einem Handtuchhalter baumelte, an dem er sich mit den Händen festhielt. Seine frühe Kindheit war voller Episoden vom Klettern auf Bäume, Dächer und einmal auf das oberste Bord eines Bücherregales in der Leihbücherei.

Das Geheimnis des Kletterns, das wusste Neil, war eine besondere Art von Intuition. Die gleiche Intuition hatte ihm dazu verholfen, an der Schule der Beste im Ringen zu werden. Man schrieb seinen Erfolg seiner Größe zu, aber Neil wusste, dass es an der Reaktion seiner Muskeln lag. Wann immer ihn jemand festhielt, entdeckte irgendein Teil seines Körpers eine Stelle, an der der Gegner schwach war. Langsam und sicher bearbeitete Neil dann diese Stelle, bis das Blatt sich wendete und er derjenige war, der oben lag. Die anderen Jungen, das konnte er sehen, hatten keine solche Intuition. Sie drückten und probierten aufs Geratewohl, sie wüteten. Sie verloren. Neil hatte sich aus dieser Sportart unbesiegt zurückgezogen, weil ihn der Mangel an Herausforderungen langweilte.

Klettern erforderte im Grunde die gleichen Fähigkeiten, nur differenzierter. Jeder Muskel musste in jeder Sekunde wissen, was zu tun war, und die Balance musste konstant gehalten und ausgeglichen werden. Viele Leute dachten, beim Klettern ginge es darum, sich irgendwo festzuhalten, aber es ging eigentlich eher darum, das Gleichgewicht zu halten und nicht zu fallen. Als Kind hatte Neil diese Fähigkeit auf Bäumen, Zäunen und an den Fassaden öffentlicher Gebäude trainiert. Im Sportunterricht war er immer der Erste, der das Seil bis oben hinaufgeklettert war.

Den Höhepunkt seiner Klettererfahrungen hatte er im Alter von vierzehn Jahren erlebt, bei einem Familienurlaub in Colorado. Es waren die letzten Ferien gewesen, die die ganze Familie zusammen verbracht hatte. Neil hatte es geschafft, seinen Vater dazu zu überreden, ihn und David auf eine Kletterexpedition mitzunehmen, die dort mit Führern angeboten wurde. Mimi wollte auch mit, aber ihre Mutter erlaubte es nicht. Nach einer Woche Übung nahmen die Führer die drei zusammen mit sechs anderen Leuten auf eine Tour in eine steile Canyonwand mit, an die hundert Meter hoch. Den Profis fiel Neils Talent auf. Als sie den ersten Felsvorsprung erreicht hatten und Rast machten, schnauften all die anderen Teilnehmer, schwitzten und waren erstaunt noch am Leben zu sein. Neil stand friedlich zwischen den beiden Führern und bewunderte den Blick vom Canyon durch die Wolkenfetzen. Einer der Führer hatte ihm einen anerkennenden Klaps auf den Rücken gegeben. „Du machst das nicht zum ersten Mal, nicht wahr, Junge?"

Das war einer der schönsten Momente in Neils Leben gewesen.

Die Regenbogen verblassten und nach und nach wurde es dunkler im Gewölbe. Der Himmel über dem Spalt war tiefviolett. Gleich würden sie ihre Taschenlampen einschalten müssen.

Neil schaute nach oben und überlegte, wo er entlangklettern müsste. „Ich könnte es vielleicht sogar schaffen", sagte er. „Ich habe einen guten Start beim Kalkspat. Er ist wahrscheinlich höllisch schlüpfrig. Das ist wie Klettern auf

Porzellan. Aber seht euch nur an, wie er dort fast eine diagonale Treppe bildet."

David schaltete seine Taschenlampe ein und beleuchtete die Stelle, auf die Neil deutete. Die anderen runzelten konzentriert die Stirn, als ob sie unbedingt wollten, dass Neil Recht hatte.

Neil fasste David am Handgelenk, damit er den oberen Teil der Wand anstrahlte. „Genau hier beginnen die Schwierigkeiten. Weil der Kalkspat zu steil wird, muss ich zur Höhlenwand selbst überwechseln und ich sehe keinen guten Vorsprung dafür. Der nächste wäre hier", er deutete wieder mit dem Licht darauf, „aber ich kann meine Beine nicht so weit spreizen."

„Zu schade, dass wir Laura Wexler nicht dabeihaben", sagte Randy.

David lachte. „Wenn wir Laura Wexler dabeihätten, würde ich gar nicht so schnell hier rauskommen wollen." Er blickte zu Neil. „Willst du damit sagen, dass es unmöglich ist?"

„Nichts ist unmöglich", antwortete Neil. „Ich muss mir nur eine Lösung dafür überlegen. Ich könnte wahrscheinlich hinüberlangen und diesen Vorsprung mit den Händen fassen, wenn ich auf der höchsten Kalkspatstufe stehe. Ich müsste den Vorsprung fassen, mich hinüberschwingen und meine Füße hinaufbekommen. Der Kalkstein ist nicht rutschig, sodass ich mich gut festhalten könnte. Hat irgendjemand Handschuhe?"

„Unser Pfadfinder hat Handschuhe", erklärte Randy. „Ich erinnere mich an die Inventur."

„Ja, ich habe welche." David hob leicht das Kinn.

Neil zog den Schirm von Davids Kappe nach unten. „Ab und zu bist du sogar mal zu etwas nütze, auch wenn du nervst, Junge. Ich bin mir nicht sicher, ob ich sie wirklich brauche. Es könnte sein, dass ich lieber die Beschaffenheit des Steins spüren will, aber ich hätte sie gerne für den Fall, dass ich anfange zu schwitzen. Also, das einzige Problem ist dieser kleine Übergang. Der Rest dürfte keine Schwierigkeit sein." Er strahlte mit der Taschenlampe nochmals die verschiedenen Vorsprünge an. „Der einzig gefährliche Teil ist dieser eine kleine Übergang. Es ist nicht gut, wenn man sich fünfundzwanzig Meter über dem Boden mit dem ganzen Gewicht hängen lassen muss. Wenn ich einen Fehler mache, falle ich geradewegs nach unten, mit den Füßen zuerst. Ich könnte mir die Wirbelsäule verletzen."

„Gibt es eine andere Route?", fragte David.

„Nein", sagte Neil. „Diese ist einfach zu gut. Ich muss gehen, wohin der Kalkspat mich führt. Es ist eine perfekte Route mit einem einzigen kleinen Problem. Alles andere wäre viel riskanter."

„Wie groß ist denn diese Öffnung?", fragte Terry. „Passt da ein großer Kerl wie Neil überhaupt hindurch? Vielleicht sollte es jemand versuchen, der dünner ist."

„Heißt das, du möchtest es versuchen?", fragte ihn Randy.

Terry lachte. „Du bist auch ziemlich dünn."

Randy lachte ebenfalls. „Ja, aber ich kann nicht einmal aus einer tiefen Hängematte rausklettern. David?"

„Vergiss es! Ich war mit Neil klettern und er hat mich um Längen geschlagen. Aber wir sollten mal versuchen abzuschätzen, ob seine Schultern durch dieses Loch passen."

„Also, jetzt kommt schon!", rief Neil aus. „Man kann sich immer so drehen und winden, dass man auch durch das kleinste Loch kommt, wenn es sein muss. Für mich sieht es groß genug aus. Was glaubst du denn, wie breit ich bin?"

„Kennst du deine Anzuggröße?", fragte Terry. Sein Vater besaß eine Kette von Herrenbekleidungshäusern.

„Sechsundfünfzig." Neil lachte.

„Meine Güte! Du bist ja riesig. Du bräuchtest ein Loch, das ungefähr fünfzig Zentimeter lang und vielleicht dreißig breit ist."

Alle schauten nach oben.

„Ja ...", sagte Randy. „So sieht es ungefähr aus."

„So ungefähr wird nicht funktionieren, wenn es auch nur ein paar Zentimeter zu klein ist", erwiderte David.

„Ich mache es schon passend", versicherte Neil. „Es hat zumindest annähernd die passende Größe!"

„Genau, du liebst es ja, Felsen zu bearbeiten!", sagte David. „Was eine andere Frage aufwirft: Was ist mit deiner Hand?"

„Meiner Hand geht es bestens", erklärte Neil. „Möchtest du, dass ich dir eine runterhaue um es zu beweisen?"

„Neil", sagte David. „Du hast erwähnt, dass du für einige Sekunden an deinen Händen hängen musst. Wenn eine Hand zu sehr schmerzt, lässt du vielleicht los."

„Ich kann Schmerz ignorieren, wenn ich es will", sagte Neil. Da hatte er Recht. Er hatte schon Wetten gewonnen, in denen es darum ging, wer seine Hand am längsten über brennende Kerzen halten konnte.

„Sein Knie ist ebenfalls verletzt, das dürfen wir nicht vergessen", sagte Terry.

Neil winkte ab. „Genug davon. Gebt mir die Handschuhe und das Seil und dann sehen wir zu, dass wir hier herauskommen."

„Falsch, Mann aus Stahl!", sagte Randy. „Es wird dunkel und wir sind müde. Ich möchte, dass du das am Morgen versuchst, wenn es vielleicht eine fünfzigprozentige Chance gibt, dass du es nicht vermasselst."

„Nein, hör mal zu!", entgegnete Neil und blickte auf seine Uhr. „Es ist doch erst sieben! Wenn wir es jetzt nach draußen schaffen, müssten wir nur noch zwei Stunden fahren und könnten bis neun zu Hause sein! Wir könnten heute Nacht in unseren eigenen Betten schlafen!"

Randy wandte sich an David. „Er ist verrückt geworden. Sag etwas Negatives."

„Woher wollen wir wissen, ob unser Auto immer noch da steht?", gehorchte David sofort.

„Mein Gott, ich hasse euch alle!", schrie Neil los. „Was, zum Teufel, ist los mit euch, dass ihr eine Nacht in diesem verdammten Riesensarg verbringen wollt, obwohl ihr es nicht müsst?"

Randy packte Neil an den Haaren und zog seinen Kopf zurück. „Siehst du das da oben, großer Zampano? Es ist dunkel! Es ist Nacht! Erwartest du, dass wir unsere ganze Hoffnung auf einen erschöpften, verschrammten, durchgedrehten Verrückten setzen, der eine fünfunddreißig Meter hohe, feuchte, schlüpfrige Felswand im Dunkeln hochklettert? Verstehst du unseren Standpunkt? Wir möchten lediglich die Chancen, dass wir schließlich doch noch lebend hier rauskommen, ein wenig steigern. Kannst du das verstehen?"

Neil schüttelte sich frei und starrte ihn böse an.

„Neil, ich weiß, wie es dir geht", sagte David. „Ich meine, ich weiß, dass wir weniger Probleme hätten, wenn wir noch vor heute Nacht zu Hause wären, aber wir müssen der Sache ins Gesicht sehen. Wir haben bereits ziemliche Probleme. Mom ist sicher schon vor Stunden durchgedreht, das wissen wir beide."

„Ist das sein Problem?", fragte Randy David. „Neil, machst du dir ernsthaft deshalb Sorgen, weil deine Mami auf dich böse sein könnte? Wir sitzen hier fest, es geht um Leben und Tod und du hast Angst, du kriegst Hausarrest?"

„So ist es nicht", sagte David, bevor Neil antworten konnte. „Ich weiß, wie ihm zu Mute ist. Man muss unsere Familie schon sehr gut kennen um es zu verstehen. Wenn du so etwas Blödes wie das hier tust, … werden sie dir niemals wirklich … sie werden dich von da an anders behandeln." Er blickte zum Boden. „Für immer", flüsterte er.

„Denk nicht daran!", sagte Neil. „Wir haben genug Sorgen."

„Ich denke nicht daran!", schrie David. „Ich darf ja nie daran denken!"

Terry berührte David vorsichtig am Arm. „Lass uns lieber bei unserem Thema bleiben. Neil, du weißt, wir haben Recht. Du siehst im Augenblick völlig erschöpft aus. Und deine Hand wird sich bis morgen wenigstens schon ein klein wenig besser anfühlen. Ich weiß, es muss für jemanden wie dich furchtbar sein, über Nacht hier fest…"

„Was meinst du mit ‚jemanden wie ihn'?", unterbrach Randy.

Terry blickte zu Neil. „Tut mir Leid", sagte er und krümmte sich bereits für den Fall, dass Neil losschimpfte.

„Danke", sagte Neil. „Vielen herzlichen Dank."

Randy schloss kurz die Augen. Das war normalerweise ein Zeichen dafür, dass er versuchte gegen eine Welle blinder Wut anzukämpfen. „Warum?", fragte er gefährlich leise. „Warum kann Neil es nicht ertragen, die Nacht hier zu verbringen? Könnte ich das vielleicht auch einmal erfahren?" Der letzte Satz kam mit einem solchen Groll, dass Terry ein Stück vor Randy zurückwich.

„Das ist wirklich großartig!", sagte Neil zu Terry.

„Es tut mir ja Leid!", jammerte Terry.

David legt seine Hand auf Terrys Rücken, als ob er ihn stützen wollte. „Du hast ein Problem damit, eingeschlossen zu sein, nicht wahr?", fragte er Neil.

Neil atmete tief aus. „Ja."

„So hat er sich auch seine Hand verletzt", sagte Terry sofort, als könne er es jetzt nicht mehr für sich behalten.

„Er hatte eine Art Anfall, als ich ihn fand, und er schlug auf die Wand ein."

„Ich dachte es mir", sagte David.

„Ich nicht", fauchte Randy. „Aber andererseits, natürlich ..."

„Er übertreibt!", warf Neil ein. „Es ist alles in Ordnung mit mir. Es geht mir wirklich gut!"

„Ja, es geht dir wirklich gut, Neil!", sagte Randy und es war deutlich zu sehen, dass er vor Wut kochte. „Dir geht es immer gut, nicht wahr? Das ist das Besondere an dir, wie gut es dir immer geht. Eines Tages werde ich auf den Friedhof gehen und dort wird dein Grabstein stehen. Darauf ist dann zu lesen: ‚Nein, nein, wirklich, es geht mir gut!'"

„Randy", sagte Neil. „Ich weiß, du bist ziemlich sauer auf mich. Du warst den ganzen Tag auf mich sauer und es wird immer schlimmer, aber ich brauche hier ein wenig Hilfe. Ich bin anscheinend zu blöde. Ich verstehe nicht, wo das Problem liegt. Ich weiß nicht, wie du von mir erwarten kannst hier Ordnung reinzubringen, wenn ..."

„Du sollst hier gar keine Ordnung reinbringen! Du ... ach, vergiss es einfach."

Niemand sagte einen Ton. Im Gewölbe wurde es dunkel. Sie konnten jetzt kaum mehr die Gesichter der anderen sehen. David stellte seine Taschenlampe wie eine Stehleuchte auf. Neil bemerkte, dass es auch kälter wurde. Er konnte in diesem Augenblick gut verstehen, warum Wölfe nachts heulen.

„Mir ist gerade ein ziemlich abscheulicher Gedanke gekommen!", sagte David.

Alle lachten. Selbst Randy. „Na ja", meinte Randy, „erzähl es uns."

David sah düster drein. „Wir haben nichts, was wir als Toilettenpapier benutzen können."

Alle lachten wieder, allerdings leicht hysterisch.

„O du liebe Güte", sagte Randy.

Neil dachte an Baudelaire. Aber er war fast an einem Punkt angelangt, wo er kein Wort herausbringen konnte.

„Vielleicht braucht niemand … vielleicht muss einfach niemand", sagte Terry.

„Ich schon", erklärte Randy. „Und zwar seit dem Augenblick, als David das blöde Thema zur Sprache brachte. Also gut, Neil, fang an zu klettern!"

Neil lachte. „Keine Panik, Jungs, ich habe Papier."

„Gott sei Dank!", sagte Randy. „Aber warum hast du nicht erzählt, dass du Toilettenpapier hast, als wir Inventur gemacht haben?"

Neil wühlte in seinem Rucksack. „Ich habe kein Toilettenpapier. Ich habe Gedichte." Er merkte, dass es ihm inzwischen egal war, was sie von ihm dachten. Es war sowieso zu spät. Sie wussten, dass er verrückt war, sie wussten, dass er Angst hatte. Randy schien außerdem zu denken, dass er ein Arsch war. Er hatte nichts mehr zu verlieren. Auf gewisse Weise war das ein gutes Gefühl.

„Gedichte?", fragte Randy nach, nahm das Buch und betrachtete es. „Das wird langsam wirklich zu viel für mich. Von welchem Planeten kommst du und was hast du mit meinem Freund Neil gemacht?"

David nahm Randy das Buch ab und betrachtete es. „Das ist eigenartig", sagte er.

„Was ist denn eigenartig daran?", fragte Neil. „Ich dachte, ihr würdet heute alle Gedichte mitbringen. Ich dachte, wir könnten später vielleicht eine kleine Lesestunde abhalten! Und dazu Tee trinken."

„Er ist vollkommen ausgeflippt", sagte Randy. Er nahm David das Buch wieder ab. „Niemand bewegt sich von der Stelle!" Er nahm Davids Taschenlampe auf und leuchtete damit auf das Titelbild, auf dem ein nackter Mann und eine nackte Frau abgebildet waren, die gerade von einer Seeschlange verschluckt wurden. „Sind das schmutzige Gedichte?", fragte er Neil und suchte offensichtlich nach einer logischen Erklärung. „Ist das schweinisch?"

„Es ist Charles Baudelaire", sagte Neil. „Ein Franzose. Symbolist. Die meisten Gedichte handeln von Verzweiflung. Das war mal ein kleines Hobby von mir." Er konnte sich nicht erinnern, dass er sich jemals in seinem Leben besser gefühlt hatte. Was konnten sie ihm schon tun? Es war wie der Moment bei „Alice im Wunderland", in dem Alice merkte, dass all ihre Feinde nur einfache Spielkarten sind.

Randy schloss das Buch. „Neil, es tut mir Leid", sagte er. „Wenn ich gewusst hätte, wie durchgeknallt du bist, wäre ich niemals auf dich sauer gewesen. Offensichtlich bist du nicht zurechnungsfähig." Er sah die anderen an. „Jungs, was haltet ihr davon? Unser Leben hängt von einem Typen ab, der Gedichte über Verzweiflung von irgendeinem französischen Schwuli liest!"

„Kann ich es mal sehen?", fragte Terry.

Randy reichte ihm das Buch.

Neil fühlte sich frei, als wäre ein Damm in ihm gebrochen. „Ich trage es bei mir, wo ich auch hingehe. Um genau zu sein, habe ich Angst irgendwohin zu gehen ohne es mitzunehmen. Ich nehme es mit zur Schule. Ich nehme es mit zu Basketballspielen. Ich nehme es, eingepackt in ein Handtuch, mit zum Strand. Es ist wie eine dieser Decken, die kleine Kinder immer mit sich herumschleppen. Es hat mir immer ein Gefühl der Sicherheit oder so was gegeben. Also!" Er sah in die drei erstaunten Gesichter, die ihn anstarrten. „Habe ich gewonnen? Bin ich der Verrückteste hier? Hat irgendjemand von euch in seinen wildesten Träumen jemals geahnt, wie verrückt ich bin? Bestimmt nicht!" Er hatte das Gefühl Achterbahn zu fahren.

Davids Gesichtsausdruck wurde plötzlich weich und nachsichtig. „Wie lange machst du das schon?"

Neil wich seinem Blick nicht aus. „Zwei Jahre."

Davids Blick war ebenfalls fest. „Seit der Beerdigung."

„Ja." Es war ihm egal. Er wollte, dass alles herauskam. Er wollte gestehen. Dann wurde ihm klar, dass Randy nicht wusste, worüber sie sprachen. Er drehte sich zu ihm.

Randy stand auf. „Das ist ja alles wirklich sehr interessant, aber ich muss mal zum Klo. Entschuldigt ihr mich?" Er nahm Terry den Baudelaire aus der Hand. Terry hatte seine Taschenlampe angeschaltet und mit Interesse zu lesen begonnen. „Sprecht über alles, was ihr wollt, solange ich weg bin. Das Feuer, die Beerdigung, was auch immer. Ich werde laut husten, bevor ich zurückkomme, dann könnt ihr rechtzeitig wieder schweigen."

„Nein", sagte Neil. „Lass mich erklären ..."

„Das kann warten", erwiderte Randy kühl. „Es hat so lange warten können." Er ging davon, seine linke Hand hielt den Gedichtband und drückte ihn so fest, dass die Seiten verknitterten.

Neil merkte, dass David und Terry ihn anstarrten, obwohl er Angst hatte sie anzusehen. „Ich schätze, er ist sauer, weil ich so viel vor ihm geheim gehalten habe."

„Na ja", sagte David.

Neils Hochstimmung war verschwunden und er fühlte sich plözlich völlig ausgelaugt. Er lehnte sich auf die Ellbogen zurück und spürte jeden einzelnen schmerzlichen Moment des ganzen langen, qualvollen Tages. „Warum macht ihn das wütend?", fragte er. „Ich habe ihn geschont. Wollte er denn, dass ich ihn die ganze Zeit mit dieser furchtbaren Scheiße, die uns passiert ist, volljammere? Warum sollte jemand das wollen?"

„Damit er dich besser kennt", antwortete David mit sanfter Stimme.

Selbst das Atmen schien schmerzhaft. Neil legte sich auf die Seite, den Kopf auf den Ellbogen. David und Terry sahen ihn an, als ob sie ihn bemitleideten. Darin waren sie ja Experten. Sie wussten alles über Freundschaft. Neil merkte, dass er gar nichts mehr wusste. „Wahrscheinlich dachte ich, er würde mich nicht mehr mögen, wenn er mich kennt", sagte er schwach. „Ergibt das einen Sinn?"

Terry antwortete ihm. „Nein. Wenn dich niemand kennt, wie kannst du dann sagen, ob dich irgendjemand wirklich mag?"

Neil drehte sich auf den Rücken und schloss die Augen. Er wollte weinen, aber es kamen keine Tränen. „Ich habe mir immer alles Mögliche gesagt", flüsterte er.

11

Neil öffnete die Augen und sah Sterne. Für einen Moment lag er noch völlig entspannt da. Dann wurde ihm klar, dass er den Gürtel des Orion durch einen Spalt in der Felsendecke sah. Er setzte sich auf und seine Muskeln verspannten sich schmerzhaft, wie sie es den ganzen Tag getan hatten. „Warum habt ihr mich denn einschlafen lassen?", rief er.

Zwei Silhouetten am Teich, schattenhaft wie Geister, fuhren herum. Neil erkannte, dass es Terry und David waren, die mit einer Taschenlampe dasaßen. „Wir dachten, wir kämen eine Weile allein zurecht", antwortete David. „Und du warst so erschöpft ..."

Neil stand auf und fühlte sich ganz benommen. „Ich war nicht erschöpft!" Er spürte eine sinnlose Wut, als ob es ihre Schuld wäre, dass es jetzt dunkel geworden war. Als ob er, Neil, die Dunkelheit allein durch Wachbleiben hätte vertreiben können. „Wo ist Randy?", fragte er.

„Na ja ...", antwortete Terry. „Das haben wir uns auch gerade gefragt. Er ist vor ungefähr einer Stunde zum Klo gegangen. Also findet er entweder deinen Gedichtband ziemlich interessant oder es stimmte etwas nicht mit dem gebratenen Reis."

„Warum hat niemand nach ihm gesehen?" Neil tat einen aggressiven Schritt auf Terry zu. Sein Adrenalinspiegel stieg. „Woher wisst ihr, dass er nicht von einer Schlange oder einem Skorpion oder wer weiß, was in Floridas Höhlen herumkriecht, gebissen wurde? Seid ihr denn völlig bescheuert? Wie spät ist es?"

„Neun Uhr", sagte David. „Beruhige dich. Wir hatten gerade vor dich zu wecken und zu fragen ..."

„Könnt ihr denn überhaupt nichts alleine machen? Ihr müsst mich wecken um herauszufinden, was mit einem Kerl auf dem Klo los ist?" Neil konnte hören, wie schrill seine eigene Stimme klang.

David wurde rot. „Wir wussten nicht, was wir tun sollten! Man stört jemanden nicht einfach so, wenn er ... Er ist schließlich dein Freund. Und außerdem war er sauer, als er ging, also nahmen wir an, dass er ein wenig Ruhe haben wollte."

Der Gedanke daran, dass Randy sauer war, verstärkte Neils Wut nur noch. „Man nimmt nicht einfach etwas an, wenn man in einer solchen Notsituation ist wie wir hier! Wir müssen zusammenbleiben und aufeinander aufpassen! Kannst du denn gar nichts richtig machen?"

„Anscheinend nicht", schrie David zurück. „Anscheinend habe ich einfach nicht deine hervorragenden Führungsqualitäten!"

Neil hörte Sarkasmus heraus und schäumte jetzt vor Wut. „Genau aus dem Grund passiert dann etwas!", sagte er. „Wenn man nicht aufpasst!"

„Du hast geschlafen, du Idiot!", erwiderte David. „Wie gut hast du also aufgepasst?"

Neil suchte noch nach einer Antwort, als Davids Stimme zum Protestgeheul wurde. „Jedes Mal, wenn du über irgendetwas sauer bist, lässt du es an mir aus. Du schreist mich ständig an, als ob ich an jeder Katastrophe auf der Welt schuld sei! Ich habe nur einmal in meinem ganzen Leben etwas falsch gemacht und ..."

„Es war etwas ziemlich Schlimmes!", schrie Neil seinen Bruder an, obwohl er das eigentlich gar nicht hatte sagen wollen.

David schrie zurück: „Ich weiß selbst, dass es etwas

Schlimmes war!" Er sank zusammen, vielleicht weinte er, vielleicht war er einfach nur niedergeschlagen.

Neil schaffte es, sich auf die Zunge zu beißen und nichts mehr zu sagen. Er ballte die Fäuste und atmete schwer. Im Schatten sah er Terry die Hand nach David ausstrecken. David rückte weg.

„Ich gehe jetzt nach Randy schauen", sagte Neil. Er nahm seine Taschenlampe und schaltete sie ein. „Vielleicht braucht er auch eine Aufmunterung." Er hoffte, dass es sich wie eine Entschuldigung anhörte, denn das sollte es sein.

Randy befand sich nicht in dem Gang, wo die Toilette war, sondern gleich außerhalb des Gewölbes – eine zusammengesunkene Gestalt neben der Quelle. Er sah aus, als hätte er seinen Kopf ins Wasser gehalten und wäre dann eingeschlafen oder ohnmächtig geworden, oder …

Erschrocken ließ Neil sich auf sein kaputtes Knie fallen, schüttelte Randy mit einer Hand und leuchtete ihm mit der Taschenlampe ins Gesicht. Zu seiner Erleichterung riss Randy beide Hände hoch und stieß Neil wie einen Volleyball weg, sodass er schwankte und zurück auf seinen Hosenboden fiel. „Blödmann!", sagte Randy, aber seine Stimme hatte einen seltsamen, kindlichen Klang.

Neil leuchtete direkt in Randys Augen und suchte nach Hinweisen.

Randy legte beide Hände über das Gesicht. „Was bist du denn, ein Bulle? Hör auf damit!"

„Du hast geweint", stellte Neil fest. Er hatte Randy niemals richtig weinen gesehen. Er hatte gesehen, wie sein Unterkiefer gezittert hatte, besonders letztes Jahr, als Randys Vater ausgezogen war, aber niemals hatte Randy wirklich geweint. Er hatte sich immer abgelenkt, bevor es kritisch wurde. Darin glichen er und Neil sich, sie verabscheuten Dramen und hatten Angst vor Mitleid.

Randy zog seine Knie an und legte die Arme darauf,

sodass sein Gesicht im Dunkeln lag. „Hau ab", sagte er. „Geh zurück ins Wohnzimmer und schrei deinen Bruder an. Ich kann mich auch so mies fühlen."

Neil setzte sich auf den Sandboden, um zu zeigen, dass er bleiben wollte. „Ich bin froh, dass du bloß schlecht drauf bist", sagte er. „Ich hatte schon Angst, ich müsste dir bei irgendeinem Verdauungsproblem helfen."

Ein leises Schnauben entwich dem Bündel von Armen und Beinen.

Neil unternahm einen weiteren Versuch. „Möchtest du darüber reden?"

„Nein."

Keine Chance. Trotzdem, Neil hatte noch ein paar Tricks parat um Randy zu manipulieren. Einer, der normalerweise immer funktionierte, war, eine völlig unsinnige Bemerkung zu machen. Das weckte Randys Bedürfnis alles richtig zu stellen.

„Anscheinend bist du jetzt an der Reihe Angst zu bekommen", sagte Neil mit einem beruhigenden Tonfall, von dem er wusste, dass er seinen Freund reizen würde. „Wir haben alle Angst. Das ist ganz natürlich."

„Ist es nicht", fuhr Randy ihn an.

Jetzt die wirkungsvollste Waffe. Totales Schweigen. Neil hatte all diese Techniken letztes Jahr vervollkommnet. – Aber heute Nacht funktionierten sie nicht. Randy ließ die unangenehme Stille andauern. Neil war beunruhigt. Er hatte Randy schon in ziemlich mieser Verfassung gesehen, aber niemals so, dass es ihm egal war, ob Neil ihn verstand oder nicht.

„Ich will mir ja nichts einbilden", sagte Neil vorsichtig. „Aber geht es hier zum Teil um mich? Ich meine, wir hatten vorhin eine Art Streit ..."

Ein weiteres bitteres Schnauben.

Vielleicht war es eine schlechte Strategie, sich dumm zu

stellen. „Ich nehme an, es geht darum, dass du die letzten beiden Jahre glaubtest mich zu kennen und jetzt plötzlich Dinge über mich erfährst, die du nie zuvor gehört hast. Also fragst du dich, was dein bester Freund für ein Verrückter ist."

Randys Stimme war leise, aber schneidend. „Habe ich denn einen besten Freund?"

Neil verspürte einen Stich in der Magengegend, der ihn einige Sekunden hinderte weiterzusprechen. Die Quelle neben ihnen sprudelte lautstark weiter. In der Höhle schien es jetzt, bei Nacht, viel kälter zu sein. Neil verspürte den Drang aufzustehen und davonzulaufen, aber wohin sollte er gehen? Zurück zu David, wo die Situation noch schlimmer war? Neil kam sich vor wie ein schlechter Schachspieler, behindert durch seine eigenen dummen Züge. Er versuchte es mit einem Satz, der manchmal bei Mädchen half. „Es liegt nicht an dir, Randy, sondern an mir."

Wieder das Lachen, ein einziger sarkastischer Ton: *Versuch es noch mal, du Idiot.*

„Ich wollte dir schon so oft alles erzählen", sagte Neil bittend. „Aber ..."

„Aber was?" Randy gab seinen Schild aus Armen und Beinen auf und beugte sich vor. „Das möchte ich wissen. Zwei Jahre lang habe ich dir alles über mich erzählt. Ich habe dir Dinge über meinen Vater erzählt, die ich niemals irgendjemand anderem erzählt habe. Niemals! Und du bist ja so cool. Du hast einen Todesfall in der Familie, wie ich annehme, und dein Bruder hat euer Haus niedergebrannt, nur zwei Monate bevor du mich kennen gelernt hast! Du bist ja so verdammt cool, dass du es gar nicht nötig hast ..."

„Ich hatte es nötig!", unterbrach ihn Neil. „Aber ich konnte nicht."

„Warum nicht?"

„Ich weiß nicht. Ich habe es nicht herausgebracht." Neil

schlug wütend auf den Boden. Das war die Wahrheit. Es ergab keinen Sinn, aber es war die Wahrheit.

„Nicht herausgebracht!"

„Ja, nicht herausgebracht!", wiederholte Neil. „Ich kann mit niemandem darüber reden. Nicht einmal mit meinen Eltern oder meinem Bruder. Meine Kehle ist wie zugeschnürt. Mir fallen keine Worte ein. Mein Verstand weigert sich. Ich kann nichts dafür. Bitte, nimm es mir nicht übel, Randy. Es ist, als ob ... ich manchmal meine, dass ich gar kein richtiges menschliches Wesen bin. Nur eine Art ... Fantasie." Er merkte, das er wieder anfing herzumzuspinnen. Das ergab keinen Sinn. Die Wahrheit ergab niemals Sinn.

Randys Stimme wurde weicher. „Antworte mir einfach. Wer ist gestorben?"

Antworte mir einfach. Meine Schwester. Die Antwort auf diese Frage ist: meine Schwester. Neil spürte, wie sich sein Zwerchfell schmerzhaft hob. Die Muskeln in seinem Gesicht verzerrten sich. „Meine Schwester", würgte er hervor. „Mimi." Er bedeckte sein Gesicht mit beiden Händen und schluchzte.

Randys Hand berührte leicht seinen Arm.

Neil weinte noch einige Minuten lang, und als er aufhörte, hatte er das Gefühl zwanzig Pfund leichter und von einem heftigen Fieber geheilt zu sein.

Randy saß geduldig da, weder drängend noch gleichgültig, nur als stiller Beobachter. „Mit welchem dieser Gedichte willst du dir denn die Nase schnäuzen?", fragte er.

Neil lachte heiser auf. „Egal."

„Also?", sagte Randy. „Ist deine Schwester in dem Feuer umgekommen?"

„Mhm." Neil putzte sich mit Baudelaire die Nase und wischte sein Gesicht am Saum seines T-Shirts ab.

„Wie alt?"

„Neun."

„Ich würde verrückt werden, wenn Chloe oder Rachel etwas passieren würde", sagte Randy mitfühlend.

Neil lachte traurig. „Ja?"

„Ich würde sagen, du und David, ihr haltet euch ganz gut, wenn man all das in Betracht zieht. Er hat das Feuer verursacht, stimmt's? Ich muss all die kleinen Enthüllungen, die ich im Laufe des Tages mitbekommen habe, wie ein Puzzle zusammensetzen."

„Hm."

„Also deshalb übertrifft sich David immer selbst darin, perfekt zu sein und dir zu gefallen ...""

„Mir zu ...""

„Aber ich verstehe immer noch nicht, warum du wegen alldem so verschlossen bist. Was verbirgst du? Vor wem verbirgst du dich?"

Neil lehnte sich an die Höhlenwand und spürte die Kühle des unebenen Felsgesteins durch sein Hemd. All seine Muskeln schmerzten. Auch sein Gehirn schien zu schmerzen. „Ich war immer schon so. So bin ich einfach. Ich bin wohl ein Feigling."

„Ich weiß, dass das nicht stimmt. Gibt es noch etwas, was du immer noch nicht erzählt hast?"

„Nichts", sagte Neil. „Ich habe dir jetzt alles erzählt. Und mir geht es schon besser. Mir geht es wirklich viel besser. Die anderen werden sich wundern ..." Er sah in die Dunkelheit in Richtung Gewölbe.

„Wie entstand das Feuer?", fragte Randy.

Neils Verstand schien auszusetzen. „Was?"

„Weißt du, wie David das Feuer ausgelöst hat?"

Neil nickte. Aber Randy konnte es nicht sehen.

„Hallo?", rief Randy.

„Ich kann nicht", sagte Neil nach einer Weile.

„Du kannst es mir nicht sagen? Ist es ein Staatsgeheimnis?"

„Ich kann nicht." Neil hatte ein Gefühl, als ob der Boden sich unter ihm drehte. Er stemmte seine Hände auf die Erde um nicht zu fallen oder in den Weltraum hinauszufliegen.

Randy ließ ein paar Sekunden verstreichen. „Neil, ich vermute, dass du mitschuldig warst. Oder es zumindest glaubst."

Wenn ich einfach nichts tue, wird Randy verschwinden und diese Höhle wird verschwinden und ich muss es niemals aussprechen. Und wenn ich es niemals ausspreche, ist es nicht passiert.

Randy beugte sich nach vorne und das Licht der Taschenlampe hinter ihm verlieh ihm fast eine Art Heiligenschein. „Neil, du musst es mir sagen. Glaub mir, du kannst mit so etwas erst fertig werden, wenn du es jemandem erzählt hast. Sag es einfach und denk nicht weiter darüber nach."

Neil würgte. „Kann nicht."

Randy seufzte. Einige weitere Sekunden verstrichen. Dann nahm Randy die Taschenlampe und schaltete sie aus. Alles verschwand. Das Rauschen des Baches schien lauter zu werden. „Versuche es jetzt", sagte er.

Neil öffnete den Mund. Er begann mit tiefer, monotoner Stimme zu sprechen. „Ich wollte Haschisch rauchen", begann er.

„Du?"

„Ja. Ich hatte mein Image satt. Es gab eine Party am Ende der Basketballsaison und einige der Jungen aus der Schulauswahlmannschaft kifften – nicht das ganze Team, aber einige davon. Und als sie mir den Joint anboten, hörte ich mich reden wie der brave Junge von nebenan und ich dachte, du Feigling."

Ein leises Schnauben kam aus der Dunkelheit. „Weißt

du, ich habe all das aufgegeben, als ich von Miami fort nach Ormond zog", sagte Randy.

„Ich weiß."

„Hauptsächlich wegen deines guten Beispiels, Besserwisser."

„Ja, na ja. Nach dieser Party fühlte ich mich ziemlich bescheuert. Ich wollte nur einen einzigen Joint in meinem blöden Leben rauchen um bei der nächsten Party sagen zu können: He, natürlich habe ich es versucht, aber ich mag es nicht. – Verstehst du?"

„Du wolltest in dieser Hinsicht keine Jungfrau mehr sein."

„Genau. Also suchte ich mir während des Sommers einen Typen, der das Zeug verkaufte."

„Solche Typen sind immer leicht zu finden."

„Ja. Und ich kaufte einen Joint, einen, der bereits fertig gerollt war, weil ich dachte, ich könnte zu blöde sein um ihn selbst richtig zu rollen."

Ein kurzes Lachen war in der Dunkelheit zu hören.

„Einen Joint, Randy. Nur einen. Aber dann hatte ich Schiss davor. Ich schob es immer wieder hinaus. Ich hatte ihn unter dem Bett versteckt, in einer Schachtel, in der ich alles Mögliche aufhebe ... du weißt schon, bestimmte Heftchen und so weiter ..."

„Ja, wir haben alle so eine Schachtel."

„Na ja, anscheinend wissen kleine Brüder, wo diese Schachteln zu finden sind. Der Rest liegt auf der Hand. Mom und Dad waren fort. Mimi schlief oben in ihrem Zimmer. Ich war bei der Arbeit. Also muss mein Bruder dieses Ding gefunden und es geraucht haben. Er sagte, es hätte ihn absolut stoned gemacht."

„Das ist doch nicht möglich – ein einziger Joint. Es muss schlechter Stoff gewesen sein. Wie gut kanntest du den Typen, der ihn dir verkauft hat?"

„Überhaupt nicht. Großartig, noch ein Grund um ein schlechtes Gewissen zu haben. Jedenfalls muss David eingeschlafen sein und das Bett fing an zu brennen und dann die Vorhänge. David sagte, er sei so benommen gewesen, dass er kaum aus dem Haus herauskam. Ich meine, ihm war anscheinend klar, dass das Haus brannte, aber er sah einfach zu und sagte ‚Wow‘ oder so. Ich weiß es nicht. Sie fanden ihn auf dem Rasen vor dem Haus, wo die Funken auf ihn niederrieselten. Das Hemd, das er trug, war voller Brandlöcher. Er hatte eine Rauchvergiftung. Sie mussten ihn ins Krankenhaus bringen und ihm Sauerstoff geben und so weiter. Und irgendwie hatte er Mimi vergessen. Einfach vergessen, dass sie im Haus war.“

„Das ist gut möglich. Du warst schon ein paar Mal betrunken, Neil. Du weißt, wie es ist, wenn man ... nicht zurechnungsfähig ist.“

„Ja. David denkt jetzt, ich gäbe ihm die Schuld, aber so ist es nicht. Er hätte das Ding nicht rauchen können, wenn ich es nicht ins Haus gebracht hätte. Das war mein Fehler. Alles war mein Fehler.“ Neil fühlte sich wie ausgehöhlt. Er tastete nach der Taschenlampe und schaltete sie an. „Gute Horrorgeschichte, oder?“, fragte er.

„Du und David, ihr habt nie darüber geredet, oder?“

Neil zuckte mit den Schultern. „Was gibt es da zu sagen?“

„Was es da zu sagen gibt? Machst du Scherze? Siehst du nicht, wie dein Bruder praktisch auf Zehenspitzen um dich herumschleicht? Dir ein Taschentuch reichen will, noch bevor du niest? Er wartet darauf, dass du ihm sagst, was du mir gerade erzählt hast. Ich wette, er hat keine Ahnung, dass du denkst, es sei deine Schuld.“

„Randy, er war dabei. Er weiß so gut wie ich, dass es meine Schuld war. Soll ich ihn vielleicht dazu bringen, dass er mich mit dem Gesicht hineinstößt?“

„Ich glaube nicht, dass er das tun würde, doch selbst wenn – es würde wenigstens diese Funkstille aufbrechen, die zwischen euch beiden herrscht. Ist es nicht schlimmer, zwei Jahre lang die Luft anzuhalten? Es war immer furchtbar, euch beide zu beobachten, aber ich wusste nie genau, warum. Wissen eure Eltern denn über all das Bescheid?"

„Was meinst du?"

„Wissen sie, wie es dazu kam, dass David das Haus in Brand setzte?"

„Klar. Er hat es ihnen erzählt."

„Wissen sie auch, dass es dein Zeug war?"

Neil schloss die Augen. „Nein."

„Er ließ sie in dem Glauben, es sei sein Zeug gewesen?" Randys Stimme wurde scharf.

„Ja", flüsterte Neil.

„Was für ein Bruder bist du denn! Du hast David die ganze Schuld dafür auf sich nehmen lassen?"

„Ich sagte doch, ich bin ein Feigling!", schrie Neil zurück, laut genug, dass David und Terry es wahrscheinlich hören konnten. Er stellte sich vor, wie sie versuchten den Aufschrei in einen Zusammenhang zu bringen, wie kleine Kinder, die auf die Fetzen eines Streites der Eltern lauschen. „Verstehst du", fuhr Neil leise fort, „ich weiß, es ist falsch, aber ... Meine Eltern haben ihm nie verziehen. Sie haben ihn ausgegrenzt. Ich meine, sie sind nicht offen grausam ... Sie sagen nichts zu ihm deswegen, aber sie sind ihm gegenüber auch nicht mehr herzlich. In unserer Familie ging es immer sehr herzlich zu, bevor das geschah. Jetzt gehen sie ... einfach nicht mehr auf ihn zu. Es ist furchtbar, das mit anzusehen. Und ich habe Angst, dass es auch mir passiert."

Das Plätschern des Baches erfüllte das Schweigen. Neil stand auf und beugte sich über die Quelle, hielt sein Gesicht in das kalte Wasser. Er schüttelte sich wie ein Hund

und ließ sich wieder zu Boden fallen, etwas näher bei Randy. Er fühlte sich einsam.

„Aber Neil, du verhältst dich ihm gegenüber genauso. Wenn das, was du sagst, wahr ist, habt ihr beide doch nur noch einander."

„Es ist zu spät. Alles ist schief gelaufen. Man kann es nicht mehr rückgängig machen."

„Aber du gehst auch keinen Schritt nach vorne. Hör auf mich, rede mit ihm! Jetzt! Wir haben, weiß Gott, nichts anderes zu tun. Ich nehme Terry solange mit auf Skorpionjagd oder so was."

„Du verstehst das nicht."

„Da hast du Recht, ich verstehe es nicht. Nur du und David, ihr könnt das verstehen und deshalb müsst ihr auch miteinander reden."

„Nun weiß ich, weshalb ich nie mit dir darüber sprechen wollte", beschwerte sich Neil. „Hör zu, lass uns erst mal aus dieser verdammten Falle hier rauskommen und dann wird vielleicht ..."

„Was ist, wenn wir es nicht schaffen herauszukommen?"

„Warum sagst du das jetzt?"

„Neil, ich gebe nur das wieder, was du vor zwei Jahren immer und immer wieder zu mir gesagt hast: Erzähl deinem Vater, wie du dich fühlst. Sag deinem Vater, was du empfindest."

„Ja. Und jetzt hast du das Gefühl, dass dein Vater dich völlig meidet."

„Aber es ist zumindest ehrlich, Neil. Vorher sind wir fast an unserer eigenen Höflichkeit erstickt. Wir haben versucht so zu tun, als ob wir uns immer noch mögen. Der Punkt ist, er wollte uns wirklich loswerden und ich kann einen solchen Mann nicht respektieren. Jetzt wissen wir das beide, weil ich es ausgesprochen habe. Es kann sein, dass er mich nicht mehr mag. Aber der verdammte Mistkerl kennt mich. Er weiß, wozu ich stehe, er weiß, was ich fühle. Ich meine, vielleicht werdet ihr, du und David, zu der Erkenntnis kommen, dass ihr euch hasst. Aber zumindest müsst ihr dann nicht an all dem Zeug ersticken, das unausgesprochen zwischen euch steht."

Neil fuhr mit einem Finger durch den Sand. Er zog eine Linie, dann eine zweite parallele Linie. Schießlich machte er ein Kästchen daraus. „Vielleicht habe ich Angst, dass er mir niemals vergeben wird."

„Das wäre noch besser, als was er sich im Moment selbst antut. Er nimmt die ganze Schuld auf sich um sein Bild von dir nicht zu beschmutzen. Und du lässt es zu."

„Randy, haben wir nicht genug damit zu tun, hier drin am Leben zu bleiben? Kann das andere nicht noch warten?"

Randy seufzte. „Gab es irgendwelche Dinge, die du Mimi sagen wolltest? Aber du dachtest, das könnte noch warten?"

Neil sackte in sich zusammen. Ein schweres Gewicht in seiner Brust zog ihn nach unten. Die Tränen flossen diesmal leichter. Er hielt sie nicht zurück. Unter Schluchzen hörte er Randy eine weitere Seite des Baudelaire-Bandes herausreißen.

12

Als Neil und Randy sich schließlich bereit fühlten zu den anderen zurückzukehren, war es zehn Uhr. Terry und David kauerten neben dem Teich.

„He, Jungs!", rief Randy um ihre Ankunft anzukündigen. „Wir müssen hier raus! Wir verpassen Baywatch."

David drehte sich um und grinste, dann blickte er zu Neil. Er nahm seine Taschenlampe und leuchtete damit in Neils Gesicht. „Was ist denn mit dir los?"

Neil hatte sein Gesicht ganze fünf Minuten lang unter das kalte Wasser gehalten, aber es hatte nicht geholfen. Er hatte genau wie sein Bruder diese helle Haut, die alles verrät. „Ich sag es dir gleich", antwortete er. „Was macht ihr denn da?"

David band ein Ende seines Seils um einen großen, flachen Stein. „Na ja, wir haben uns gelangweilt ohne euch." Er blickte zu Terry und grinste. „Wie lange waren sie zusammen auf der Toilette?"

Terry grinste boshaft. Sie zahlen es uns heim, dachte Neil, und sie haben ein Recht darauf. „Mindestens eine ganze Stunde!"

David zog den Knoten fest. „Eine ganze Stunde zusammen auf dem Klo", sagte er und schüttelte den Kopf. „Und dabei haben sie heute Morgen noch Witze über dich und mich gerissen. Stimmt's, Terry?"

„Ha, ha, sehr lustig. Aber jetzt hört damit auf, und zwar sofort." Randy zeigte eine milde Parodie seines gefährlichen Blicks. „Neil und ich haben raue, männliche Dinge getan, nicht wahr, Neil?"

„Ja, wir haben uns darüber ausgetauscht, wie wir uns rasieren", sagte Neil. „Also, was macht ihr beiden denn hier? Es sieht so aus, als ob ihr jemanden kielholen wolltet."

„Na ja", erklärte Terry. „Als wir es satt hatten, auf einen Anhaltspunkt zu lauschen, worüber ihr beide euch streitet, hat David angefangen mir zu zeigen, wie man Steine auf dem Wasser tanzen lässt ..."

„Wir haben hier schließlich nur ein beschränktes Freizeitangebot", warf David ein.

„Ich habe es auch geschafft", sagte Terry, „stimmt's nicht?"

David fuhr fort: „Und wir haben uns überlegt, wie tief der Teich wohl ist." Er zog versuchsweise an seinem Knoten.

„Also warfen wir einige Steine hinein und leuchteten mit der Taschenlampe nach unten", ergänzte Terry.

„Aber man kann den Grund nicht sehen", schloss David. „Ich habe sogar einen Stein mit Jod gekennzeichnet, damit er besser zu sehen ist, aber jeder Stein verschwindet vollkommen. Dabei ist das Wasser sehr klar. Also muss es ein sehr tiefer Teich sein."

„Ich habe mal einen Film gesehen", warf Randy ein, „da stellte sich heraus, dass der Swimmingpool eines Typen der Eingang zur Hölle war."

„Den Film habe ich auch gesehen!", rief Terry. „Der Typ war ein Hollywoodproduzent."

„Jedenfalls", fuhr David fort, „will ich herausfinden, wie tief er genau ist. Ich habe hier ungefähr sechzig Meter Seil und ich werde diesen Stein als eine Art ... wie nennt man das noch ... hineinwerfen."

„Echolot", sagte Neil. „Aber du solltest das lieber nicht tun. Wir brauchen das Seil morgen um hier rauszukommen."

„Das weiß ich", sagte David. „Aber siehst du, ich habe einen Haken am anderen Ende und ich bin gerade dabei, ein schweres Gewicht daran zu befestigen." Er streckte den Arm aus und befestigte den Haken an Neils Gürtelschlaufe. „Hier."

„Du musst heute Nacht wieder mal Unruhe stiften, nicht wahr?", meinte Neil.

David schnitt eine Grimasse und wurde dann wieder ernst. „Ich werde vorsichtig sein, aber ich muss es einfach tun. Es macht mich verrückt, nicht zu wissen, wie tief dieser Teich ist."

„Ich weiß nicht", sagte Neil. „Ich mag den Gedanken nicht, dass du mit dem Seil herumspielst, das wir vielleicht zum Überleben brauchen."

„Ich habe auch noch ein Seil, erinnerst du dich?", sagte Randy.

„Ja, ich weiß, aber deines ist ein unangenehmes, raues Hanfseil ohne Haken, bei dem mir die Hände wehtun werden. Und es ist kürzer als dieses hier." Er wandte sich an David. „Du kannst ja Randys Seil für dein Experiment benutzen, aber lass mir das gute!"

„In Ordnung." David nickte Randy zu, der daraufhin anfing in seinem Rucksack zu kramen. David begann den festen Knoten wieder zu lösen. Er hielt seinen Blick gesenkt und fragte: „Also, was habt ihr Jungs denn die ganze Zeit gemacht?"

„Du weißt es doch bereits, oder?", erwiderte Neil. „Du kannst es an meinem Gesicht erkennen. Ich bin ziemlich aus der Fassung geraten."

David sah hoch. „Wieso denn?"

Neil fühlte sich wieder gereizt. Aber diesmal war es anders. Diesmal hatte er den Drang zu reden und die Anspannung herauszulassen. „Bist du sicher, dass du es hören willst?", fragte er.

Davids Blick richtete sich auf Neil, während er das Seil von Randy entgegennahm. „Ja."

„Terry und ich können solange ...", begann Randy.

Neil hob eine Hand. „Ich habe Randy von dem Feuer erzählt." Die Anspannung verwandelte sich in eine regelrechte Flutwelle. Er fühlte sich fast high.

„Oh. Okay." David senkte den Kopf. Er befestigte das Seil um den Stein, knotete wie im Fieber.

Neil beugte sich vor und merkte, wie er fast aggressiv wurde. „Ich habe Randy nie zuvor irgendetwas davon erzählt."

David schluckte sichtbar. „Hm ... ja." Seine Finger rutschten vom Knoten.

„Du und ich, wir haben auch nie darüber geredet", sagte Neil. Er zitterte jetzt, aber er war entschlossen diese Sache durchzuziehen.

Davids Antwort war ein verzweifelter Versuch laut aufzulachen. „Was gibt es da noch zu sagen?"

„Tu ihm das jetzt nicht an!" Die Stimme war so tief und bestimmend, dass Neil zweimal hinsehen musste um sicher zu sein, dass Terry gesprochen hatte.

„Halt du dich da raus!", sagte Randy zu Terry. „Das ist eine Sache zwischen den beiden!"

David sah bittend zu Neil. „Was willst du denn von mir? Möchtest du, dass ich dir sage, wie Leid es mir tut? Muss ich das wirklich sagen? Sie war auch meine Schwester. Glaubst du, ich wollte ..."

„Hör auf, hör auf!", unterbrach ihn Neil. „Das ist doch alles klar. Ich wollte dir nicht die Schuld geben oder auf dir herumhacken. Ich dachte nur, dass wir nach zwei Jahren vielleicht darüber reden könnten ..."

„Ich werde niemals darüber reden können!", erwiderte David und starrte auf seinen Knoten. „Also vergiss es einfach!"

„Aber ...“

Tränen stiegen David in die Augen. „Was soll das denn bringen? Es ist schlimm genug, dass es geschehen ist. Ich glaube nicht, dass man sich damit quälen sollte, jedes einzelne furchtbare Detail noch einmal durchzukauen!“

Neil hörte seine Mutter sprechen. „Ich glaube, wir haben beide Angst davor, was der andere sagen könnte. Und die Sache hat uns auseinander gebracht, verstehst du? Manchmal denke ich, wir beide gehen uns aus dem Weg, weil ...“

„Was soll dieses ‚wir‘?“ David sah auf. Seine Augen funkelten wütend. „Wir tun das nicht! Du tust es! Du hast beschlossen nichts mehr mit mir zu tun haben zu wollen. Du bist derjenige, der sich sofort, nachdem es passiert war, einen neuen Freund gesucht hat ...“ Er schwang seinen Arm in Randys Richtung und Randy drehte sich schnell zur Seite, damit er nicht getroffen wurde. „... damit du nicht mehr mit mir zusammen sein musstest. Wenn du mir jetzt erzählen willst, dass du mir endlich verzeihst: wunderbar. Großartig. Ich nehme es zur Kenntnis. Ich habe zwei Jahre darauf gewartet. Oder fängst du nur davon an, weil du denkst, wir kommen hier nicht lebend heraus, und du vorher alles in Ordnung bringen willst? Das weiß ich nicht. Aber tu nicht so, als ob ich dich jemals zurückgewiesen hätte, denn es ging alles von dir aus und ich habe nur immer wie ein Idiot darauf gewartet, dass du mir sagst, dass wieder alles in Ordnung ist.“ Als David fertig war, schnaufte er schwer. Seine Brust hob und senkte sich. Sowohl Randy als auch Terry schwiegen und waren angespannt wie Soldaten, die auf den Ausbruch des nächsten Maschinengewehrfeuers warteten.

Neil war völlig durcheinander. „Nein“, sagte er.

David sah wieder auf, wütend. „Nein, was?“

„Du ... ich ...“ Neil wandte sich an Randy. „Sag du es ihm.“

„Du kannst es ihm selbst viel besser sagen als ich", erwiderte Randy mit dem ruhigen Tonfall einer Erzieherin im Kindergarten.

„Warum müsst ihr das denn überhaupt unbedingt jetzt besprechen?", jammerte Terry. „Warum könnt ihr nicht einfach nett zueinander sein und alles auf sich beruhen lassen?"

„Das ist das, was sie bisher gemacht haben, und sieh sie dir an!", sagte Randy. „David explodiert und Neil ... implodiert. "

David lenkte seine Wut auf Randy. „Mein Gott! Wer bist du denn, der Familientherapeut?"

„Nein, aber genau den hättet ihr gebraucht, nachdem die ganze Sache passiert war!" Randy hob die Hand und deutete auf den schmalen Zwischenraum zwischen sich und David. „Und halt dich ein wenig zurück, denn wenn du mit deiner Hand noch ein einziges Mal vor meinem Gesicht herumfuchtelst, bekommst du sie nicht wieder zurück!"

„Randy hat Recht", sagte Neil zu David. „Mom und Dad sind wirklich in Ordnung, aber ihre Idee, wir könnten die Vergangenheit einfach hinter uns lassen – die hat nicht funktioniert! Wir wissen das beide. Du hast keine Ahnung, wie es mir geht, und ich hab keine Ahnung, wie es dir geht, und wir wissen nicht, wie es Mom und Dad geht, und wir raten alle einfach und behandeln einander wie gute Freunde. Aber die einzige Möglichkeit es wieder in Ordnung zu bringen ist geradeheraus zu sagen, was wir denken, und zu sehen, was passiert. Wenn dabei herauskommt, dass wir einander hassen, dann wissen wir das zumindest. Aber diese Spannung ist für mich zu groß geworden. Ich kann es nicht mehr aushalten."

„Es ist ja gut und schön, miteinander zu reden, aber warum könnt ihr das nicht ruhig und freundlich tun?", wollte Terry wissen.

Randy drehte sich zu ihm. „Weil die Wahrheit nicht immer nett und freundlich ist."

Eine Weile lang sprach niemand. Neil kam es vor, als ob das Rauschen des Wassers nachts einen reicheren, melodischeren Klang hätte. Es war besänftigend, selbst in diesem Chaos der Gefühle. Er spürte, wie sein Atmen ruhiger wurde.

David hatte den Stein hochgehoben und hielt ihn mit beiden Händen in seinem Schoß. Er blickte Neil an. „Okay. Was möchtest du mir denn sagen?"

Neil fühlte sich fast friedlich. „Ich habe niemals dir die Schuld an dem gegeben, was passiert ist. Ich habe mir selbst die Schuld gegeben." Neil wartete auf Davids Reaktion, doch dieser rührte sich nicht, er starrte Neil nur an und atmete schwer. Es sah aus, als ob er ihm nicht glaubte. „Ich habe das Zeug gekauft. Ich habe es in unser Haus gebracht. Du warst noch ein Kind. Du warst neugierig. Was geschah, war ein Unfall. Du wolltest ja nicht alles in Brand setzen. Du wolltest ... sie nicht dort zurücklassen ..." Seine Stimme zitterte.

David sank in sich zusammen. „Aber ich dachte nicht einmal mehr an sie. Alles, woran ich dachte, war ich selbst. Ich dachte nur: Raus hier! Ich war so dumm!" Seine Stimme, die leise und schwach geklungen hatte, wurde unvermittelt laut, sodass Terry zusammenzuckte.

„Du warst nicht dumm", sagte Neil. „Du warst high. Und es war meine Schuld, dass du high warst."

„Muss das Ganze denn irgendjemandes Schuld sein?", fragte Randy. „Wisst ihr denn nicht, dass manche Sachen einfach passieren? Vielleicht wisst ihr das wirklich nicht. Ihr seid alle so sorgsam und perfekt – eure ganze Familie –, dass ihr wahrscheinlich glaubt das ganze Universum kontrollieren zu können. Also, wenn etwas passiert, das nicht ..."

„Das war ein schlimmes Etwas!", sagte David. „Das war der Tod."

„Ja, ich weiß, David", sagte Randy, „aber selbst Leute, die Zahnseide benutzen, werden eines Tages sterben. Und du wirst eines Tages verrückt werden, wenn du immer versuchst perfekt zu sein, als ob du damit all die schlimmen Dinge, die dir in deinem Leben passieren können, verhindern könntest."

„Das stimmt", sagte Neil.

Randy wandte sich an Neil. „Und du bist ganz genauso! Fragt mal mich und Terry. Wir sehen die Sache objektiv. Ihr beide habt einen kleinen Fehler gemacht und er hatte furchtbare Konsequenzen. Das ist es, was passiert ist. Aber ihr wolltet es ja nicht. Keiner von euch beiden ist deshalb schlecht oder dumm oder ein Mörder oder sonst was. Ich denke, wenn ihr beide euch selbst gegenüber etwas nachsichtiger wärt, könntet ihr auch besser miteinander auskommen."

„Ich gebe dir in allem Recht", sagte Terry leise.

„Ich auch", bestätigte Neil.

„Ja?", höhnte David in Neils Richtung. „Das ist ja nett, aber es ist eine Lüge, nicht wahr? Du weißt, dass du es nicht so meinst." Er blinzelte einige Male um die Tränen zurückzuhalten. „In dem Augenblick, als es geschehen war, Neil, konnte ich in deinem Gesicht lesen, was du für mich empfandest. Wenn wir die Wahrheit sagen sollen, warum tun wir es dann nicht auch wirklich? Denn wenn du mir tatsächlich nicht die Schuld an Mimis Tod gibst, warum hast du mich dann zwei Jahre lang wie den letzten Dreck behandelt? Du schaust immer weg, sobald ich ins Zimmer komme. Ich musste betteln, damit ich heute mitkommen durfte. Du kannst nicht einmal meinen Namen sagen. Du nennst mich Junge oder sagst: mein Bruder, als ob ich ganz woanders wohnen würde oder so. Du bist genau wie Mom und Dad. Du behandelst mich, als wäre ich ein Gespenst, als wäre ich ebenfalls im Feuer umgekommen. Gib es wenigstens zu!"

Neil fühlte sich wie erschlagen. „In gewisser Weise ist das vielleicht wahr", gab er zu. „Aber ich tu es nicht, weil ich sauer auf dich bin oder dir die Schuld gebe an dem, was geschehen ist."

„Warum denn dann?" Davids Blick war furchtlos.

Neil senkte den Kopf und blickte zu Boden. „Ich weiß es nicht." Er starrte in den Sand. All seine Gefühle waren aufgewühlt und kein Problem war gelöst. Seine Mutter hatte doch Recht.

„Na wunderbar, ich bin wirklich froh, dass wir das zur Sprache gebracht haben!", sagte Terry bitter. „Es war schon ziemlich langweilig, sich bloß Sorgen zu machen, ob wir vielleicht hier drinnen sterben werden. Jetzt haben wir wenigstens noch eine aufregende Unterhaltung gehabt. Vielleicht sollte Randy auch ein wenig davon erzählen, wie es war, als sein Vater die Familie verlassen hat, oder ich könnte euch ein paar von meinen letzten blauen Flecken zeigen ..."

„Okay, okay", sagte Neil. „Schon gut." Er wünschte, er könnte entweder bestreiten, dass er David aus dem Weg ging, oder es erklären. Aber er konnte weder das eine noch das andere.

David biss die Zähne zusammen. Er blickte auf. „Hast du alles gesagt, was du sagen wolltest?"

Neil seufzte. „Ich glaube schon."

David nahm das Ende des Seils. „Ich muss das irgendwo festbinden ..."

„Hier." Neil nahm das Seil und band es um seinen Knöchel. Er begann loszuplaudern um die Atmosphäre zu lockern. „So haben die Piraten immer ihre Gefangenen um die Ecke gebracht. Sie banden ihnen einen schweren Eimer an den Knöchel und stießen sie über Bord. Daher kommt auch der Ausdruck: alles im Eimer."

David amüsierten solche Geschichten normalerweise. Doch er verzog keine Miene, als er jetzt das kratzige Hanfseil in einem festen Knoten um Neils Knöchel band.

Aber Terry war fasziniert. „Stimmt das?"

„Er erfindet dauernd solche Sachen", sagte David. „Er ist der geborene Lügner."

„Aber es ist wahr!", versicherte Neil.

„Er war als Kind schon ein Lügner", fuhr David fort. „Einmal waren wir in einem Einkaufszentrum. Er packte mich, deutete auf ein mürrisch aussehendes Paar und sagte: ,O Gott! Sieh nicht so auffällig hin! Das sind unsere wirklichen Eltern!'"

Neil lachte auf. „Daran kann ich mich auch noch erinnern."

David stellte sich an den Teich um den Stein hineinfallen zu lassen. „Und den ganzen Tag über fügte er immer wieder etwas zu der Geschichte hinzu. Diese Leute hießen Schwartz. Sie hätten uns zur Adoption freigegeben, als wir noch ganz klein waren, aber Neil könne sich daran erinnern. Ich glaubte ihm nach einer Weile und fragte Mom danach."

Neil lachte. „Damit hast du mich in Schwierigkeiten gebracht." Er drehte sich zu Randy und versuchte verzweifelt eine ungezwungene Unterhaltung in Gang zu halten. „Ist es nicht toll, wenn man der Älteste ist und solche Macht hat?"

„Ja", bestätigte Randy mit einem Lächeln. „Als Chloe drei war oder so, erzählte ich ihr, unsere Vogeltränke wäre ein Zauberbrunnen aus Ägypten. Ich sagte, der ägyptische König hätte ihn mir geschenkt, bevor Chloe geboren sei, und ich dürfe mir etwas wünschen, sooft ich wollte. Eine ganze Woche lang ging sie jeden Morgen hinaus zur Vogeltränke und wünschte sich etwas. Das Verrückte war, die meisten Wünsche gingen in Erfüllung."

„Wirklich?", stieß Terry hervor.

Randy versetzte Terry einen freundschaftlichen Schubs. „Du wärst der Traum jedes großen Bruders."

„Seid ihr Jungs jetzt bereit für dieses umwälzende Experiment?", fragte David. Er hielt den Stein über den Teich, seine Hände zitterten noch leicht.

„Bist du sicher, dass der Stein Neil nicht ins Wasser ziehen wird?", fragte Terry.

Randy seufzte. „Der Traum jedes großen Bruders ..."

David ließ den Stein fallen. Wasser spritzte auf und das Seil begann sich im Nu abzurollen.

„Wow!", stieß David hervor. „Seht nur, wie tief es ist. Seht euch das an!"

Das Seil wurde straff und zog an Neils Knöchel. „Der Stein hat den Boden noch nicht berührt!", sagte er. Er hob seinen Fuß und bewegte ihn hin und her. Er konnte spüren, dass der Stein immer noch am Seil hing.

„Wie lang ist dein Seil?", fragte David Randy.

Randy leuchte mit seiner Taschenlampe ins Wasser. „Ich glaube, ungefähr fünfzehn Meter."

„Wie kann das sein?", fragte Terry.

Randy hielt sich die Taschenlampe unter das Kinn. Es sah gespenstisch aus. „Vielleicht ist das tatsächlich der Eingang zur Hölle!", verkündete er mit tiefer Stimme.

„Hör jetzt auf den großen Bruder zu spielen!", beschwerte sich Terry.

David begann das Seil hochzuziehen. „Das ist unglaublich. Neil, lass mich doch bitte das lange Seil nehmen! Stell dir vor, der Teich ist vielleicht dreißig Meter tief."

„Nicht das andere Seil!", lehnte Neil zögernd ab. Er hätte im Augenblick fast alles getan um David bei guter Laune zu halten – außer ihre Chance aufs Spiel zu setzen, aus der Höhle herauszukommen. „Ich habe mal einen Artikel über solche Wasserlöcher in Schottland gelesen. Sie sind so tief, dass man den Grund nie erreichen kann. Man glaubt, dass prähistorische Monster darin leben."

„Nichts als Lügen!", rief Terry.

„Es ist wahr!", versicherte Neil.

David löste den Stein vom Seil. „Ich lasse das Seil zum Trocknen hier liegen, falls wir es morgen brauchen."

„Leg es in einem Kreis um uns herum", sagte Terry. „Ich habe mal gehört, dass Schlangen nicht über Seile kriechen."

„Was lest ihr denn für Zeug, aus dem ihr all dieses merkwürdige Wissen entnehmt?", wollte Randy wissen.

„Musstest du unbedingt Schlangen erwähnen?", fragte Neil Terry.

„Mach einen Kreis", sagte Randy. „Es hört sich zwar ziemlich bescheuert an, aber es kann ja nicht schaden."

„Vielleicht sollten wir abwechselnd Wache halten", schlug David vor. „Für den Fall, dass irgendein nächtliches ... Irgendwas hierher kommt."

„Wir könnten ein Feuer machen", überlegte Terry.

„Nein!", rief David sofort. „Das fehlt uns noch, dass wir diesen Ort hier voll Rauch ..." Er brach ab und drehte den Kopf weg.

Neil wollte helfen. „He ..."

„Ist schon in Ordnung. Bitte. Du hast genug gesagt für eine Nacht."

„Nein, habe ich nicht. Das ist ja das Problem." Neil merkte, wie ihm der Schweiß ausbrach. „Du weißt, wie es war, als sie starb." Seine Stimme war leise, fast ein Flüstern. „Sie war ein kleines Kind. Es war so furchtbar. Nichts wird jemals wieder so wehtun."

David nickte mit gesenktem Kopf.

„Wenn ich dir aus dem Weg gegangen bin, dann war es nicht, weil ich böse auf dich war. Ich glaube, es war, weil ..." Neil merkte, dass ihm Tränen über das Gesicht liefen. „Ich empfinde für dich das Gleiche wie für Mimi. Ich konnte mit der ganzen Sache nur nicht zurechtkommen. Es ging einfach nicht. Ich weiß, es war grausam dir gegenüber, aber ... das ist einfach so mit mir passiert. Ich musste mich eine Weile zurückziehen. Das war alles, was ich tun konnte. Es bedeutet nicht, dass ich ..."

„Schon in Ordnung", sagte David. „Du musst nicht ..."

„Aber ich möchte, dass du es weißt ..."

David streckte seine Hand aus. „Es ist schon gut. Aber ... ich kann das nicht alles auf einmal verkraften." Er senkte den Kopf und holte einige Male tief Luft.

Neil blickte sich um. Die anderen beiden regten sich nicht. Sie beobachteten David.

„Ich möchte auch etwas sagen. Ist das in Ordnung?", fragte David, den Kopf immer noch gesenkt.

„Natürlich", sagte Neil leise.

David sah auf. „Es war schlimm genug, Mimi zu verlieren, Neil, aber es ist noch hundertmal schlimmer, wenn du obendrein noch die Schuld hast. Alles, woran ich denken konnte, war, was ich während des Feuers hätte tun müssen, was ich hätte anders machen können ..."

„Du konntest nicht ..."

„Ich weiß. Aber darüber denkt man eben nach. Ich weiß, dass du mir sagen wolltest, dass es zum Teil auch deine Schuld war, aber du warst nicht dabei. Du kannst dir nicht vorstellen, wie es war, als ich im Krankenhaus aufwachte und sie mir sagten ..." Er drehte den Kopf weg, biss die Zähne zusammen. Dann sah er wieder zu Neil. „Du kennst dieses Gefühl nicht und du kannst es dir nicht vorstellen. Du kannst mir auch nicht helfen. Niemand kann das. Aber ..." Er machte eine Pause und blickte in die Ferne. Alle schienen die Luft anzuhalten. „Was du gerade zu mir gesagt hast, Neil, oder sagen wolltest ... nachdem sie starb, war es, als ob ich nicht nur sie, sondern euch alle verloren hätte. Ich hatte niemanden mehr. Niemand sprach mit mir. Ich war so allein, wie man nur sein kann. Ich beschwere mich nicht, aber es ist die Wahrheit. Ich glaube nicht, dass Mom und Dad mir gegenüber jemals wieder das Gleiche empfinden können wie vorher. Aber du ... wenn du mir sagst, dass du wieder mein Bruder sein willst, ... ich meine, wirklich mein Bruder, so wie du es vorher warst ..." Er senkte den Kopf und seine Schultern begannen zu beben.

Randy sah Neil bedeutungsvoll an und zog sich ein Stück zurück. Neil fühlte sich unbeholfen, als er zu David hinüberrutschte und die Hand auf seine Schulter legte. „Es tut mir Leid, David", sagte Neil. „All das tut mir wirklich Leid."

David schlug die Hände vors Gesicht. „Es ist gleich vorbei."

Terry und Randy sahen höflich in andere Richtungen. David schaukelte den Oberkörper hin und her und Neil tätschelte seine Schulter, bis die Schluchzer allmählich verstummten. Neil erinnerte sich an Szenen wie diese, vor langer Zeit. Er zog David in eine schnelle Umarmung und gab ihn wieder frei.

David sah Neil voller Dankbarkeit aus geröteten Augen an, dann drehte er sich um und wühlte in seinem Rucksack. Er nahm ein Stück Wachspapier heraus und schnäuzte sich. „Ihr könnt jetzt wieder hersehen. Alles okay", sagte er zu Terry und Randy. Sie lachten leise.

„Kann ich noch etwas sagen?", fragte David und sah Neil an.

„O Gott!", stöhnte Terry.

„Du kannst mir alles sagen, was du willst", erklärte Neil.

Daivd lächelte fast schon wieder schelmisch. „Entschuldige, dass ich so bin, Neil, aber es gefällt mir wirklich nicht, wie Terry deine Hand verbunden hat. Darf ich sie auswaschen und mit einem richtigen Gazeverband frisch verbinden?"

Randy lachte. „Meine Güte!"

Neil wusste, dass er gestern noch anders reagiert hätte. Er streckte seine Hand aus.

13

SAMSTAG, Mitternacht

Niemand schien besonders müde zu sein, also überredeten sie David den Proviant herauszugeben, damit sie einen kleinen Imbiss nehmen konnten. Schließlich würde Neil sie morgen gleich nach dem Frühstück befreien und so hatten sie eigentlich mehr als genug zu essen.

Sie saßen in der Nähe des Wasserlochs im Innern des Seilkreises, der die Schlangen abweisen sollte. Die Taschenlampen hatten sie zusammengestellt um sich die Illusion eines Campingfeuers zu verschaffen. Sie aßen Neils Kekse, dazu Cheddarkäse und die beiden Äpfel, die Neil mit den Händen in zwei Hälften gebrochen hatte. Sein Vater hatte ihm gezeigt, wie man Äpfel auseinander brach. Sie hatten sich oft einen geteilt, wenn sie zusammen in der Garage an irgendetwas arbeiteten. Der Gedanke daran löste in Neil heftiges Heimweh aus.

„Was tun sie jetzt wohl gerade?", fragte Neil ernst.

Alle schienen die Frage verstanden zu haben.

„Sie sind wahrscheinlich alle zusammen bei einem von uns zu Hause", meinte Randy. „Bestimmt bei euch. Vielleicht sprechen sie gerade mit der Polizei. Nur mein Vater wird fehlen, dem wird es egal sein." Neil war aufgefallen, dass Randy allmählich immer wilder aussah. Dunkle Bartstoppeln wuchsen an seinem Kinn und mit dem Tuch, das er sich um den Kopf gebunden hatte, sah er aus wie ein Pirat.

Neil fragte sich, wie sein eigenes Aussehen sich in den letzten zwölf Stunden verändert haben mochte. Auf jeden Fall sah er schmutziger aus. Sein vormals weißes T-Shirt war übersät mit Schmutzstreifen, Tränen, Blutflecken und Schweiß. Ganz bestimmt kein schöner Anblick. Seine Wunden waren von Doktor David immerhin frisch verbunden worden. *Schmutzig und lädiert,* dachte Neil.

Terry sah älter aus als heute Morgen. Seine Augen hatten ihre kindliche Fröhlichkeit verloren und einen ernsteren Ausdruck angenommen.

Nur David schien unverändert. Nein, das stimmte nicht. Bei ihm war es umgekehrt. Er sah jünger aus als am Morgen. Das kam teilweise vom Weinen, wodurch er rosige Wangen bekommen hatte. Aber seine Augen strahlten auch heller, glücklicher. So hatte Neil ihn seit langem nicht mehr gesehen. Lag es an ihrem Gespräch?

Neil war so in seine Beobachtungen versunken, dass er zunächst nicht merkte, dass niemand auf Randys Bemerkung geantwortet hatte. „Deinem Vater liegt sehr wohl was an dir", sagte er schließlich. „Das weißt du auch. Etwas wie das hier bringt ihn vielleicht dazu, auch endlich zu schätzen, was er hat."

„Ja, ja", sagte Randy gedehnt.

„Kriegen wir auch Schwierigkeiten mit der Polizei?", wollte Terry wissen. „Ist das so, wie wenn man abhaut oder so was?"

„Das glaube ich kaum!", erwiderte Randy aufgebracht. „Schließlich haben wir die ganze Zeit wie die Gestörten versucht hier rauszukommen. Mit so etwas sollte mir lieber keiner kommen!"

„Mein Gott, was sie sich wohl alles ausmalen werden!", sagte David. „Autounfall, Ertrinken, Kidnapping, Perverse, Mörder, satanische Riten …"

„Okay!", sagte Terry. „Wir haben verstanden!"

„Ab wann gelten wir denn als vermisst?", fragte Randy Neil. „Morgen früh?"

Neil aß seine Apfelhälfte auf und reichte das Kerngehäuse David, der den gesamten Abfall in seinem Rucksack verstaute. „Nein, ich glaube, bei Minderjährigen ist das anders. Meine Güte, ich wünschte, wir wären näher an Ormond Beach. Dann wären die Chancen größer, dass eine Suche Erfolg hat. Wer soll denn schon so weit weg nach uns suchen?"

„Denk dran, du holst uns morgen hier raus", sagte David.

Neil streckte die Finger, testete die Beweglichkeit seiner Hände. „Ich denke, ich sollte es jetzt sofort versuchen. So ..."

Sein Vorschlag wurde von einem dreistimmigen Nein erstickt.

„Ich habe schon schwierigere Routen geschafft als diese", argumentierte er. „Ihr scheint alle zu glauben, das hier wäre wahnsinnig kompliziert. Als ich in Colorado war ..."

„... warst du an zwei Männer angeseilt, die genau wussten, was sie taten!", warf David ein.

„Aber ..."

„Nein! Komm schon. Die Sache ist zu wichtig. Wir müssen klug sein und das Richtige tun."

Neil sank in sich zusammen. „Ich werde morgen noch weniger ausgeruht sein", grummelte er. „Weil ich ganz bestimmt nicht schlafen kann."

„Wir geben dir einen Schlag auf den Kopf", versprach David.

„Wenn morgen irgendetwas schief gehen sollte", sagte Terry und blickte Neil nervös an, „was glaubst du, wie groß dann die Chancen sind, dass uns jemand hier unten findet?"

Neil blickte zur Seite.

„Nicht sehr groß", sagte Randy. „Wenn man nach Leuten sucht, fängt man an den Stellen an, wo die Vermissten sich oft aufhielten. Man wird also den Strand absuchen und den Fluss bei uns zu Hause. Niemand von uns hat jemals die Höhle erwähnt."

„Aber deine Mutter weiß, dass deine Cousins in dieser Höhle waren", sagte David. „Vielleicht zählt sie zwei und zwei zusammen."

Randy verzog das Gesicht. „Meine Mutter ist eine nette Frau, David, ich glaube allerdings nicht, dass sie in ihrem ganzen Leben schon mal zwei und zwei zusammengezählt hat."

„Aber es müssen uns ja nicht unbedingt die Leute finden, die nach uns suchen", sagte Terry. „Es wird nicht lange dauern, dann wird irgendjemand anders diese Höhle besuchen, oder nicht?"

„Vielleicht, vielleicht auch nicht", sagte Randy. „Sie ist nicht unbedingt eine bekannte Touristenattraktion. Und wahrscheinlich wissen alle Höhlenforscher, warum sie diese verdammte Todesfalle meiden. Bestimmt haben sie schon einen Namen dafür erfunden, Teufelshöhle oder so."

„Können wir vielleicht aufhören alle fünf Minuten den Teufel zu erwähnen?", bat David.

„Wir müssen uns keine Sorgen machen, ob wir gefunden werden oder nicht", sagte Neil. „Ich bringe uns morgen hier raus."

„Genau", sagte David. „Und jetzt sollten wir versuchen etwas zu schlafen. Die Batterien halten sonst auch nicht mehr lange."

„Möchtest du, dass wir dir eine Geschichte erzählen, Terry?", zog Randy ihn auf. „Welche würde dir denn gefallen? Die Legende von der abgeschlagenen Hand oder die von den drei Nymphomaninnen und dem Rabbi?"

Terry kicherte. „Keine von beiden!"

„Ich würde später gern die vom Rabbi hören", sagte David.

Sie lachten, aber keiner rührte sich von der Stelle.

„Also?", sagte Randy schließlich. Er beugte sich vor und nahm seine Taschenlampe aus der Mitte, schaltete sie ab und streckte sich aus. Seinen Rucksack benutzte er als Kopfkissen. Einer nach dem anderen folgte seinem Beispiel.

Terry war der Letzte, der sich hinlegte. Er rollte sich zusammen und behielt seine Taschenlampe in der Hand wie eine Waffe. David nahm seine übliche Schlafhaltung ein, auf dem Bauch ausgestreckt wie ein Baby, die Arme um sein Rucksack-Kopfkissen geschlungen. Randy lag zuerst auf dem Rücken, drehte sich dann auf die linke Seite, mit dem Gesicht zu den anderen, und schließlich auf die rechte, das Gesicht zur Wand. Nach David und Terry war er der Letzte, der einschlief.

Neil nahm all das genau zur Kenntnis, denn er war hellwach. Er erwartete gar nicht erst, schlafen zu können.

Einen Arm unter dem Kopf, lag er auf dem Rücken und blickte durch den Spalt zu den Sternen. Seine Gedanken wanderten zu Chloe. Sein Herz klopfte schneller, als ihm klar wurde, dass sie sich heute Nacht um zwei Menschen sorgte: ihren Bruder und ihn – den Jungen, in den sie verliebt war. Bei ihm zu Hause würde heute Nacht niemand schlafen. Für seine Eltern war die Situation noch schlimmer als für ihn, denn sie hatten keine Ahnung, was geschehen war. Irgendwie ärgerte es Neil, dass er es ihnen nicht sagen konnte. Er überlegte, ob Menschen im Gefängnis sich wohl ähnlich fühlten. Vielleicht war das der Grund, warum Gefängnis so eine furchtbare Strafe war. Was konnte schlimmer sein, als die Leute, die einen liebten, nicht erreichen zu können?

Neil beschloss nicht weiter darüber nachzudenken. Er lauschte wieder auf die Atemzüge der anderen um sicher zu sein, dass sie alle schliefen. Dann schaltete er seine

Taschenlampe an und richtete sie auf die Felswand. Sorgfältig ging er jede Kurve und jede Kerbe der Route durch, die er morgen entlangklettern würde um sie zu retten.

Neil träumte, er wäre in das Wasserloch gefallen und sänke langsam, Meter um Meter, nach unten, durch warmes indigoblaues Wasser. Er wusste, dass er einen Fehler machte, wenn er nicht versuchte nach oben zu schwimmen. Aber er fühlte sich so entspannt, dass er den Augenblick, in dem er begann sich zur Oberfläche zu bewegen, hinausschob.

Ein Teil seines Gehirns warnte. Doch er atmete unbeschwert das Wasser ein und spürte keine Atemnot. In dem Traum konnte er fühlen, wie die warme Flüssigkeit durch seine Lungen floss. Es war ein wunderbares Gefühl.

Als er nach unten spähte, merkte er, dass es in verschiedenen Tiefen Wegweiser gab. Sie trugen Städtenamen. Macon, Atlanta, Chattanooga, Lexington. *Ich falle nach Norden,* überlegte er. Dann spürte er plötzlich, dass er niemals wieder zurückkäme, wenn er bis Cincinnati fiel. Cincinnati war die Stadt, aus der seine Mutter stammte. Er war einige Male dort gewesen um seine Großeltern zu besuchen.

Langsam begann er sich Sorgen zu machen und bewegte Arme und Beine um etwas Auftrieb zu bekommen. Da tauchte das Schild auf, das Cincinnati ankündigte. Er wusste, wenn er dort ankam, würde er einfach verschwinden und aufhören zu existieren. Er bewegte sich hektisch, aber die Strömung zog ihn nach unten. Panik erfüllte ihn.

Plötzlich merkte er, dass seine Taschen voller Steine waren. Das war der Grund! Eilig fuhr er mit den Händen in die Hosentaschen seiner engen Jeans, holte eine Hand voll Kiesel nach der anderen heraus und warf sie fort, während er weiter die Füße bewegte. Unter sich konnte er jetzt das nächste Schild kommen sehen und er wusste genau, was darauf stehen würde.

In seiner Verzweiflung zog er die Jeans aus und stieß sie fort. Sein Körper wurde schnell wie eine Rakete und schoss durch das klare Wasser nach oben, durchbrach die Oberfläche ...

Neil öffnete die Augen und sah den schmalen Spalt über sich, das vertraute Fenster zum Nachthimmel. *Scheiße, was für ein idiotischer Traum!* Er lauschte auf das stetige Tropfen der Stalaktiten, tröstend wie das Ticken einer Schlafzimmeruhr, bis er wieder ruhiger wurde.

Er nahm seine Taschenlampe und blickte auf die Uhr. Halb drei. Dann suchte er mit dem Lichtstrahl das ganze Gewölbe nach nächtlichen Ungeheuern ab, bis in die Ecken. Nichts bewegte sich. Gut.

Danach betrachtete er seine Freunde. Alle schliefen tief und fest, diese gemeinen Kerle. Terry wagte es sogar, leicht zu schnarchen. Randy war völlig verkrampft, es sah aus, als hätte auch er schlechte Träume. Neil war nicht sicher, ob er ihn wecken sollte oder nicht. David war näher zu Neil gerutscht und lag jetzt parallel zu ihm, so wie sie in ihren Betten zu Hause schliefen. Im Schlaf war Davids Gesicht wie immer engelgleich und friedlich. Er hatte eine schmerzhafte, überwältigende Ähnlichkeit mit Mimi.

Neil ging noch einmal seine Kletterroute durch. Er dachte daran, wie viele Trainer ihn schon davor gewarnt hatten, sich zu übernehmen. Es gab nicht nur eine, sondern zwei gefährliche Stellen auf der Strecke. Ungefähr auf halbem Weg den Kalkspat hinauf war eine große, glatte Ausbuchtung, über die er entweder kriechen oder klettern musste. Sie bot kaum Möglichkeiten zum Festhalten. Es war eine Stelle, an der man langsamer werden und besonders vorsichtig sein musste. Und sie befand sich ausgerechnet an einem Punkt, wo er versucht sein würde, schnell zu klettern. Also war es gut, sich diese Stelle noch einmal einzuprägen. In diese Falle würde er nicht tappen.

Dann war da noch diese wirklich unangenehme Stelle weiter oben, wo er schwingen und baumeln musste. Neil mochte das ganz und gar nicht. Ein falscher Griff und der Vorhang fiel. An den Fels gepresst konnte man ruhig einmal die Balance verlieren, denn wenn man es schnell genug bemerkte, konnte man sich dichter an ihn schmiegen, bis man das Gleichgewicht wiedererlangte. Doch wenn man in der Luft baumelte, kam es nur auf die Hände an. Ein falscher Griff und man bekam Panik und fiel. Aber aus dieser Höhe wollte keiner gerne fallen. Das Ganze war also gleichzeitig ein psychologischer Test, eine Prüfung im Ruhigbleiben. Das Problem war, dass Neil manchmal allzu starkem Druck nicht gut standhalten konnte. Die Erwartungen anderer Leute machten ihn nervös.

Also, nun weißt du Bescheid. Du bist vorbereitet. Du kannst dich zwingen ruhig zu sein, wenn Ruhe nötig ist. Du musst!

Wenn er dieses Stück hinter sich hatte, war der Rest einfach. Ideale Vorsprünge und Einbuchtungen den ganzen Weg bis nach oben. Die Höhe war kein Problem. Neil liebte Höhen, er fürchtete sie nicht.

Bei diesem Gedanken wurde ihm klar, dass er seit Stunden seine Klaustrophobie nicht mehr gespürt hatte. Lag es daran, dass dieses Gewölbe größer war als die Höhlengänge, oder hatte die furchtbare Erfahrung ihn einfach geheilt?

Nur sicherheitshalber ging Neil seine Route noch ein weiteres Mal durch. Er kannte sie inzwischen auswendig. Allmählich wurde er ein wenig schläfrig. Er schaltete das Licht aus und legte sich zurück, lauschte Randys Atemzügen, bis er wieder einschlief.

Neil öffnete die Augen, weil ihn jemand mit Licht anleuchtete. „Was ist los?", stieß er verwirrt hervor.

Doch als er sich aufsetzte, sah er, dass die anderen drei

immer noch schliefen. Der Lichtstrahl wanderte ein zweites Mal über ihn hinweg. Neil blickte zum Spalt in der Decke hinauf und sah gerade noch den Strahl einer Lampe, die darüber geschwenkt wurde. „Ist jemand dort unten?", rief eine Männerstimme. Sie hörte sich an wie die von Neils Vater!

Wie elektrisiert sprang Neil auf. Beim Basketball hätte er nicht höher springen können. „Ja! Wir sind hier! Hilfe!", schrie er. Außer sich vor Aufregung blickte er auf die anderen hinunter, die immer noch bewegungslos dalagen. „Heh, Jungs! Dort draußen ist jemand! Wacht auf!"

„Es hört sich so an, als sei jemand dort unten." Das war die Stimme eines anderes Mannes. Terrys Vater?

„Ja!", schrie Neil. „Ja! Wir sind hier! Wir sind alle hier! Hilfe!"

Keiner der anderen bewegte sich. Was, zum Teufel, war los mit ihnen? Neil verlor die Geduld und stieß David leicht in die Rippen. „He!"

Davids Körper rollte zur Seite, aber er schlief weiter.

„He!" Neil fühlte Panik aufsteigen.

„Niemand könnte dort unten überleben." Das war wieder jemand anders. Es war Mr. Isaacson. „Es hat wirklich keinen Sinn nachzusehen."

Neil blickte hoch, der kalte Schweiß rann ihm in die Augen. Er konnte die Spitzen von einem Paar Schuhe am Spalt sehen. Die Schuhe seines Vaters! „Dad! Sieh doch hier runter! Kannst du mich nicht hören? Warum kann ich dich hören, wenn du mich nicht hören kannst? Ich bin hier! Ich bin am Leben, obwohl ..."

Er blickte auf die anderen Jungen. Jetzt konnte er es sehen. Die Blässe, die Starrheit. Ihre Gesichter wirkten wie behauener Marmor. Ein wahnsinniger Schmerz durchfuhr ihn. Dann wurde er wütend. Er kniete sich zu Terry, packte ihn bei den Schultern und zog ihn grob hoch. „Wach auf!", fuhr er ihn an, verlor die Geduld und schüttelte ihn heftig. Terrys Kopf fiel zurück. Neil hatte das Gefühl gefrorenes Fleisch zu berühren. Voll Abscheu ließ er los.

Auf Händen und Füßen krabbelte er zu Randy und stieß ihn mit der Faust an. „Wach auf! Wach auf, du verdammter Idiot!" Randy fiel zur Seite wie eine ausgestopfte Puppe. „Verdammt!", fluchte Neil.

Schwer atmend wandte sich Neil nun David zu. Er packte seinen Bruder am Hemd und zog ihn in eine sitzende Position. Davids Kopf fiel zurück. „Nicht du", bettelte Neil und jetzt stiegen ihm Tränen in die Augen. „Bitte, du doch nicht." Entsetzlicher Schmerz durchfuhr ihn. Er zog David in seine Arme, aber es war, als hielte er eine Steinfigur fest. „Nicht noch einmal", schluchzte Neil.

„Wir müssen den Tatsachen ins Auge sehen, Will", sagte Randys Vater. „Niemand könnte so lange hier gefangen sein und trotzdem überleben. Wir müssen begreifen, dass unser Leben weitergehen muss."

„Nein!", schrie Neil, ließ David los und stand wieder auf. „Nein! Ich lebe noch! Gebt mich nicht auf!"

„Meine Jungen sind sehr einfallsreich", sagte sein Vater. „Ich glaube, sie könnten ziemlich lange überleben, wenn es sein müsste."

„Irgendjemand wird dafür bezahlen, das ist alles, was ich weiß." Das war wieder Mr. Quinn.

„Will", sagte Randys Vater leise. „Gehen wir nach Hause. Sie sind müde. Ihre Frau braucht Sie. Machen wir eine Pause."

„Nein, ihr habt mich gefunden! Ich bin hier!", schrie Neil. „Lasst mich nicht hier zurück mit ... ihnen!" Er blickte hinunter und hatte das Gefühl, dass ihre dünnen, steifen Arme bereits wie Knochen aussahen. „Bitte, Daddy! Ich bin hier! Komm und hol mich! Bitte!" Und dann musste er zu heftig weinen um noch schreien zu können.

Er hörte, wie die Männer davongingen. Ein Motor wurde angelassen. „DAAAAADDDY!"

Warme Arme umfassten ihn, umarmten ihn und brachten ihn gleichzeitig zum Schweigen. Neils Gesicht wurde gegen ein Baumwollhemd gedrückt. David! David lebte! David versuchte ihn aus diesem verdammten Albtraum aufzuwecken. „Sei leise, Mann", flüsterte David. „Daddy ist nicht hier."

Neil gab vor immer noch halb zu schlafen, während er sich von seiner Verlegenheit erholte. So konnte er auch die Umarmung noch einen Moment genießen. Dann stöhnte er: „O Gott", und rückte ein wenig von seinem Bruder ab. Er blickte zu Randy und Terry, dankbar, dass sie immer noch schliefen oder zumindest so taten.

„Was habe ich gemacht?" Neil fuhr sich mit dem Handrücken übers Gesicht, wischte möglichst unauffällig die Tränen fort. „Was habe ich gesagt?"

„Nur: Daddy, Daddy! Ich glaube nicht, dass sie irgendwas gehört haben."

Neil versuchte wieder langsamer zu atmen. „Ich habe geträumt, du seist tot", stieß er hervor und wünschte im gleichen Moment, er hätte es nicht gesagt.

„Das Glück hast du leider nicht", sagte David lächelnd. „Du sitzt immer noch mit mir fest."

„Es war furchtbar!" Neil schüttelte sich, als ob ihn immer noch Teile des Traums gefangen hielten. „Es war über alle Maßen schlimm!"

David legte eine Hand auf Neils Schulter. „Es war nur ein Traum. Alles wird gut werden. Morgen Nacht um diese Zeit wirst du zu Hause im Bett liegen und von Nymphomaninnen und Rabbis träumen."

„Ja, natürlich! Selbst wenn morgen alles gut geht, werde ich für den Rest meines Lebens Albträume wegen dieses kleinen Ausflugs haben."

„Gut möglich. Aber jetzt im Augenblick musst du versuchen wieder einzuschlafen. Wir zählen alle auf dich und du brauchst deinen Schlaf."

„Ja."

Davids Hand lag immer noch auf seiner Schulter. Neil legte für ein paar Sekunden seine Hand darauf, dann zog er sie zurück und legte sich wieder hin. Ihm war ganz und gar nicht nach Schlafen zu Mute. Sein Herz raste immer noch und ihm war kalt, weil er vorhin so geschwitzt hatte. In seinem Kopf hämmerte es schmerzhaft.

„Siehst du da oben?", fragte David leise. Sein Finger deutete auf den Spalt in der Decke. „Den Schwan?"

Neil sah hinauf und studierte die Sterne. „Ja."

„Erinnerst du dich noch, wie Dad uns all die Sternbilder gezeigt hat? Auf diesem Campingausflug?"

„Ja."

„Das war cool. Ich habe sie nie mehr vergessen."

Neils Herzschlag beruhigte sich langsam. „Ich auch nicht."

„Vielleicht sollten wir mal ins Planetarium gehen", flüsterte David. „Oder ist das zu streberhaft?"

„Nein", antwortete Neil. „Das wäre cool. Vielleicht können wir alle zusammen gehen."

David drehte sich in eine andere Lage um wieder schlafen zu können. „Gut. Dann bis morgen früh."

„Okay." Neil seufzte unwillkürlich und versuchte es sich bequem zu machen. Er hatte fast das Gefühl, als könnte er doch noch schlafen.

Sein letzter bewusster Gedanke war, dass Gott vielleicht den Falschen von ihnen dazu bestimmt hatte, der ältere Bruder zu sein.

14

SONNTAG, 8.00 Uhr

Neil öffnete die Augen und zuckte zusammen. Helles Licht blendete ihn. Sein Körper war steif und kalt, sein linkes Knie und seine rechte Hand hämmerten vor Schmerz. Er hörte, wie in der Nähe Wasser aufspritzte.

Langsam setzte er sich auf und legte die Hände über das Gesicht. Er versuchte einen klaren Gedanken zu fassen. Es gab noch die winzig kleine Chance, dass die Sache mit der Höhle ein Albtraum gewesen war, und wenn er jetzt die Hände von seinem Gesicht nahm und aus seinem Fenster blickte, würde er vielleicht die Sonne auf die Ligusterhecke scheinen sehen. Das Plätschern konnte von David kommen, der eine ausgiebige Dusche nahm. Der leicht muffige Geruch konnte auf einen Hausputz zurückzuführen sein.

Das Plätschern hörte auf und David rief: „Alles in Ordnung mit dir?"

Neil nahm seine Hände fort.

Er musste zugeben, dass die „Todesfalle" an diesem Morgen besonders schön war. Die Sonne schien durch den Spalt herein, direkt auf den Teich, flackernde Lichtreflexionen zierten die weißen Kalksteinwände. Der Effekt erinnerte an hunderte von Flügelpaaren.

Zu Neils Entsetzen war David mit dem ganzen Körper in den bodenlosen Eingang-zur-Hölle-Teich eingetaucht. Er hatte seine Arme über den Rand gelegt um mit Neil zu reden, ganz beiläufig, als befände er sich in einem heimischen Swimmingpool. Neil fiel auf, dass Terry fehlte und Randy immer noch schlief.

„Heb sofort deinen verantwortungslosen Arsch aus diesem Wasser!", schrie Neil und robbte zum Teich hinüber. „Sofort!"

„Ich bin schon vorsichtig!", erwiderte David beleidigt. Er reagierte immer gereizt, wenn er ausgeschimpft wurde. „Im Unterschied zu allen anderen hier habe ich einen gewissen Mindeststandard, was Körperpflege betrifft."

Neil fasste seinen Bruder am nassen Haarschopf und zog daran, sodass David aus dem Wasser kommen oder auf ein Büschel Haare verzichten musste. „Und ich habe einen gewissen Mindeststandard, was die Frage betrifft, ob auch niemand von euch umkommt, bevor ich euch hier herausholen kann! Komm schon!"

„Okay! Okay!" David zog sich hoch, schwang sich aus dem Wasser und schlug Neils Hand weg. „Scheiße! Das hat wehgetan!" Absichtlich schüttelte er seinen Kopf so heftig, dass Neil mit kaltem Wasser voll gespritzt wurde. „Gib mir was, womit ich mich abtrocknen kann, bevor meine Füße wieder schmutzig werden!"

Neil sah ihn noch einmal mit gerunzelter Stirn an, dann schaute er sich um. Terry hatte Davids Jacke zurückgelassen, zusammengeknüllt, als hätte er sie in der vergangenen Nacht als Kopfkissen benutzt. Neil nahm sie, schüttelte sie auseinander und warf sie seinem Bruder zu, gerade so, dass David sich leicht zur Seite neigen musste um sie zu fangen.

David balancierte auf einem der Felsen, die den Teich umgaben. Er trocknete sich schnell ab. „Du bist wohl mit dem falschen Fuß aufgestanden", murrte er.

„Ich bin sauer auf dich! Das war ziemlich dumm, was du gemacht hast, besonders weil niemand da war, der dich im Auge behielt!"

„Ich bin Rettungsschwimmer, hast du das vergessen? Das hier ist mein Element." David bückte sich und spritzte eine Hand voll seines Elements in Neils Gesicht.

Neil schüttelte den Kopf wie ein nasser Hund. „Wenn

du Rettungsschwimmer bist, solltest du eigentlich wissen, dass man nicht in Gewässer steigt, die man nicht kennt und in denen Strömungen unter der Oberfläche vielleicht ...“

„Ruhe!“, schimpfte Randy und drehte sich um. „Es gibt Leute, die hier versuchen Albträume zu haben!“

Neil lachte. „Wo ist Terry?“, fragte er seinen Bruder.

David zog seine kurze Hose an. „Im Lesezimmer. Ich glaube, er ist meinetwegen verschwunden. Er hält viel von Privatsphäre, ganz besonders wenn jemand nackt ist.“

Neils dreckiges, verschwitztes T-Shirt sah jetzt wie ein Lumpen aus und er schälte es sich vom Leib. Er hatte das Gefühl mehrere Schmutzlagen auf seinem Körper zu haben. Neil füllte seine Feldflasche im Teich und schüttete das kalte Wasser über seinen Kopf und den vorgebeugten Oberkörper. „Ja. Was hat er denn für ein Problem? Und wie macht er es denn eigentlich beim Sport? Meine Güte! Das ist ja eiskalt! Wie hast du es nur geschafft, hier ganz einzutauchen?“

„Der Geist besiegt den Körper.“ David zuckte mit den Schultern. Er band seine Schuhe zu, kniete sich vor seinen Rucksack und öffnete ihn. „Terry nimmt nicht am Sportunterricht teil. Er hat Asthma.“

Randy hatte sich aufgesetzt und sah mürrisch drein. „Pass auf, gleich holt David einen Rasierapparat und einen dreiteiligen Anzug heraus“, murrte er. Er kroch auf allen vieren zum Teich, tauchte seine Hand ins Wasser und zog sie sofort zurück, als hätte er sich verbrannt. „Oh, verdammt! Ihr zwei müsst ja Wikingerblut in den Adern haben. Jetzt kann ich mir aussuchen, ob ich lieber stinken oder zu Tode frieren möchte!“

„Ich helfe dir bei der Entscheidung.“ Neil leerte seine Feldflasche über Randys Kopf.

Randy reagierte mit einem lauten Aufschrei und Abwehrbewegungen mit Armen und Beinen. „Duuu ...“, kreischte er. Er fuhr mit beiden Armen in den Teich und spritzte Neil aus Leibeskräften voll. Neil bekam Wasser in die Nase und musste husten.

Trotzdem war er begeistert. Seit über vierundzwanzig Stunden hatte er sich nicht annähernd so ausgelassen gefühlt. Er spritzte Randy ebenfalls voll und sie lieferten sich eine kleine Wasserschlacht.

Als beide durch und durch nass waren, legte sich die Aufregung und sie teilten sich Davids feuchte Jacke, um sich die Gesichter abzutrocknen. Dann wandte sich Neil David zu, der in der Hocke saß und geduldig auf ihre Aufmerksamkeit wartete. Er hatte alles, was von ihrem Essen noch übrig war, in sicherem Abstand von den Wasserspritzern aufgebaut. „Ich dachte, wir sollten mal sehen, was wir noch übrig haben", sagte er. „Es sieht so aus, als sei Terry der Einzige, den wir noch nicht geplündert haben."

Randy band sich sein Tuch wieder um die Stirn und griff in seine Hüfttasche. Er zog die abgeschnittene Schlangenklapper heraus und bewegte sie. „Immer noch in guter Form", stellte er zufrieden fest.

Neil zuckte bei dem leisen, trockenen Geräusch zusammen. „Lass das!", sagte er.

„Also, Folgendes haben wir übrig", fuhr David geduldig fort. „Drei Sandwiches mit Erdnussbutter und Marmelade, eine Schachtel Kräse-Cracker, etwas Stangensellerie, Zimt-Vollkornkekse und fünf Tüten Apfelsaft."

„Jeder darf sich etwas aussuchen", erklärte Randy und nahm sich eine Tüte Apfelsaft und die Schachtel mit den Käse-Crackern.

„Das ist nicht sehr gesund", sagte David.

„In einer stinkenden Höhle zu verrotten genauso wenig!", erwiderte Randy und steckte sich eine Hand voll Cracker in den Mund.

Neil fühlte sich von dem Essensangebot eher abgestoßen. „Nur etwas Saft, Herr Ober", bat er.

„Du kannst nicht mit leerem Magen die Felsen hinaufklettern." David reichte ihm einen Apfelsaft und ein Sandwich, das so aussah, als wäre ein Auto darüber gefahren. „Warum isst du nicht noch ein wenig Sellerie dazu?", nötigte ihn David.

Neil klappte sein Sandwich auseinander und spähte angewidert hinein. „Du kannst froh sein, wenn ich dieses Matschbrot hier esse. Zwing mir nicht schon um acht Uhr morgens Gemüse auf. Außerdem kriege ich von Sellerie immer Blähungen."

Randy schnaubte wie immer bei der Erwähnung irgendwelcher Körperfunktionen. „Wir wollen doch nicht, dass er da oben im Felsen hängt und furzt", sagte er zu David. „Er könnte ja eine Staublawine auslösen!"

Sie kicherten noch albern herum, als Terry schließlich zurückkam. „Neil, du bist wirklich abgedreht", sagte er. Er kniete sich in den Kreis und betrachtete das Essen. An seinem Kinn hatte sich mittlerweile ein Flaum gebildet, der ihn jünger aussehen ließ. „Dieser Baudelaire schreibt das verrückteste Zeug, was ich jemals gelesen habe!"

„Du warst lange genug draußen um das ganze Buch zu lesen", sagte David und reichte ihm ein Sandwich.

„Da war ein Gedicht, wo es sich anhört, als ob der Typ tote Menschen küsst oder so was!" Terry legte das Sandwich weg, rückte näher zu Randy und blickte hoffnungsvoll auf die Schachtel mit den Käse-Crackern. „Das sind theoretisch meine", stellte er fest.

„Du hast die Wahl", antwortete Randy. „Entweder sind es jetzt meine oder unsere."

„Unsere." Terry setzte sich neben ihn. Randy legte die Schachtel zwischen sie.

„Keiner von euch denkt an seine Gesundheit!", beschwerte sich David. Er drückte Terry eine Apfelsafttüte in die Hand. „Dann trink wenigstens das!"

Terry stellte den Apfelsaft beiseite und wandte sich wieder an Neil. „Warum hast du bloß so ein furchtbares Zeug gelesen?"

Neil schüttelte den Kopf. „Ich weiß nicht. Es kommt mir jetzt vor, als läge es lange zurück." Er reichte sein Sandwich David, der sich gerade zwang etwas Sellerie zu verzehren um seinen Standpunkt zu unterstreichen. „Ich kann das wirklich nicht essen. Lass mich mal die Vollkornkekse probieren." Sein Magen fühlte sich ein wenig nervös an, wenn er ehrlich war. Neil dachte bereits an die vor ihm liegende Aufgabe. Er aß schnell einige Kekse, dann spürte er, wie sich sein Magen zusammenkrampfte. *Großartig,* dachte er. *Wahrscheinlich werde ich zwanzig Meter hoch in der Luft hängen und die Scheißerei bekommen!*

Als sie fertig waren, packte David die Reste ein. Sie reichten nicht für eine weitere Mahlzeit.

„Ich muss noch mal für kleine Jungs", sagte Neil abrupt. Er musste wirklich, aber hauptsächlich wollte er einen Augenblick allein sein.

Er grub ein Loch, dann nahm er geistesabwesend den Baudelaire zur Hand, von dem inzwischen bereits etliche Seiten fehlten. Früher, als der Gedichtband sein ein und alles gewesen war, hatte er ihn immer blind geöffnet und ihn wie ein Orakel zu sich sprechen lassen. Das tat er auch jetzt. Das Gedicht, das er fand, hieß: „Der Feind". Neil kannte es schon auswendig, aber er las es trotzdem noch einmal.

Nun fühl ich der Gedanken Herbst beginnen,
Muss mit der Hacke und der Schaufel graben,
Um aus den Fluten Neuland zu gewinnen,
Die grabestiefe Löcher ausgewaschen haben.

Neil legte das Buch weg. Das schien eine gute Stelle zu sein um mit Baudelaire abzuschließen. Für immer.

Er wusch sich an der Quelle die Hände und nahm einen großen Schluck kaltes Wasser. Dann joggte er auf der Stelle und machte einige Kniebeugen. Danach fühlte er sich ganz ruhig. Er drehte sich um und ging zurück.

Die anderen standen bereits mit dem Seil und den Handschuhen für ihn bereit und sahen ihn erwartungsvoll an. David hatte das Seil aufgerollt und sauber gesichert. „Möchtest du es über deine Schulter hängen? Oder willst du den Haken an deinem Gürtel festmachen?"

Neil überlegte. „Mach es mit dem Haken an meiner hinteren Gürtelschlaufe fest. Es stört mich nicht, wenn es an meinem Po herumbaumelt, aber ich will nicht, dass es meinen Armen oder Beinen in die Quere kommt."

David hakte es fest. Nur für eine Sekunde ging Neil das Bild eines Hundes durch den Kopf, der an die Leine genommen wird. „Wie geht es deiner Hand und deinem Knie?", fragte David.

Neil hatte seine Verletzungen schon ganz vergessen. Mit einem Mal schmerzten beide. „Kein Problem!", schwindelte er.

Randy trat zu Neil und tätschelte ihm den Arm. „Also pass auf: keine Angebereien, ja? Steig einfach hinauf und bring deinen Arsch hier raus. In Ordnung?"

Neil fühlte sich sofort besser. „Ich möchte aber vielleicht noch eine kleine Ballettvorführung geben oder ein paar Gesteinsbrocken sammeln."

Terry legte den Kopf zurück und hielt sein Gesicht in die Sonnenstrahlen. „Es macht mich schwindlig, nur dort hinaufzusehen!"

Alle starrten ihn an.

„Wo willst du denn anfangen?", fragte David.

Neil führte sie zu der Kalkspatformation, die ihm am

geeignetsten erschien. Sie war sehr zerklüftet und gab ihm eine große Auswahl an Trittmöglichkeiten. Er tastete die glatte Oberfläche ab, stellte einen Fuß darauf, fand einen Spalt, zog mit seinem Arm nach, hob den anderen Fuß vom Boden ab und fand für ihn einen anderen Spalt. Er blickte nach oben und tastete sich weiter vor.

Sein Körper empfand reines Vergnügen. Klettern war seine Lieblingsbeschäftigung. Er spürte den Eifer in seinen Muskeln und gab ihm nach, ließ seine Arme ziehen und seine Beine intuitiv nach dem besten Tritt suchen. Seine größte Sorge war gewesen, dass der Kalkspat so glitschig sei, dass seine Füße ständig abrutschten, aber seine Gummisohlen griffen gut. Rasch hatte er eine Höhe von ungefähr sieben Metern erreicht. Er machte eine Pause und blickte nach unten auf sein Publikum.

„Gute Arbeit!", lobte Randy und klatschte. „Bleib dran, Baby!" Das waren Basketballsprüche, sehr anspornend. Neils Gedanken wanderten zu angenehmen Erinnerungen: Er dachte an das Quietschen seiner Turnschuhe auf einem polierten Holzboden, an seine Beine, die sich schnell über das Spielfeld bewegten, an seine Fingerspitzen, die den Ball in den Korb beförderten. An Leute, die schrien und ihm etwas zuriefen – völlig Fremde! An den gelegentlichen Blick auf die Cheerleader, die ihre langen Beine schwangen, schimmernde Beine in dicken weißen Socken und unter kurzen Röcken. Für Neil waren die Beine der Cheerleader der erotischste Anblick der Welt. Sie waren schöner als die Beine jeder anderen Frau. Randy hatte Neil all diese schönen Bilder mit einem einzigen Satz in Erinnerung gebracht.

Jetzt spürte Neil den Sportler in sich, den Meister. Sein Körper sehnte sich nach Leistung und Herausforderung. Er kletterte weiter, sein Herz klopfte, sein Atem ging schneller. In einer Höhe von ungefähr fünfzehn Metern machte er wieder eine Pause. Die Jungen unter ihm sahen inzwischen schon kleiner aus.

„Hör auf immer nach unten zu sehen!", rief David.

„Ich sehe gern nach unten!", entgegnete Neil. „Es gefällt mir!"

„Es heißt immer, man soll nicht nach unten sehen", beschwerte sich David bei den anderen.

„Lass ihn in Ruhe! Er ist derjenige, der es machen muss!", sagte Randy. Er klatschte wieder, als wolle er David übertönen. „Komm schon, Neil. Das sieht gut aus."

Neil konnte in diesem Moment weder Furcht noch Ermunterung gebrauchen. Er musste sich konzentrieren, jetzt, da die Strecke schwieriger wurde. Der amüsante Teil war vorüber.

Er sammelte sich. Noch ungefähr drei Meter, dann kam die Stelle, die er als das erste Haupthindernis der Strecke erkannt hatte – ein riesiges, abgerundetes Stück Kalkspat, das er überqueren musste um die nächste Stufe zu erreichen. Er würde es mit den Armen umfassen und seinen ganzen Körper darum herumschieben müssen. *Es wird klappen,* dachte er, denn die Reibung war stärker, als er erwartet hatte. Seine Schuhe griffen gut und er benutzte die bloßen Hände für diesen Teil der Strecke, also konnte er jede Schlüpfrigkeit spüren, sobald sie auftrat. Seine Verletzungen machten ihm nicht allzu viel Sorge. Die Hand schmerzte mehr als das Knie, aber beide taten ihre Arbeit ohne ihn zu behindern. Es gab ein paar andere kleinere Störungen. Das Seil, das gegen sein Hinterteil schwang, irritierte ihn. Er brauchte nur einmal zu vergessen, dass es da war, dann würde es ihn erschrecken und aus seiner Konzentration reißen.

Und das war das eigentliche Problem. Er hatte das Gefühl, dass seine Konzentration im Augenblick nicht stark genug war. Bei anderen Klettertouren hatte er immer ein anderes Gefühl gehabt, das Gefühl eines wachen, konzentrierten Verstandes. Jetzt fühlte er sich irgendwie aufgeregt und beschwingt. Wenn er zurücksah, merkte er, dass er die Strecke teilweise fast unbewusst zurückgelegt hatte. Er konnte sich nicht mehr an jeden einzelnen Griff erinnern. Und das war nicht gut. Er wusste, er brauchte Besonnenheit, falls sich eine Notsituation ergab. Er konnte sich keinen Begeisterungstaumel leisten.

Trotzdem wollte er mehr als alles andere noch einmal hinuntersehen. Das hier war etwas Besonderes. Diesen Aufstieg machte er nur ein einziges Mal und er wollte sich daran erinnern können.

Vorsichtig kreuzte er die Beine und drehte sich schnell um, sodass er mit dem Rücken an der Felswand lehnte und das Gesicht dem Gewölbe zuwandte. Der Anblick war einfach überwältigend – wie wenn man von der Empore einer Kathedrale nach unten blickt.

„Was tust du denn da?", schrie David.

„Den Ausblick genießen!", schrie Neil zurück. Er schätzte, dass er jetzt etwa zwanzig Meter hoch oben war. Vor ihm fielen Sonnenstrahlen herab, in denen Staubkörnchen tanzten. Wie Scheinwerferlichter fielen sie auf den Teich und malten bernsteinfarbene Kreise auf seine Oberfläche. Aus dieser Höhe sah das Wasser im Teich tief dunkelblau aus, fast schwarz. Der kleine Bach wirkte künstlich, schmal und metallisch. Die Kalkspatausbuchtungen um ihn herum sahen jetzt anders aus als von unten, aus der Entfernung. Sie waren cremefarben und hatten gelbliche und rosafarbene Streifen. Wieder dachte Neil an Eiscreme. Die Wände auf Augenhöhe schienen lebendig zu sein, Stalaktiten tropften, Glimmer funkelte in den Spalten des Kalksteins. Der Klang des Wassers war hier oben lauter und melodiöser. Neil meinte das Echo seines eigenen Atems zu hören.

Als er nach oben blickte, verspürte er eine freudige Erregung, denn der Himmel schien so viel näher gerückt, der Spalt war nur noch acht oder neun Meter entfernt. Das war sein Leben dort draußen, seine Freiheit. Er wusste, er konnte sie erreichen. Die Sonne stieg jetzt höher, schien Neil ins Gesicht und ließ ihn schwitzen.

Einer seiner Turnschuhe rutschte ab und riss ihn aus seiner entspannten Haltung. Neil spürte das Adrenalin in seinem Körper. Seine Muskeln reagierten automatisch, aber er war in der falschen Position um sich wirklich festhalten zu können. Dieses verdammte Seil war ihm im Weg.

Erschrockene Ausrufe drangen zu ihm hoch. Schweiß tropfte in Neils linkes Auge, es brannte. *Denk nach!* Vorsichtig hob er den Arm um sich wieder umzudrehen. Durch die Gewichtsverlagerung rutschte sein Fuß noch ein paar Zentimeter weiter ab. Neil hielt wie versteinert inne und wartete, bis er seine Balance wieder fand.

„Du drehst dich jetzt sofort um und hörst auf herumzublödeln!" Davids Stimme war schrill.

„Er braucht jetzt nicht noch deine Ratschläge, du Arsch!", widersprach Randy. „Bleib ganz ruhig, Neil. Du machst das bestens. Nur die Ruhe!"

Neil begann Terry zu schätzen. Er mochte zwar oft genug eine lose Klappe haben, aber er wusste auch, wann er den Mund halten musste.

Das Einzige, was Neil im Moment sicher wusste, war, dass er sich nicht ewig mit dem Rücken an diesem Felsen halten konnte. Also musste er es riskieren, sich umzudrehen. Langsam wandte er den Kopf und suchte links über sich nach einer soliden Griffmöglichkeit. Da war eine. Er atmete tief ein, schwang seinen rechten Arm und drehte blitzschnell seinen Körper. Seine Hand fasste sicher den Felsen, aber seine Füße rutschten. Von unten drang ein

Chor von angstvollen Quietschern herauf. Neil fand, dass es nach einer Herde Hamster klang. „Entspannt euch!", rief er. Er wusste, dass alles in Ordnung war. Sein Griff war sicher und er wartete darauf, bis er sich ganz beruhigt hatte, dann konnte er seine Füße neu setzen. Er atmete aus. „Und könnt ihr bitte den Mund halten und mich mit Ratschlägen verschonen? Ich habe nicht vor absichtlich zu sterben oder so was!"

„Das können wir von hier aus nicht erkennen!", schrie David zurück. „Geh von nun an einfach weiter und hör auf herumzualbern, ja?"

Neil wartete, bis seine Atmung wieder vollkommen regelmäßig war, und kletterte dann weiter zu dem großen Höcker. In einer anderen Stimmung hätte er vielleicht ein leichtfertiges, schnelles Manöver darüber versucht, aber er hatte das Gefühl für einen Tag schon genug Glück gehabt zu haben. Während er sein linkes Bein über den Fels warf, tastete er auf der anderen Seite blindlings mit der Hand nach einer neuen Griffmöglichkeit.

Diese Stellung rief einen neuen Chor von unten hervor.

„Mach schon, Baby! Gib's ihr!"

„Dafür hast du jetzt keine Zeit, Neil. Klettere lieber weiter!"

Zumindest hatten sie keine Angst mehr. Neil fand einen passenden Griff und zog langsam sein rechtes Bein über den Fels.

Randy stöhnte obszön. „War das gut für dich, Neil? Für uns war es wirklich klasse."

„Halt's Maul!" Neil lachte gezwungen. Plötzlich schmerzte seine rechte Hand. Es war, als ob sie unter dem Verband anschwoll und mit jedem Herzschlag mitklopfte. Schweiß rann in seine Augen. Er hätte daran denken sollen, sich Randys Tuch zu borgen. Mittlerweile hatte Neil keinen Spaß mehr.

Und dabei kam jetzt erst der schwierigste Teil der ganzen Strecke. Der Übergang vom Kalkspat zum Kalkstein, wo er schwingen und baumeln musste. Er beschloss zuerst die Zuschauer zu instruieren.

„Ich werde gleich etwas tun, was ziemlich gefährlich aussieht", rief er nach unten. „Aber das ist es nicht. Jeder, der jetzt genau unter mir steht, sollte zurücktreten."

„Warum?", rief David.

„Weil ich es sage!"

Schweigen. Neil studierte sein Ziel, einen herrlichen, breiten Vorsprung über seinem Kopf, gerade noch in Reichweite zur Linken. Darüber befand sich eine Art Leiter bis hinauf zum Spalt. Unterhalb gab es keinen einzigen Vorsprung für die Füße. Eine glatte Wand. *Der Geist besiegt den Körper. Handle danach!*

Er musste mit der linken Hand nach dem Vorsprung greifen, dann mit den Beinen schwingen, mit seiner rechten Hand nachfassen und seine Füße baumeln lassen, bis er irgendwo in der glatten Wand auch nur den allerkleinsten Spalt finden konnte um sich abzustemmen. Es war ein schöner, breiter Vorsprung. Kein Grund, weshalb es nicht funktionieren sollte. Das Problem war das gleiche, wie wenn man von weit oben ins Wasser sprang. Es ging darum, den Körper dazu zu zwingen, etwas zu tun, was er nicht wollte.

Neil blickte noch einmal zum Himmel hinauf. Dieser herrliche blaue Himmel. Er hatte das Gefühl einen leichten Wind zu spüren. Er dachte an Geronimo, den berühmten indianischen Krieger, und streckte seine Hand aus.

Ein Adrenalinstoß durchfuhr Neil. Sein Körper reagierte mit einer Reihe von Bewegungen, bevor Neil überhaupt darüber nachdenken konnte, was geschehen war. Sekunden später, als die Schreie von unten heraufdrangen, ordnete Neil die Ereignisse in seinem Kopf.

Seine linke Hand hatte ein Stück weiches, bröckelndes Gestein gefasst. Es gab unter seinem Griff nach und die Steinchen fielen wie Feenstaub auf die Jungen unter ihm. Noch während Neil praktisch durch die Luft flog, hatte seine rechte Hand das andere Ende des Vorsprungs erfasst, das zum Glück solider war und hielt.

Aber da gab es ein Problem. Neil Gray, ein achtzig Kilo schwerer junger Mann, hing lediglich an den Fingern einer verletzten Hand an einem nicht sehr stabilen Gesteinsvorsprung. Sein Körper baumelte wie ein Mobile im Raum. Wie schlimm seine Situation war, merkte Neil daran, dass er sich wie gelähmt fühlte. Sein Herz und sein Blut befanden sich nicht einmal mehr im Alarmzustand.

„Es ist alles in Ordnung", rief er mit bebender Stimme nach unten. „Keine Angst."

Es kam keine Antwort. Nicht einmal ein Hamsterquieken.

Versuch irgendetwas! Obwohl Neil wusste, dass es nicht funktionieren würde, versuchte er mit seinem gesunden Arm nach oben zu greifen. Aber seinen Fingern fehlten einige Zentimeter zum Vorsprung. Neil schwang seinen Körper ein wenig um mit den Füßen die Wand zu erreichen. Nichts – außer dass die Bewegung den Griff seiner Finger ein wenig lockerte. Als Nächstes versuchte er seinen rechten Arm anzuziehen um zu sehen, ob er seinen ganzen Körper nach oben ziehen konnte. Seine Armmuskulatur zog sich kraftlos zusammen, bis er müde wurde und aufgab. Ein neuerlicher Schweißausbruch folgte. Er schaffte es nicht!

Neil wagte einen Blick nach unten. Seine Freunde und sein Bruder sahen sehr entfernt, sehr klein aus.

Seine rechte Hand begann heftig zu schmerzen. Er wusste, dass seine Finger ihn jeden Augenblick im Stich lassen würden. Er wusste es. Wo war diese verdammte übermenschliche Stärke, die man angeblich in solchen Situationen entwickelte?

Weit unten hörte er eine Art unfreiwilliges Schluchzen. David.

„Er soll aufhören!" Neil brüllte so laut, dass sein Körper wie eine Marionette schwang. Seine Hand rutschte ein wenig weiter vom Fels ab.

Davids Schluchzen hörte sofort auf. Alles war ganz still und für einen Augenblick fast friedlich. Neil hatte noch eine Idee. Er dachte, dass er vielleicht versuchen konnte, mit einem Schwung aus der Hüfte seine Beine nach oben zu schwingen, sodass sie auf den Vorsprung gelangten. Aber wenn er das versuchte und fiel, würde er mit dem Kopf zuerst aufkommen und sich den Hals brechen. So wie er jetzt hing, würde er gerade nach unten fallen und vielleicht nur seinen Unterkörper verletzen.

Verzweifelt erkannte er, dass er sich jetzt nur noch aussuchen konnte, auf welche Weise er fallen wollte. „Zurück", rief er mit gebrochener Stimme und fühlte, wie seine Finger nachgaben und der Wind ihm in die Nase stieg.

15

Das Gefühl des Fallens war zunächst so wunderbar, dass es die schlimmen Gefühle vollkommen zurückdrängte. Für den Bruchteil einer Sekunde hatte es den Anschein, als ob Neils kühnste Träume vom Fliegen wahr geworden seien. Der Boden war weit weg. Neil empfand ein Gefühl der Freiheit, obwohl er wusste, dass ihn die Erde gleich wieder zurück in das Gefängnis der Schwerkraft holen würde. Ein einziger Augenblick der Seligkeit im Flug, so wie dieser, wäre fast einen schmerzhaften Tod wert, dachte er.

Dann kam die Verzweiflung. *Das hier ist kein Traum. Nichts auf der Welt kann jetzt noch verhindern, dass du auf dem Boden aufschlägst.*

Hatte Neil anfänglich das Gefühl gehabt langsam zu gleiten, schien der Boden nun immer schneller auf ihn zuzurasen. *Wenn ich tot bin, bin ich eben tot.*

Er hörte drei verschiedene Geräusche. Eines klang wie Pudding, der auf einen Bürgersteig klatscht. Das andere war ein trockenes Krachen, als ob ein Bein eines Möbelstücks abbräche. Gleichzeitig gaben die drei Jungen, die unten standen, ein Grunzen von sich, als hätte jemand ihnen eine Faust in den Magen gerammt.

Dann Stille. Dann der Schmerz.

Neil hatte in seinem Leben schon oft Schmerzen gehabt. Normale Sportverletzungen waren der Grund, ein gebrochener Arm, als er in der sechsten Klasse war, und mit sechzehn musste sein Blinddarm entfernt werden. Doch einen Schmerz wie diesen hatte er noch nie gefühlt. Dieser Schmerz, den er irgendwo in seinem Unterkörper spürte, war wie eine Stimme, die ihn anschrie. *Tu etwas!* Es war ein so drängender, zänkischer Schmerz, dass er ihn richtig wütend machte. Der Schmerz wollte, dass er hinsah, doch er wollte nicht hinsehen.

In kalten Schweiß gebadet, benommen und voll Übelkeit, wandte er sein Gesicht schließlich der Stelle zu, von der der Schmerz ausging. Es war sein rechtes Bein – nicht einfach gebrochen, sondern zerschmettert. Der Fuß war völlig verdreht, ebenso der ganze Winkel des Beines, wie bei der Zeichnung eines Kindes. Neil betete, dass unter seiner Jeans keine Knochen durch die Haut ragten. So etwas hatte er einmal in der Praxis seines Vaters gesehen und das hatte ihm gereicht. Wieder erfasste ihn eine Welle der Übelkeit und er hielt den Atem an um den Brechreiz zu unterdrücken.

Die anderen drei näherten sich ihm so langsam, als hätte seine Verletzung ihn möglicherweise gefährlich gemacht. Neil nahm sie kaum wahr, denn es meldeten sich plötzlich so viele Stimmen in seinem Kopf, die alle miteinander im Wettstreit lagen. *Nun werdet ihr nie mehr hier herauskommen! Du hast alle im Stich gelassen! Welch eine Erleichterung! Jetzt kann niemand mehr irgendetwas von dir erwarten!*

David kniete sich neben Neil. Er zitterte wie Espenlaub. David und Neil starrten einander einen Augenblick lang in die Augen, teilten das Entsetzen. „Versuche die Zehen deines linken Fußes zu bewegen." Davids Stimme klang heiser.

Zuerst erschien es ihm unsinnig, doch dann erkannte Neil, dass David ihm in Gedanken weit voraus war. Das rechte Bein war ganz offensichtlich gebrochen. David wollte überprüfen, ob noch etwas Schlimmeres passiert war, zum Beispiel eine Wirbelsäulenverletzung.

Eine Wirbelsäulenverletzung! Neil zog die Zehen seines

linken Fußes mit aller Kraft an und löste sie wieder. Selbst durch seinen Turnschuh war die Bewegung sichtbar. Er und David seufzten erleichtert auf.

„Vielleicht ist es nur das eine Bein", sagte David.

Neil begann die anderen Körperteile zu bewegen – Arme, Kopf, Rücken –, nur um sicherzugehen. Vergeblich versuchte er seinen rechten Fuß zu bewegen – er reagierte nicht.

„Ich muss deinen Fuß jetzt anfassen", warnte David. „Das wird wehtun." Langsam und vorsichtig schnürte er Neils rechten Schuh auf und zog ihn aus. Neil jammerte unwillkürlich.

Terry beugte sich zu ihm. „Tut es sehr weh?"

Randy und David sahen ihn strafend an. Schnell trat Terry einen Schritt zurück und hielt den Mund.

David wandte sich wieder Neil zu. „Der Knöchel muss glatt durchgebrochen sein, denn dein Fuß ist verdreht. Wir müssen dir die Hose ausziehen und nachsehen, wie es mit deinem Bein genau aussieht."

Neil hob schwach eine Hand. „Warte noch. Gib mir nur eine Minute." Er musste sich zurücklegen, denn er fühlte sich so benommen. Sofort kam dieses verdammte Loch in der Decke in seinen Blickwinkel. Unvermittelt begann Neil zu weinen. „Es tut mir Leid", schluchzte er. „Ich habe es versucht."

Randy trat näher und schob Neil Davids Jacke unter den Kopf. „Du warst großartig", sagte er. „Niemand konnte ahnen, dass dieser Felsen brüchig ist. Du hast mehr getan, als jeder von uns hätte tun können. Wir sind einfach nur froh, dass du am Leben bist."

„Aber was machen wir jetzt?" Neils Stimme glich der eines Sechsjährigen.

„Zuerst müssen wir dich notdürftig versorgen", sagte David. „Ich muss mir überlegen, wie ich dein Bein ruhig stelle. Jedes Mal, wenn du dich bewegst, kannst du dich noch mehr verletzen."

Neil schloss die Augen. Der Anblick des Himmels machte ihn krank. „Darauf kommt es doch jetzt auch nicht mehr an", jammerte er. Der Schmerz war schrill, wie Koffein. Neil fröstelte am ganzen Körper. Jetzt verstand er, was es bedeutete, so schlimme Schmerzen zu haben, dass man am liebsten sterben wollte.

„Vielleicht kann ich den Stiel von der Schaufel abnehmen und dein Bein damit schienen", überlegte David laut.

„Weißt du auch, was du tust?", fragte Randy besorgt. „Du willst doch nicht etwas machen, was ihm nur noch mehr wehtut."

„Es gibt nichts Schlimmeres, als wenn gebrochene Knochen lose herumwackeln", antwortete David. „Sie könnten die Haut verletzen oder völlig außer Kontrolle geraten. Selbst wenn ich es nicht perfekt schiene, ist das immer noch besser, als überhaupt nicht zu schienen. Ich bin aber ziemlich sicher, dass ich es hinkriege, zumindest provisorisch. Ich habe meinem Vater tausendmal dabei zugeschaut. Holt mir die Schaufel her!"

Neil schloss die Augen. Der Schmerz folgte seinem Pulsschlag und er hatte das Gefühl, sein Körper gliche dem Blaulicht eines Polizeiautos. „Warum verschwendest du deine Zeit?", flüsterte er David zu. „Gib auf. Ich werde hier nie mehr lebend rauskommen und du weißt es. Überlegt euch lieber, wie ihr euch retten könnt."

„Oh, bitte! Aus welchem Film stammt das denn?"

„Es ist die Wahrheit."

Terry bekam Angst. „Wie sollen wir denn jetzt herauskommen? Das war unsere letzte Chance!"

„Halt den Mund!", fuhr David ihn an. „Du bist nicht verletzt. Wenn du mich jetzt nervst, klebe ich dir eine. Und sobald es Neil besser geht, klebe ich ihm auch eine. Das

Letzte, was wir im Augenblick brauchen können, ist, dass einer von euch negativen Scheiß erzählt."

Neil seufzte. Es lag etwas Ironisches in dieser Situation, denn vorher hatten sie die ganze Zeit auf David herumgehackt, weil er immer so negativ eingestellt war. Neil fühlte sich sehr müde. Der Schmerz erschöpfte ihn. Er hoffte bald ohnmächtig zu werden. Dann fiel ihm plötzlich ein, dass er innerlich bluten könnte. Er beschloss, es lieber nicht zu erwähnen.

Randy war zurück. „Die Schaufel ist am Stiel angeschraubt. Also kannst du ihn nur benutzen, wenn du etwas findest, was du als Schraubenzieher verwenden kannst. Bestimmt hast du etwas in deiner Zaubertasche."

„Kann mir mal jemand eine Münze geben?", fragte David.

Neil verlor das Interesse. Er dachte an Chloe. Da gab es ein Lied über ein Mädchen, das starb, gerade als sie einem Jungen gestehen wollte, dass sie ihn liebte. Ihm fiel auf, dass es in den Liedern immer die Mädchen waren, die starben. Er fragte sich, ob Chloe wohl Blumen auf sein Grab legen würde. *Bekommt man denn überhaupt ein Grab, wenn es keine Leiche gibt? Verbrennen sie auch einen leeren Sarg?* Er merkte, dass der Reißverschluss seiner Hose geöffnet wurde. „He!", grummelte er und machte die Augen auf. „Lasst mich wenigstens in Würde sterben."

„Du warst schon immer ein Jammerlappen, wenn du krank warst", sagte David. „Reiß dich zusammen!" Vorsichtig und sanft zog er Neil die Jeans über die Hüften. Jede kleine Bewegung fühlte sich wie ein neuer, andersartiger Stich an einer neuen und anderen Stelle an. Neil schrie laut auf.

„Scheiße!", sagte David. „Vielleicht hätte ich das Hosenbein einfach abschneiden sollen."

„Ich will einen richtigen Arzt!", stöhnte Neil.

Zentimeter um Zentimeter zog David Neil die Jeans herunter. Randy blieb bereitwillig in der Nähe. Terry war aus Neils Blickfeld verschwunden. Als Minuten später das ganze Bein freigelegt war, blickten Randy und David entsetzt darauf.

„Meine Güte!", stieß Randy aus.

Obwohl er sich ausgelaugt und hoffnungslos fühlte, war Neil doch neugierig genug um seinen Kopf zu heben und nachzusehen, was so schrecklich war. Keine hervorstehenden Knochen, aber es war trotzdem kein schöner Anblick. Sein Bein war bereits geschwollen und begann sich bläulich zu verfärben. Ein blutiger Kratzer verlief über die ganze Wade. Sein Knie sah irgendwie eigenartig aus, als säße es an der falschen Stelle oder im falschen Winkel. Und sein Schienbein war anscheinend verdreht, wenn man den Winkel des Fußes in Betracht zog.

„Oh, verdammt!", seufzte David. Er machte sich sofort an die Arbeit. Zunächst legte er eine Hand unter Neils verdrehten Fuß und hob ihn vorsichtig an. Er drehte ihn vorsichtig in die richtige Position und beobachtete dabei Neils Gesicht.

Der Schmerz durchfuhr Neils Körper bis hinauf zum Kopf. „Nein!", schrie er.

„Tut mir Leid", sagte David.

Neil hechelte vor Schmerz. „Gib mir eine Tablette! Hast du nicht irgendwas im Erste-Hilfe-Kasten?"

David schüttelte den Kopf. „Aber es müsste gleich besser werden."

„Es wird nicht besser!" Neil merkte, dass Randy seine Hand hielt. Er fragte sich, seit wann. Es wurde ihm jetzt erst bewusst, weil Randy seine Hand drückte. Neil drückte zurück. „Tut mir Leid. Aber es tut wirklich verdammt weh."

„Ich weiß." David studierte Neils Gesicht, dann sein

Bein, dann wieder sein Gesicht. „Ich muss den Schienbein knochen noch ein wenig zurechtrücken, okay?"

Neil schloss die Augen. „Okay", flüsterte er.

Randy drückte ein wenig fester zu. „Lass die Augen zu", schlug er vor.

Aber Neil musste hinsehen. David berührte Neils Wade einige Male wie ein Golfer, der auf den Ball zielt. Dann drückte er sanft auf den Schienbeinknochen. Etwas rutschte hörbar an seine Stelle. Neils Bein sah wieder wie ein richtiges Bein aus. Kaputt, geschwollen, gebrochenes Bein, aber definitiv ein richtiges Bein. Schmerzsignale explodierten wie ein Feuerwerk in Neils Hirn. Er sackte zusammen und unwillkürlich entfuhren ihm einige Schluchzer.

„Ist ja gut, ist ja gut", murmelte Randy.

Neil merkte, wie er sich ins totale Selbstmitleid flüchtete. „Ihr solltet nicht so viel Zeit mit mir verschwenden", flüsterte er. „Ihr solltet wenigstens selbst zusehen, dass ihr hier rauskommt, und mir dann Hilfe schicken. Egal, was ihr tut, ich kann nicht mit euch gehen."

„Halt den Mund, Neil, du bist nicht mehr der Boss", sagte Randy nachsichtig. „Du bist krankgeschrieben."

„Aber ich will, dass ihr hier rauskommt", jammerte Neil. Er begann wieder zu weinen. „Ich möchte, dass *irgendjemand* hier rauskommt!" Er drehte den Kopf zur Seite und schluchzte.

Terry kniete sich neben ihn. „Weine nicht", sagte er und sah Neil ins Gesicht. „Es macht mir Angst, wenn ich denken muss, dass *du* aufgibst." Seine braunen Augen waren groß und vertrauensvoll. Neil dachte an Mimi.

„Entschuldige, Terry", schniefte er. „Es ist nur der Schmerz. Du darfst nicht hören auf das, was ich sage."

„Machen wir sowieso die meiste Zeit nicht", erklärte Randy.

Neil zuckte zusammen. David presste das kalte Metall

des Schaufelstiels an sein verletztes Bein. Randy hielt es, während David die Schiene an einigen Stellen mit Mull festband. Neil musste zugeben, dass die Berührungen nicht mehr so stark schmerzten wie zu Anfang. Als Randy Neils Hand losgelassen hatte, um David zu helfen, trat Terry gleich an seine Stelle. Sein Griff war warm und sanft.

Als alles vorbei war, wurde die Feldflasche herumgereicht. Terry hielt Neils Kopf, damit er trinken konnte.

„Gute Arbeit, Doktor Frankenstein", sagte Randy zu David. „Es sieht fast menschlich aus."

„Sollen wir das Hosenbein von deiner Jeans abschneiden, damit du sie wieder anziehen kannst?", fragte David.

„Mir egal", antwortete Neil.

„Gut", sagte Randy. „Wir bekommen sonst noch alle einen Minderwertigkeitskomplex, wenn wir dich ständig in Unterwäsche sehen."

David benutzte sein Messer um die Jeans abzuschneiden. „Ich mach einfach Shorts daraus", sagte er.

Nach allem, was Neil durchgestanden hatte, war etwas Bewegung kein Problem mehr. Er drehte seinen Kopf zur Seite und ließ seine Gedanken wandern, während David die Shorts an ihren Platz schob und zog. „Meinen Reißverschluss kann ich selbst zumachen!", sagte Neil und gab David einen Klaps auf die Hand. Als sie fertig waren, sackte Neil wieder zusammen. Er wollte schlafen. Erschöpft schloss er die Augen und ließ sich von dem stetigen Klopfen des Schmerzes wie von einem Metronom einlullen.

„Ich habe Hunger", sagte Terry. „Was haben wir denn noch übrig?"

„Nichts", antwortete David. „Du bekommst gar nichts. Wir müssen jetzt streng rationieren. Und wir müssen uns einen ganz neuen Plan ausdenken."

„Ich bin froh, dass du glaubst, es könnte noch einen neuen Plan geben", meinte Randy trocken.

„Also ...“, fuhr David fort. „Vielleicht könnte einer von uns dreien hinaufklettern.“

Neil öffnete die Augen. „Bist du verrückt?“

„Ja, David, bist du verrückt?“, wiederholte Terry. „Ich werde das jedenfalls bestimmt nicht tun, das kann ich dir gleich sagen.“

„Ich bin auch sicher, dass ich es nie schaffen würde“, seufzte Randy.

„Okay“, sagte David. „Gebt mir das Seil.“

„Auf keinen Fall!“, erwiderte Neil aufgeschreckt. „David, sei kein Idiot! Du schaffst das unter keinen Umständen. Ich bin ein viel besserer Kletterer als du und habe es nicht geschafft. Der ganze Kalkstein dort oben könnte brüchig sein. Wir dürfen nicht riskieren, dass du dir auch noch ein Bein brichst. Du bist der Einzige, der weiß, wie man schient.“

„Okay, okay“, sagte David.

„Im Augenblick habt ihr nur eine Chance: auf dem gleichen Weg zurückzugehen, den wir gekommen sind“, sagte Neil. „Ich weiß, es schien gestern hoffnungslos, aber eine andere Möglichkeit gibt es nicht. Ihr drei müsst einfach alles versuchen, und wenn irgendeiner rauskommt, muss er wie der Teufel rennen und Hilfe für die anderen holen.“ Neil schauderte bei dem Gedanken, dass sie ihn hier allein zurückließen, bei Schlangen und Fledermäusen.

Randy seufzte. „Selbst verwundet spielt er immer noch den Boss. Aber er hat Recht, David. Etwas anderes bleibt uns nicht übrig. Gehen wir.“

„O Gott!“, stöhnte Terry.

„Und wir brauchen auch keine Jammerlappen!“, fuhr David ihn an. „Es ist schlimm genug, dass wir Neil nicht mehr haben.“

„Vielen Dank, dass du mir das Gefühl gibst, ich wäre schon tot.“

„Keine Sorge", erwiderte David. „Ich würde mich eher selbst umbringen, bevor ich dich sterben ließe, du verdammter Bastard! Wenn du glaubst, ich will diese Art von Schuldgefühl ein zweites Mal in meinem Leben ..." Er blickte plötzlich an Neil vorbei und seine Augen wurden groß. „Was ist das?", flüsterte er.

Neil bekam eine Gänsehaut. Für einen Augenblick empfand er die unsinnige Furcht, David könnte hinter ihm Mimis Geist gesehen haben. Er drehte langsam seinen Kopf in die Richtung, in die David starrte, und zuckte vor Überraschung und Erstaunen zusammen. Da stand eine große schwarze Anhinga, ein Schlangenhalsvogel, etwa einen Meter von ihm entfernt und breitete ihre Flügel zum Trocknen aus. Sie sah aus wie ein gefiederter Regenschirm.

„Schnell. Sagt mir, dass ihr das Gleiche seht wie ich", flüsterte David.

„Es ist eine Ente!", quiekte Terry.

„Das ist keine Ente, du Dummkopf!", zischte Randy. „Es ist ... wie heißen sie noch gleich, Neil?"

„Es ist eine Anhinga", antwortete Neil leise. „Aber wie, zum Teufel ..."

„Sie muss durch die Decke hereingeflogen sein, als wir nicht hinsahen", sagte Terry.

Davids Flüstern war fast tonlos vor Aufregung. „Aber nein! Seht sie euch doch an! Sie trocknet ihre Flügel! Neil, erzähl ihnen etwas über Anhingas! Erzähl ihnen, was sie tun!"

Neils Herz klopfte. „Es sind Schlangenhalsvögel. Sie können unter Wasser schwimmen", sagte er leise. „Die Chinesen setzen sie ein um nach Fisch zu tauchen."

„Das bedeutet, sie ..." Randy blickte auf den Teich.

„Ja!" David kroch nach vorne, kauerte sich neben den Teich und spähte hinein. „Sie kam hier herein! Durch das Wasser! Von draußen!"

Neil merkte, wie ihm eine Träne die Wange hinablief. Er war zu müde um sich aufzusetzen, also drehte er nur den Kopf und blickte den Vogel an. Das Tier sah geradewegs zu ihm. Neil prägte sich jedes Detail ein: die glänzenden schwarzen Federn, die nach innen gerichteten orangefarbenen Füße, die kleinen, schimmernden schwarzen Augen. Dies war der wichtigste Anblick in seinem ganzen Leben.

Terry näherte sich jetzt dem Teich. „Soll das heißen ...“

„Die ganze Zeit“, sagte David. „Wir haben die ganze Zeit gleich neben dem Ausgang gesessen!“

„O mein Gott!“, rief Randy. „Glaubst du wirklich, wir können wie der Vogel hier rauskommen?“

„Aber natürlich“, erklärte David. „Wenn er lang genug die Luft anhalten kann um hier hereinzukommen, können wir lange genug die Luft anhalten um rauszukommen. Wenn er wieder ins Wasser springt, können wir ihm einfach folgen. Er zeigt uns den Weg.“

Randy wurde rot – etwas, was Neil noch nie bei ihm gesehen hatte. „Ich schätze, das ist wohl der richtige Zeitpunkt um zu erwähnen, dass ich nicht schwimmen kann.“

„O Gott, stimmt ja“, sagte Neil.

„Wie kann man siebzehn Jahre alt werden ohne schwimmen gelernt zu haben?“, fragte David ungehalten.

Randy zuckte mit den Schultern. „Bis ich hierher zog und Neil kennen gelernt habe, wusste ich nicht einmal, dass ich überhaupt irgendeine Art von Sport treiben könnte. Meine Kindheit war voller Einschränkungen. Man hat sich immer nur auf meinen brillanten Verstand konzentriert.“

Terry stieß Randy leicht mit dem Ellbogen an. „Wenn wir es auf den Punkt bringen, bist du ein Streber, genau wie ich.“

„Denk lieber noch mal darüber nach, Kleiner. Oder möchtest du sehen, was ich bei einem Faustkampf bringe?“

Terry lachte immer noch. „Es geht dir ja nicht allein so“,

sagte er. „Ich weiß nicht, ob ich gut genug tauchen könnte. Ich meine, für mich ist es nicht besonders ratsam, die Luft anzuhalten."

„Und ich habe ein Stück Metall an meinem Bein ", fügte Neil hinzu.

„Das macht alles nichts", erwiderte David. „Ich kann euch ziehen, euch alle. Einen nach dem anderen. Alles was ihr tun müsst, ist, für ein paar Minuten die Luft anzuhalten, kein Wasser einzuatmen und nicht zu ertrinken. Kriegt ihr das hin?"

„Du wärst dabei der Fährmann am Tor zur Hölle", sagte Randy.

„Jetzt reden wir schon wieder von der Hölle!", beschwerte sich Terry.

„Ich schaffe das", erklärte David.

„Ja, du und Neil, ihr schafft einfach alles. Neil kann die Wände hinauflaufen wie eine Fliege und du kannst den Ärmelkanal durchschwimmen", sagte Randy. „Ich denke, das Beste, was du tun kannst, David, ist hier rauszutauchen und Hilfe für uns zu holen."

„Nein!", sagten Neil und David wie aus einem Munde.

Randy drehte sich zu Neil. „Komm schon! Das ist das Vernünftigste. Wir bringen ihn ja um, wenn wir ihn so oft hin- und herschwimmen lassen. Es kann ein langer Weg nach draußen sein. Wir wissen schließlich nicht, ob diese Vögel nicht den ganzen Tag die Luft anhalten können."

„Er wird es nicht fertig bringen, mich hier zurückzulassen", sagte Neil.

„Genau", bestätigte David.

Randy warf entnervt die Hände in die Luft. „Okay! Ich versuche lieber nicht den Kode eurer verrückten Welt zu knacken. Dann nimmt David eben Neil mit und lässt uns hier."

„Nein!", rief Terry aus.

„O Scheiße!", schimpfte Randy. „Bin ich etwa der Einzige hier, der zu einem Opfer bereit ist?"

„Was ist mit mir?", fragte David. „Ich mache die drei Touren und damit basta. Es können ja genauso gut nur zwei Meter bis nach draußen sein."

„Oder zwanzig Meilen", sagte Neil. „Randy hat Recht: Wir wissen nicht, wie lange der Vogel die Luft anhalten kann. Ich denke, das Beste ist, wenn wir dir ein Seil umbinden, dich alleine schwimmen lassen und feststellen, wie weit es ist. Wenn es zu weit ist, können wir dich zurückziehen. Danach können wir überlegen, wie wir weiter vorgehen."

„Das Seil ist nur dreißig Meter lang", sagte David. „Was ist, wenn ich vierzig Meter brauche?"

„Wir werden Randys Seil dazunehmen. Wenn es weiter ist als das ... dann weiß ich auch nicht."

„Ich brauche das Seil nicht. Es behindert mich nur", wandte David ein. „Was soll denn überhaupt schief gehen?"

„Du könntest dich weigern aufzugeben, wie es schon öfters vorgekommen ist, und dann tauchst du weiter, bis du ertrinkst. Du könntest dich verirren. Eine Horde menschenfressender Höhlenhaie könnte ..."

„Okay, okay, aber ..." David machte eine Pause, weil der Vogel seine Flügel anlegte und auf den Teich zuwatschelte. Das Tier beugte sich vor und blickte ins Wasser. „Ich werde der Anhinga folgen, wenn sie taucht", verkündete David.

Neil versuchte sich aufzusetzen. Sein unbrauchbares, schweres Bein klirrte auf dem Boden. Bohrender Schmerz durchfuhr ihn bis in die Leistengegend. „Wage es nicht ..."

Der Vogel tauchte kopfüber. „Tut mir Leid", sagte David und machte einen Kopfsprung hinterher. Ein Plätschern und er war verschwunden. Sie waren nur noch zu dritt.

„Nein!", schrie Neil. „Verdammt!" Er wollte sich bewegen, doch wieder fuhr der Schmerz wie Stecknadeln durch sein Bein.

„Neil, beruhige dich", sagte Randy. „Es ist zu spät. Er ist weg."

„Verdammter, blöder Kerl! Wofür hält er sich denn!" Neil spürte, wie ihm erneut Tränen in die Augen stiegen.

„Beruhige dich", wiederholte Randy. „Er kommt schon klar. Schließlich ist er Rettungsschwimmer. Er ist gut darin."

„Ich bin ein guter Kletterer und sieh mich an!"

Terry starrte einfach nur in das Wasser.

„Ich weiß, was du denkst", sagte Randy zu Neil. „Aber das wird nicht passieren. Du wirst ihn nicht auch noch verlieren."

Neil musste sich zurücklegen. Das Bein schmerzte mörderisch. Tränen rollten ihm übers Gesicht. „Ich kann es nicht ertragen, noch jemanden zu verlieren", sagte er schwach.

„Wie lange kann ein Mensch die Luft anhalten?", fragte Terry in das Wasser hinein.

„Halt's Maul!", fuhr Randy ihn an. „Kannst du auch mal an jemand anders denken als an dich?"

„Tu ich ja! Ich denke an David!"

„Vielleicht zwei Minuten", sagte Neil zur Decke. „Drei oder vier, wenn es ein guter Taucher ist. Aber nicht viel mehr." Er schloss wieder die Augen.

„Er hasst es aufzugeben", sorgte sich Terry. „Er wird nicht aufgeben."

„Sei bloß still oder ich bring dich zum Schweigen!", drohte Randy.

„Lass ihn in Ruhe! Es ist schon okay", sagte Neil. Er fühlte sich ein wenig fiebrig. Bilder von Mimis Beerdigung schossen ihm durch den Kopf. „Bitte", flüsterte er zur

Höhle, zu Gott, zu David. Der Schmerz schien ihn schwächer und sentimentaler zu machen. Er schloss die Augen.

Nach wenigen Minuten hörte er Stimmen, hörte das Plätschern. Es kam ihm anstrengend vor, die Augen zu öffnen und nachzusehen, doch er kämpfte sich in eine sitzende Position.

David lag flach neben dem Teich. Seine Haut war weiß. Randy und Terry beugten sich über ihn und gaben ihm Terrys Sauerstoffflasche.

„Ist alles in Ordnung?", rief Neil hinüber.

„Ja!", riefen Terry und Randy im Chor.

Hustend hob David seinen Arm, damit Neil es sah. Wasser tropfte von seiner Faust, in der er eine Hand voll Schlamm und Gras hielt.

Gras von draußen.

16

David atmete einige Minuten lang den Sauerstoff ein, bevor er bereit war sich aufzusetzen und seine Geschichte zu erzählen. Aber noch bevor seine Lungen sich erholt hatten, verrieten seine Augen bereits alles. Neil konnte sich nicht erinnern, wann er zum letzten Mal die Augen seines Bruders so glücklich funkeln gesehen hatte.

„O Gott!", war Davids erster Ausruf, dem ein Hustenanfall folgte.

Randy konnte nicht mehr länger warten. Er packte Davids schmutzige Faust und schüttelte sie. „Du hast es geschafft, nicht wahr?"

David nickte eifrig wie ein Erstklässler.

Neil konnte sich nicht bewegen, also umarmte er ihn mit Worten. „Mein kleiner Bruder!", sagte er stolz.

David strahlte glücklich in Neils Richtung.

Terry war noch nicht nach Feiern zu Mute. „Geht's dir wieder besser?", fragte er besorgt.

David hustete wieder. „Bestens, mir ... geht's ... gut." Noch mehr Husten. „Mir geht's gut." Er holte tief Luft und atmete langsam aus. Neil fragte sich, ob David eine so anstrengende Unternehmung wirklich dreimal durchführen konnte. Im Augenblick grinste sein Bruder jedoch unverschämt glücklich. „Es ist toll da unten! Wartet nur, bis ihr es seht. Einfach unglaublich. Und draußen! Jungs ... das Licht war so hell, es hat richtig geblendet! Wahrscheinlich, weil wir hier so lange im Dunkeln waren. Es war so, wie diese Typen erzählen, die schon mal an der Schwelle zum Tod standen!"

„Was für ein passender Vergleich!", sagte Randy und verdrehte die Augen.

David hustete noch einmal. „Wasser", sagte er zu Terry. Er nahm einen langen, tiefen Schluck aus der Feldflasche. „Das Licht war so hell da draußen, ich konnte kaum etwas sehen! Und das Wasser war ziemlich rau. Ich wurde ganz schön herumgestoßen. Aber ich habe das verdammte Ufer gesehen und ich sagte mir: Bei Gott, ich werde dort hinüberschwimmen und mir eine Trophäe holen. Und ich kletterte ans Ufer, damit ich endlich Luft holen konnte und ..."

„Komm erst mal zu Atem", sagte Neil. „Du brauchst uns nicht alles in einem Satz zu erzählen."

David ignorierte ihn. „Wir sind total weit weg von der Stelle, an der wir die Höhle betreten haben. Wir sind in einem völlig anderen Teil des Parks! Die Bäume sind ganz anders und es ist ..." Er machte wieder Pause um noch einmal zu trinken.

„Wie sollen wir denn die Luft so lange anhalten können, wenn du es sogar kaum schaffst?", fragte Randy. „Und ist das Wasser auch klar? Kann man etwas sehen? Bist du dem Vogel gefolgt? Wie sehen die Felsen dort unten aus? Kann es passieren, dass wir irgendwo unter Wasser festhängen? Ich würde nämlich lieber in den nächsten zwei Wochen hier oben verhungern, als eine Tonne Wasser in zwei Minuten zu trinken und auszugehen wie eine Kerze!"

David stellte die Feldflasche ab. „Ich sah den Vogel nur für einen Moment. Er war zu schnell für mich. Aber man kann das Licht unter Wasser sehen. Hier unten ist das Wasser dunkel und dann siehst du ein helleres Gebiet und du schwimmst darauf zu. Das Wasser ist ganz klar, kein Problem. Ich werde euch unter einem kleinen Felsvorsprung hindurchziehen und dann seid ihr schon draußen in offenen Gewässern. Und was das Luftanhalten betrifft:

Ihr werdet ja nur gezogen. Ich muss auch noch schwimmen. Für euch ist es also leichter. Ich sage nicht, dass es besonders angenehm wird, aber ich denke, wenn es um Leben oder Tod geht, können wir es alle schaffen. Es sind nur vielleicht zweieinhalb, höchstens drei Minuten. Und selbst wenn ihr es versaut und ein wenig Wasser einatmet, bin ich ja da und weiß, was zu tun ist. Sicher, das klingt jetzt alles ziemlich Furcht erregend, aber ich sage dir, wenn du die Wasseroberfläche siehst, Randy, wenn du die Oberfläche durchbrichst – Gott! Es ist fast wie eine religiöse Erfahrung!"

„Ich werde die ganze Zeit meine Augen zukneifen", sagte Terry.

„Ich auch", meinte Randy. „Ich brauche keine religiösen Erfahrungen."

„Wenn es losgeht", instruierte David, „denkt daran, dass ihr die Luft nach dem Einatmen anhaltet, nicht nach dem Ausatmen."

„Was ist der Unterschied?", fragte Randy.

„Wenn ihr nicht mehr könnt und versucht zu atmen, dann atmet ihr erst einmal aus. Wenn ihr aber nach dem Ausatmen die Luft anhaltet, ist das Erste, was ihr macht, Wasser einzuatmen. Eine Inhalation schenkt euch ein wenig mehr Zeit."

„Ich habe Angst", sagte Terry.

„Ich muss mal zur Toilette", sagte Randy abrupt und ging hinaus.

„Zur Toilette?", wunderte sich David. „Wir gehen ins Wasser und in zwei Minnuten sind wir draußen. Wovon spricht er denn?"

„Er hat Angst", erklärte Neil. „Er braucht einen Augenblick um sich zusammenzureißen. Er hat mehr Angst als Terry. Ich habe diesen Blick bei ihm schon gesehen. Ich glaube, er hat was gegen Wasser."

„Meine Güte!", sagte David. „Jeder von euch Jungs ist ein Fall für den Seelenklempner."

„Ganz anders als du", sagte Neil. „Hör mal, ich hätte nichts dagegen, selbst noch mal pinkeln zu gehen. Ehrlich gesagt, für den Fall, dass ich unter Wasser Angst bekomme, wäre ich gern schon entleert, wenn du verstehst, was ich meine. Außerdem möchte ich sehen, ob ich laufen kann. Hilfst du mir bitte auf?"

David schlug mit der flachen Hand auf den Boden. „Ich will diese Sache jetzt durchziehen!"

„Das werden wir auch. Beruhige dich. Hilf mir auf!" Neil streckte den Arm aus.

David schnaubte, aber er stand pflichtbewusst auf und stützte Neil. „Mach ein paar Schritte", sagte David, „aber nur auf dem gesunden Bein. Belaste das kaputte am besten überhaupt nicht."

„Ich wüsste gern, wie weit wir vom Auto entfernt sind", sagte Neil. Er versuchte ein paar Schritte zu gehen und stützte sich auf David wie auf einen Stock. „Ich finde, ich mache mich ganz gut." Er versuchte den entsetzlichen Schmerz zu ignorieren, der bis hinauf zu seinen Hüften reichte.

„Wir kriegen dich schon zu dem verdammten Auto", sagte David grimmig. Drei Schritte und er schnaufte bereits schwer unter Neils Gewicht. „Wir ziehen dich wie einen Baumstamm, wenn es sein muss. Oder einer von uns muss das Auto holen. Ja, so werden wir es machen."

„Genau, das ist gut", stimmte Neil zu. „Ich möchte dich ja nicht erschrecken David, aber unser erstes Ziel ist nicht unser Zuhause. Es ist das Krankenhaus. Ich meine, du bist wirklich ein großartiger Doktor, aber ich habe das unangenehme Gefühl, dass ich fachmännische Versorgung brauche."

„Ganz klar", sagte David. „Außerdem ist es sowieso

besser, wenn wir Mom und Dad vom Krankenhaus aus anrufen. Dann werden sie nicht so sauer."

Neil lachte.

Sie trafen Randy im Eingang zum Gewölbe. Sein Gesicht war kreidebleich. „Du hast einen neuen Trend geschaffen", sagte Neil.

Randy lachte, aber Neil hatte das Gefühl, dass er ihn nicht einmal gehört hatte. Er lief mit einer Miene wie ein Zombie auf den Teich zu.

„Nimm Randy zuerst mit", flüsterte Neil David zu. „Je länger er nachdenkt ..."

„Ja", sagte David. „Sieh mal!" Sie standen vor dem Eingang zu dem Tunnel, den sie immer als Toilette benutzten. Randy hatte das Wort BOYS ausgestrichen und MEN darüber geschrieben.

„Selbst unter Stress ist er ein kluges Bürschchen", sagte Neil.

David lachte. „Brauchst du ... ähm ... irgendwie Hilfe dabei?"

„Ich hoffe nicht", sagte Neil. „Ich glaube, ich komme klar."

„Okay. Ruf mich, wenn du mich brauchst."

Neil biss die Zähne zusammen, er zitterte und schwitzte vor Anstrengung, aber er schaffte es. Er hatte das Gefühl heute bereits genug von seiner Würde aufgegeben zu haben, auch ohne dass sein kleiner Bruder ihm beim Pinkeln zur Seite stehen musste. Als er fertig war, blickte er ein letztes Mal auf den Baudelaire, dann rief er David.

Auf dem Rückweg begegneten sie Terry. „Wenn alle gehen ..."

„Das ist bloß Verzögerungstaktik!", explodierte David. „Terry, du hast genau eine Minute, dann komme ich dich holen."

Terry begann zu rennen.

Am Teich saß Randy und starrte wie ein Irrer ins Wasser. Neil versuchte sich vorzustellen, wie jemand diese kleine Reise empfinden mochte, der noch niemals in seinem Leben unter Wasser gewesen war. Es gelang ihm nicht.

„Nette Graffiti", sagte Neil leise.

Randy blickte auf. „Ja. Übrigens sollten wir auch an die Wand schreiben, dass es durch den Teich einen Weg nach draußen gibt. Für die nächsten Banausen, die hier landen." Er stand auf und schrieb sorgfältig: AUSGANG DURCH DEN TEICH. „Was uns passiert ist, sollte niemals wieder jemandem passieren."

David half Neil sich hinzusetzen und ging hinüber zu Randy. „Ich denke, ich nehme dich als Ersten mit, okay? Mit dir wird es am einfachsten."

„Oh?", stieß Randy hervor.

„Ich bin da!", rief Terry und kam herbeigerannt. „Habe ich irgendwas versäumt?"

„Randy geht als Erster", sagte Neil.

„Oh, gut!", antwortete Terry.

„Bist du bereit?" David berührte Randys Arm.

Randy zuckte zusammen. „Jetzt sofort, meinst du? Ganz einfach so?"

„Wenn du nicht noch beten oder eine kleine Feier abhalten willst", sagte David. „Komm schon! Wenn ihr Jungs die Welt draußen gesehen hättet, so wie ich ..."

„Lassen wir unser Zeug hier?", fragte Randy und sah sich um.

„Ja", antwortete David.

„Mein Vater bringt mich um, wenn ich den hier drinlasse", sagte Terry und umklammerte seinen Lederrucksack. „Dieses Ding hat hundert Dollar gekostet!"

„Lieber Himmel!", sagte Randy. „Haben deine Leute noch nie was vom Schlussverkauf gehört?"

„Tut mir Leid, Terry", sagte David. „Wir versuchen zu

überleben. Alles, was du in deine Hosentaschen stecken kannst: wunderbar. Vergiss den Rest!"

„Gut", sagte Randy. „Denn ich werde nicht ohne meine Klapper gehen."

„Ich bin froh, dass ich die Autoschlüssel mitnehmen darf", sagte Neil. „Wir könnten sie noch brauchen."

Terry wühlte in seinen Taschen. Er zog die zerdrückte Wildblume heraus, die er im Wald gepflückt hatte. „Das ist mein Souvenir", sagte er. „Sie erinnert mich an gestern Morgen, als ich noch jung und unschuldig war und meine größte Angst darin bestand, im Wald pinkeln zu müssen."

Alle lachten.

„Neil, Autoschlüssel zählen nicht", sagte David. „Du musst auch etwas aus dieser Höhle mit hinausnehmen. Etwas, das in deine Tasche passt."

Neil dachte grimmig, dass er eher etwas von sich selbst hier zurückließ, statt etwas mitzunehmen. Seine Gedichte, sein Blut ... Aber er wollte David den Gefallen tun, also sah er sich um. „Kann mir jemand ein Stück von dem Felsen bringen, der weggebrochen ist? Einen dieser kleinen Brocken, die heruntergefallen sind?"

David sprang auf und begann zu suchen.

„Was ist dein Souvenir, David?", fragte Terry.

David hatte ein passendes Stück des trügerischen Kalksteins gefunden und reichte es Neil. „Mein Souvenir seid ihr drei Jungs, heil und außerhalb dieser Höhle", antwortete David und glitt in den Teich. „Komm jetzt, Randy. Lass dich einfach ins Wasser gleiten. Du kannst dich am Rand festhalten oder an mir, bis du bereit bist."

Randy schloss die Augen und holte tief Luft. Dann stieg er ziemlich unbeholfen ins Wasser. Seine Hand rutschte von den Felsen am Ufer ab und er griff panisch nach Halt, als sein Körper begann unterzugehen. David zog ihn hoch und hielt ihn, bis Randy sich wieder am Fels festklammern konnte. Randy zitterte sichtbar, entweder von der Kälte oder vor Furcht.

„Alles in Ordnung?", fragte David ihn vorsichtig.

Randy nickte.

„Ich zeige dir jetzt, wie ich dich halten werde. Bitte erschrick nicht und schlag nicht nach mir."

Randy stieß ein furchtsames Lachen aus. „Mach ich nicht."

David bewegte sich ganz langsam hinter Randy und legte einen Arm um seine Brust, gleich unterhalb der Achselhöhlen. „Lass den Fels einen Augenblick los", befahl David.

Randy ließ los, aber seine Hände blieben verkrampft. David zog ihn ein bis zwei Meter und hielt Randys Kopf dabei über Wasser. „So werde ich dich ziehen, rückwärts. Der einzige Unterschied ist, dass du die Luft anhalten und unter Wasser sein wirst, okay?"

„Okay." Randy fasste wieder nach den Steinen am Rand des Teichs.

Neil lehnte sich mit angespannten Muskeln nach vorn, als ob er Randy irgendwie Mut einflößen könnte.

„Okay", sagte David. „Jetzt musst du dich nur noch entspannen, Randy. Du musst versuchen ganz schlaff zu sein und dich nur auf das Luftanhalten zu konzentrieren. In Ordnung? Denn ich sage dir ganz ehrlich, meine größte Sorge bei dir ist, dass du Angst bekommst und um dich schlägst oder gegen mich ankämpfst, und du bist ziemlich stark. Wenn du mir unter Wasser einen Schlag versetzt ... wäre das nicht sehr gut."

„Ja."

„Ich werde dich nach unten ziehen, tauchen, dann geht es geradeaus, wir machen einen Bogen und gehen wieder nach oben. Wenn wir die Wasseroberfläche erreichen, drück dich nicht von mir weg, denn dann sind wir noch nicht am Ziel. Das Wasser ist rau und du brauchst mich um ans Ufer zu kommen. Schaffst du das alles?"

„Ja."

„Okay. Komm her." David legte den Arm wieder um Randy. Randy zitterte wie Espenlaub, als er die Felsen losließ.

„Ich habe Angst!", jammerte Terry.

„Halt die Klappe", fuhr Neil ihn an.

„Okay", sagte David geduldig zu Randy. „Wir werden drei tiefe Atemzüge zusammen machen, damit du deine Lungen dehnen kannst. Beim vierten hältst du die Luft an und los geht's. Verstanden?"

„Ja."

„Du schaffst das locker, Randy", sagte Neil. „Du könntest nicht in besseren Händen sein."

David blickte überrascht zu Neil, dann konzentrierte er sich wieder auf Randy. „Geht's so?"

„Oh – ja", sagte Randy.

„Okay. Los geht's. Eins, einatmen ... und ausatmen ..."

Randy schloss die Augen und atmete im gleichen Rhythmus wie David.

„Zwei, richtig tief einatmen ... und ausatmen ... Vergiss nicht bei vier die Luft anzuhalten. Drei, tief einatmen ... und ausatmen. Und jetzt: vier."

Es sah furchtbar aus, wie David Randy unter Wasser zog, fast wie ein Mord. Neil spürte einen plötzlichen Anfall von Panik, er war mit einem Mal der Überzeugung, dass alles schief gehen würde. Neil tastete nach einer Taschenlampe und leuchtete ins Wasser hinunter. Die beiden waren bereits nicht mehr zu sehen.

Terry legte seine Hand auf Neils Arm. „Es wird gut gehen. Versuch dich zu entspannen. Wir können gar nichts machen."

„Ja. Er ist ein hervorragender Schwimmer", sagte Neil

sich vor. „Er hat so was schon sein ganzes Leben lang gemacht. Es ist ... es ist alles in Ordnung."

„Ich habe Angst", sagte Terry leise.

„Du hast mir gerade gesagt, ich bräuchte keine Angst haben, du kleines Arschloch!", brüllte Neil los.

Terry zuckte zusammen und legte den Arm über sein Gesicht.

Neil zwang sich ruhig zu werden. „Ich bin ein Krüppel, Terry. Du brauchst keine Angst vor mir zu haben. Aber, meine Güte, du kannst einen manchmal vielleicht aufregen."

„Ich weiß." Er senkte den Kopf und sein Pony fiel ihm ins Gesicht.

„Hör mal, du brauchst dir nicht blöd vorzukommen. Wir haben alle Angst. Du bist nur derjenige, der es ausspricht."

„Ich weiß."

Sie saßen eine Weile schweigend da und schauten aufs Waser, als ob es Hinweise geben könne. „David ist wirklich tapfer", sagte Terry.

„Ja, das ist er", antwortete Neil.

„Er ist ... wie ein Held."

„Ja." Neils Kehle schnürte sich zusammen. Er drehte das Gesicht vorsichtshalber zur Seite.

„Tut mir Leid!", entschuldigte sich Terry. „Was habe ich Falsches gesagt?"

Neil schüttelte seinen Kopf. „Ich weiß nicht." Er wandte sich wieder zum Wasser zu. „Wahrscheinlich wollte ich der Held sein."

Nach einem Augenblick spürte er ein leichtes Tätscheln auf dem Arm. „Aber David brauchte es mehr als du", sagte Terry.

Neil nickte. Er brachte einen Moment lang keinen Ton heraus. Dann sagte er mit erstickter Stimme: „Er ist ein guter Bruder. Ein guter Mensch. Er weiß gar nicht, wie gut er ist."

Terry nickte nachdrücklich. Er zögerte, dann sagte er plötzlich: „Ich liebe ihn."

Seine Worte hallten in dem stillen, tropfenden Gewölbe wider. Neil blickte Terry an und versuchte zu verstehen, was er da gesagt hatte. Eigentlich konnte jeder Freund das über jeden Freund sagen, der ihm das Leben rettete. Terry blickte ruhig auf das Wasser.

Neil suchte nach der richtigen Antwort. „Ich auch", sagte er schließlich.

Terry lächelte.

Sie schwiegen wieder eine Weile. „Wie lang sind sie jetzt schon weg?", fragte Neil.

Terry hatte die Knie angezogen und schaukelte sich hin und her. „Ich weiß nicht. Das habe ich mich auch gerade gefragt. Du glaubst doch nicht, dass irgendetwas schief gegangen ist?"

„Na ja …", Neil hasste die Furcht, die er aus seiner eigenen Stimme heraushörte. „In jeder Situation könnte etwas schief gehen. Er sagte ja, das Wasser da draußen sei rau … und Randy ist so impulsiv. Ich glaube, das ist es, was mir Sorgen macht. Manchmal kann Randy wie ein Idiot reagieren, verstehst du? Wenn er zum Beispiel Panik bekommt …"

„Das wird nicht passieren", sagte Terry. „Hier geht es um Leben und Tod. Wir haben gesehen, wie er die Schlange beseitigt hat. Er mag ja nervös sein und all das, aber wenn er sich konzentrieren muss, dann ist er ganz ruhig. Ich mache mir mehr Sorgen um David. Weil er manchmal nicht weiß, wann er aufhören muss. Wenn er müde ist oder nahe daran zu verlieren, macht er einfach weiter. Ich kenne das."

„Ja, ich auch", sagte Neil. „Er kann einfach nicht aufgeben."

„Wir machen uns nur selbst verrückt", sagte Terry. „Es ist nicht gut, dauernd an so was zu denken."

Neil blickte Terry an. „Weißt du, was mir an dir gefällt? Du wechselst dich immer mit uns ab."

„Was?"

„Es ist mir gerade aufgefallen. Wenn alle anderen Angst bekommen, machst du ihnen Mut. Dann, wenn sich alles beruhigt hat und es jedem gut geht, fängst du an dir Sorgen zu machen. Es ist so ... höflich von dir!"

Terry lachte. „Ja? Vielleicht stimmt das. Bin ich jetzt an der Reihe? Denn ich glaube, dass es schon ziemlich lange her ist ..."

Neil blickte auf seine Uhr. „Erst zehn Minuten. Wir müssen David genug Zeit geben um Randy ans Ufer zu bringen. Niemand kann sagen, wie lange das dauert."

„Ja, das stimmt." Terry kicherte. „Okay, du bist dran. Du kannst dir Sorgen machen."

Neil blickte ins Wasser. Weit unten schimmerte etwas. „Muss ich gar nicht!", sagte er und versuchte näher ans Waser zu rutschen. „Ich glaube, ich sehe ihn!"

Terry nahm die Taschenlampe und sie sahen Davids Haar, glänzend wie ein Goldfisch. Die Oberfläche des Wassers brach auf und David schnappte nach Luft. Diesmal hustete er nicht einmal. „Wow! Er hat's geschafft! Er ist draußen! Er ..."

Neil streckte den Arm nach David aus, spürte einen scharfen Schmerz und lehnte sich zurück. „Komm aus dem Wasser und ruh dich aus! Dann erzähl es uns."

David zog sich aus dem Wasser und ließ sich daneben auf den Boden fallen. „Er ... Randy kroch ans Ufer, stand auf und vollführte einen Freudentanz ... wie ... bei einem Touchdown! Oh, Jungs! Das Ganze ist ja so cool. Das ist das Coolste überhaupt. Wer will der Nächste sein?"

„Du bist wie auf Speed, Mann!", stellte Neil fest. „Terry

ist der Nächste, aber du ruhst dich aus, bis du normal atmest, und dann trinkst du noch ein wenig Wasser."

David nickte und keuchte.

„Du musst nicht der Letzte sein", sagte Terry zu Neil, „nur wenn du es möchtest."

„Doch, er muss", sagte David. „Neil muss der Kapitän sein, der als Letzter das Schiff verlässt oder mit dem Kahn untergeht. Stimmt's?"

„Genau." Neil freute sich, dass er immer noch als Kapitän galt. „Was ist mit Terrys Asthma? Ich habe schon überlegt, ob er nicht den Sauerstoff unter Wasser mitnehmen könnte. Mir gefällt die Idee nicht besonders, dass ein Asthmatiker die Luft anhält ... Er könnte ..."

„Ja", sagte David. „Geh mit deinem Sauerstoff ins Wasser, Junge, und probier es aus! Zu schade, dass wir bei Randy nicht daran gedacht haben. Er war schon ziemlich blau, als wir ankamen."

Terry entspannte sich sichtbar. „Okay", sagte er und stieg vorsichtig in den Teich. Neil reichte ihm seine Sauerstoffflasche. „Ich hoffe, es ist noch genug drin", sagte Terry. „Normalweise reicht der Inhalt für eine Stunde, aber ich habe keine Ahnung, wie viel wir schon verbraucht haben." Terry hielt sein Gesicht ins Wasser wie ein Taucher mit Sauerstoffgerät und nahm einige Atemzüge aus der Sauerstoffflasche. Dann kam er wieder hoch wie ein glücklicher kleiner Vogel. „Es funktioniert!"

„Oh, das ist ja fast zu einfach", sagte David und streckte seine Arme und Beine aus. „Ich bin nur froh, dass dein Gewicht mich ein wenig fordern wird, Neil. Ich brauche mal wieder eine kleine Herausforderung. Bist du bereit, Terry?"

„Bist du denn nicht noch außer Atem?", fragte Terry hoffnungsvoll.

„Aber nein. Ich bin bereit." David stand auf und schüttelte sich wie ein Hund. Er glitt wieder ins Wasser. „Okay?", fragte er Terry.

„Na ja ..."

Neil verspürte einen Anfall von Panik. Sie ließen ihn allein! Vielleicht sah er sie nie wieder. Er musste womöglich ganz allein in dieser verdammten Höhle umkommen. „Macht schnell!", sagte er unwillkürlich.

David warf seinem Bruder einen kurzen, besorgten Blick zu und schwamm dann zu Terry hinüber. „Komm schon, Terry. Jetzt oder nie." Er legte seinen Arm um Terrys Brust. Terry begann Sauerstoff einzuatmen.

„Ich werde trotzdem bis drei zählen, damit du weißt, wann wir tauchen", sagte David. „Okay?"

Terry nickte.

„Eins, zwei, drei!", zählte David und zog Terry nach unten. Neil wimmerte unwillkürlich auf. Das aufgewühlte Wasser beruhigte sich langsam wieder. Stalaktiten tropften laut. Der Strom lachte. Neils Herz schlug schneller. Die unterschiedlichsten Gefühle stürmten auf ihn ein.

Plötzlich hörte er ein eigenartiges Rascheln hinter sich. Neil fuhr so heftig herum, dass sein gebrochenes Bein sofort wieder stärker schmerzte. Er sah nach oben und entdeckte einen Schwarm Fledermäuse, die in das Gewölbe flogen, auf ihren Schlafplatz an der Decke zu. Es war, als ob sie wüssten, dass die Besucher gingen und sie ihr Zuhause bald wieder für sich haben würden. Neil beobachtete, wie die Tiere sich an die Decke hängten und dann wie kleine Regenschirme zusammenfalteten.

Neils stärkstes Gefühl war etwas wie Nostalgie oder Bedauern. Vielleicht würde er diese verdammte Todesfalle sogar vermissen. Er sah sich auf ihrem verwaisten Campingplatz um. Die Rucksäcke und die abgelegten Kleidungsstücke, das Blatt der Schaufel, deren Stiel sein Bein schiente. Er wollte sich die Dinge einprägen, die Szene im Gedächtnis behalten. Er spielte mit dem Kalkstein-stück, drehte es in der Hand und betrachtete jede Ausbuch-tung und jede Vertiefung darin. Er wollte es am liebsten zurücklassen und nicht mehr an diesen furchtbaren Mo-ment denken, als er spürte, wie es unter seiner Hand abbröckelte. Aber es war wichtig. Es war ein Moment, an den er sich erinnern musste, das war ihm klar. Er hob eine Hüfte ein wenig an und steckte den Stein vorsichtig in seine Tasche.

Noch mehr Fledermäuse flatterten herein. Sie flogen auf eine seltsame Weise, tauchten jeden halben Meter kurz nach unten ab und schwangen dann wieder hoch. Neil sah zum Kalkspat und dachte daran, wie er sich unter seinen Füßen angefühlt hatte. Er erinnerte sich an die Schönheit des Gewölbes, von dort oben aus gesehen, an die Kristalle, die es gestern mit Regenbogen übersät hatten, an die Sterne, die er durch das Loch in der Decke betrachtet hatte.

Dann sah Neil zurück auf den Teich. Das Wasser beweg-te sich. Er holte tief Luft und atmete langsam aus. David kam. Alles wurde gut.

Zunächst war wieder nur das blonde Haar zu sehen, dann tauchte David auf und schlug heftig mit Armen und Beinen. Er atmete schwer. David war definitiv müde. Es lag keine Anmut mehr in seinen Schwimmzügen zum Rand des Teiches. Er war ausgelaugt.

Neil streckte die Hand aus um ihm herauszuhelfen. „Alles in Ordnung mit dir?"

Er hustete. „Wird ... gleich alles in Ordnung sein, wenn wir draußen sind. Komm!" David zog Neil am Arm.

„He! Ich möchte, dass du wie jemand atmest, der nicht da unten einen Herzanfall bekommt und mich loslässt und zusehen muss, wie mein Metallbein mich in den Tod zieht. Okay?"

„Mir geht es bestens!", versicherte David. „Los!"

David war eindeutig überdreht und übermäßig ange spannt. Dieser Teil der Mission machte ihn aus verständlichen Gründen nervös. Nicht sehr beruhigend für Neil. Er wollte einen lockeren, ruhigen Retter ohne gefühlsmäßigen Ballast.

„Beruhige dich erst mal!", sagte Neil streng. „Ich mache keinen Spaß. Vermasseln kann man etwas nur, wenn man Angst hat es zu vermasseln. Die Sache wird blendend laufen. Du hast es vorher bereits zweimal gemacht. Stimmt's?"

„Ja." David nickte. „Ich weiß."

„Nimm dir nur drei Minuten um wieder zu Kräften zu kommen. Okay?"

„Ja."

Neil klopfte David auf die Schulter. „Guter Junge. War mit Terry alles in Ordnung?"

„Ja. Kann ich noch ein wenig Wasser haben?"

Neil füllte Terrys leere Feldflasche im Teich und reichte sie David. Er trank gierig und ließ den Rest über seine Brust laufen. „Warum macht es mich so durstig, im Wasser zu sein?", fragte er.

„Beruhige dich", sagte Neil. „Verschluck dich nicht."

„Ja, ja. Hör auf dir Sorgen um mich zu machen!" David setzte die Feldflasche ab. „Okay, ich fühle mich ziemlich gut. Gib mir nur noch eine Minute um etwas langsamer zu atmen."

„Wir haben den ganzen Tag Zeit. Die Jungs da draußen werden nicht ohne uns weggehen."

„Hast du die Autoschlüssel?", fragte David.

Neil klopfte auf seine Tasche. „Ja. Junge, wäre es nicht furchtbar, wenn wir sie hier vergessen hätten? Dann müsstest du die Reise noch einmal antreten!"

David lachte. Er schien sich jetzt wieder erholt und beruhigt zu haben. „Und ob ich das machen würde."

„He", sagte Neil. „Es tut mir wirklich Leid, dass ich es vermasselt habe, dass ich mich verletzt und all das auf dich abgewälzt habe."

David lächelte ein wenig. „Kein Problem."

„Aber ich komme mir wie ein Idiot vor." Neil sah stirnrunzelnd auf sein Bein. „Ich bin so nutzlos."

„Neil, wir leben noch. Das Wichtigste ist, dass wir es geschafft haben."

„Fast."

„Wir haben es geschafft", sagte David entschieden. „Bist du bereit?"

„Ja, lass uns diesen verdammten Albtraum hinter uns bringen!" Neil zog sich zum Wasser. Zuerst tauchte er sein geschientes Bein hinein. Der Sog nach unten war Angst einflößend, beinahe als trüge er einen Anker. David war in seiner Nähe, bereit zuzufassen, falls irgendetwas schief ging. Neil wartete darauf, dass David hinter ihm in Position ging.

„Was immer du tust", sagte David, „stoß mich bloß nicht mit diesem verdammten Stück Metall. Okay?"

Neil spürte, wie das Wasser durch den Mullverband sickerte. Sein Bein schien im Wasser stärker zu schmerzen. „Versprochen", sagte er geistesabwesend. Er fragte sich, was der Arzt im Krankenhaus wohl mit ihm machen würde und ob er irgendwann wieder Basketball spielen könnte. Dann wurde ihm klar, dass er sich über Dinge Sorgen machte, die trivial waren verglichen damit, dass er sich noch vor kurzem versucht hatte vorzustellen, wie es war zu verhungern.

„Vergiss nicht", dozierte David. „Du lässt mich einfach machen. Du wärst noch gefährlicher als Randy, wenn du versuchen würdest die Führung zu übernehmen. Verstanden?"

„Okay", antwortete Neil. „Bringen wir es hinter uns ."

„In Ordnung. Auf vier."

Nervosität stieg in Neil auf.

„Einverstanden."

„Eins ... zwei ..."

Sie atmeten gemeinsam. Neil hatte den Drang laut loszuschreien.

„Drei ... vier!"

Neil holte zu tief Luft und spürte ein Stechen in seiner Brust. *Ein Fehler.* Wasser schlug über seinem Kopf zusammen. David war stark, zog ihn mit flüssiger Bewegung. Neils Augen erfassten im Vorbeischwimmen dunkle Blumen aus Stein. Die Farben waren unbeschreiblich, eine Art Türkis, aber auch eine Art Braun. Neil erinnerte sich an seinen Traum. *Wenn ich ein Zeichen sehe, das Cincinnati ankündigt ...*

Neil schaute auf sein bewegungsloses, steifes Bein. Bei dem Anblick wurde ihm übel. Er wandte den Kopf ab und sah aus den Augenwinkeln David, der kraftvoll die Muskeln bewegte, dessen Haar im Wasser wie Seide schwang. Das war viel besser. Und das Wasser erfüllte sich tatsächlich allmählich mit Sonnenlicht. Es sah sprudelnd und lebendig aus, voller Bewegung und Schatten. Neil glaubte, seine Brust würde jeden Augenblick explodieren. Er wusste, er musste den übermäßig tiefen Atemzug, den er genommen hatte, korrigieren. Aber er hatte Angst davor, weil sein Körper dann vielleicht übermütig wurde und versuchte ganz auszuatmen. Und das würde Neil umbringen. Er stieß ein paar kleine Luftblasen aus. Der Druck nahm ab.

Dann spürte er plötzlich einen heftigen Ruck an seinem ganzen Körper. Sein geschientes Bein war an einem vorstehenden Fels hängen geblieben. Davids Griff löste sich und für einen Augenblick schwamm er durch den Schwung einfach weiter.

Neil sah nach unten. Allein und mit einem Gewicht am Bein sank er abwärts: genau wie in seinem Albtraum. Er fiel langsam. Panik stieg in ihm auf und er versuchte zu schwimmen, stieß mit seinem gesunden Bein und ruderte mit den Armen.

Er konnte sich auf der Stelle halten, sodass er nicht mehr weiter sank, aber er kam auch nicht hoch. Verzweifelt merkte er, wie er mit jeder Sekunde dringender atmen musste. Er stieß noch heftiger und versuchte sich zu orientieren, das helle Wasser wieder zu finden.

Dann sah er David in der Dunkelheit, er drehte sich wie ein Aal. David schoss auf Neil zu, fasste ihn unter die Arme und stieß so fest mit den Beinen, dass er Neil in den Rücken traf. Neil versuchte jetzt mit ihm zu arbeiten, seine eigenen Schläge mit Davids zu koordinieren. Er konnte den Herzschlag seines Bruders fühlen, schnell wie der eines ängstlichen Hündchens.

Das Wasser wurde mit jedem Stoß und Schlag heller und blauer. Neils Lungen schmerzten. In seinem verletzten Bein pochte es. David schwamm steil nach oben.

Neil legte den Kopf zurück und sah die Wasseroberfläche, eine blendende Decke aus Licht. *Halt durch, halt durch, nicht atmen!*

Ein hohe Welle. Sauerstoff. Licht brannte in Neils Augen, als eine erschreckende Vielzahl von Geräuschen in seine Ohren drang. Er sog die Luft ein, Wasser, Schaum, alles. Seine Lungen begannen wieder zu arbeiten. Er hörte vage Randy und Terry, die sie mit Freudenschreien begrüßten.

Kleine silberne Wellen nahmen ihm die Sicht. David hatte die Position gewechselt und hielt Neil im sicheren Griff eines Rettungsschwimmers, zog ihn durch die Strömung ins seichte Wasser.

Neils gesunder Fuß fand einen weichen Untergrund.

Sein gebrochenes Bein schlug schmerzhaft gegen das Ufer. Hände berührten ihn, zogen ihn heraus.

Dann lag er flach auf dem Rücken am Flussufer, atmete mit dem ganzen Körper, atmete nur und war am Leben. Er fühlte, wie man ihn klopfte, tätschelte und umarmte.

Neil versuchte die Augen zu öffnen, die er wegen des blendenden Lichts geschlossen hatte, und suchte nach dem Wichtigsten in der Masse der Bilder und Geräusche um ihn herum. Da. Er streckte die Hand danach aus. Er zog ihn in seine Arme. Er rief seinen Namen.

„David!"

Joyce Sweeney wurde in Dayton im amerikanischen Bundesstaat Ohio geboren. Schon als sie acht Jahre alt war, wollte sie schreiben. Später studierte sie englische und amerikanische Literatur und gab an der Universität Kurse in kreativem Schreiben. Joyce Sweeney hat für ihre Jugendbücher in Amerika viele Preise gewonnen. Sie lebt mit ihrem Mann Jay und ihrer Katze Macoco in Florida.

Ich danke Stuart McIver für seine wertvolle Unterstützung bei den Nachforschungen über die Höhlen und Schlangen Floridas. Ich danke auch Lee Richardson für seine Hilfe bei der Installation des Druckers und Dr. William Rea für seine mannigfaltige medizinische Beratung.

Wie immer danke ich auch meinem Mann, Jay Sweeney, und meinen Freundinnen Joan Mazza und Heide Boehringer, die mir halfen die ersten Entwürfe durchzusehen, sowie meiner Agentin, Marcia Amsterdam, und meiner Lektorin, Michelle Poploff, die mir beim letzten Schliff zur Seite stand.